咏台诗词一百首

湖北省荆门聂绀弩诗词研究基金会 编

主编 罗 辉
副主编 李宏健 李辉耀

中华书局

图书在版编目（CIP）数据

咏台诗词一百首/湖北省荆门聂绀弩诗词研究基金会编;罗辉主编. —北京:中华书局,2020.8
　ISBN 978-7-101-14644-8

　Ⅰ.咏… Ⅱ.①湖…②罗… Ⅲ.古典诗歌–诗集–中国
Ⅳ.I222

中国版本图书馆 CIP 数据核字（2020）第 125815 号

书　　名	咏台诗词一百首
编　　者	湖北省荆门聂绀弩诗词研究基金会
主　　编	罗　辉
副 主 编	李宏健　李辉耀
责任编辑	侯笑如
出版发行	中华书局
	（北京市丰台区太平桥西里 38 号　100073）
	http://www.zhbc.com.cn
	E-mail:zhbc@ zhbc.com.cn
印　　刷	北京瑞古冠中印刷厂
版　　次	2020 年 8 月北京第 1 版
	2020 年 8 月北京第 1 次印刷
规　　格	开本/850×1168 毫米　1/32
	印张 11¼　插页 2　字数 500 千字
印　　数	1–1000 册
国际书号	ISBN 978-7-101-14644-8
定　　价	68.00 元

序

　　宝岛台湾，神州形胜。西濒大陆，东瞰汪洋；一湾浅水，万顷波涛。雄峙海峡要冲，锁钥水陆咽喉。海蓝天碧，岛翠屿青；山川秀美，物产丰腴。恰如七彩明珠，镶嵌洪波之上；又似连城翡翠，闪耀沧海之间。自古以来，骚人颂美、感时之声，不绝于耳。

　　诗者，艺也。发轫于先秦，鼎盛于唐宋，承传于今日。《尚书·虞书》即载："诗言志，歌永言，声依永，律和声。"数千年以降，传统诗词即承载表情达意、言志抒怀之功能。其经典名篇，更如璞玉浑金，令人捧读再三，爱不释手。近日荆楚罗辉兄以新编《咏台诗词一百首》一稿见示，并嘱为之序。夫古今诗作千万，"诗选"亦无数，而以咏台为题之选本，则为数不多。翻阅书稿，觉其要有三：

　　选题正大，选材得当，此其一也。众所周知，当今台海，波谲云诡，风急浪高。而本集诗词中，则列举历代诗家墨客之咏台力作，如：唐人施肩吾《岛夷行》，明人张煌言《送罗子木往台湾》、郑成功《复台》，清康熙帝《赐施琅诗》、姚启圣《视师吟》、丁日昌《恒春题壁》、刘铭传《游古奇峰垂钓寒溪》、丘逢甲《春愁》，近代易顺鼎《寓台咏怀》、梁启超《舟中离兴》、于右任《望大陆》、刘师培《台湾行》，

1

等等,众多前贤佳构,可证台海之间,一衣带水,唇齿相依;表里互用,源远流长。

内容丰富,蕴含广博,此其二也。既有收复失地、还我河山之战争诗,又有整顿社稷、报效桑梓之爱国诗,如郑成功《复台》,洪斌《战澎湖》;张湄《劝农归路经海会寺次韵》,蔡廷兰《请急赈歌》。既有寻幽揽胜、歌山吟水之登临诗,又有载酒踏青、煮茶夜晤之酬赠诗,如郑经《题东宁胜境》、陈文达《莲塘夜月》;林鹤年《寄刘渊亭副师兼呈灌阳中丞》、谢道隆《归台寄仙根》等,皆题旨鲜明,个性张扬,感情真挚,意境深远,可谓题材广泛、内容丰满、手法多元。

考证精准,见解独到,此其三也。诗章篇首皆置诗人简介,依次为诗词作品、名词注释及赏析文章。如此编排,次序严整,有条不紊。读者于诗人生平、作品内涵、时代背景甚或地理形貌、民俗风情等,皆可了然于胸。书中注评者悉为海内外学界高识或诗坛名流,学养丰赡,著述宏富,自能别出手眼,见解不凡。凡古今地名之考证、冷僻字词之解释、乡风民俗之罗列、区域环境之描述、时代特征之挖掘,皆能面面俱到,简明扼要。但最精彩之处,还属赏析文论。因注评专家多达十余人,其赏析文字亦各具特色,但皆篇篇珠玑,引人入胜。

笔者有幸,得通览全编,先睹为快。深信此书之问世,当为今日读者认知台湾另辟蹊径。读者诸君,不仅能从书中品评台湾历代诗词人文,亦可于书中一窥台湾数千年来之历史变迁与两岸渊源,还可借诗游台湾之同时了解诗词格律,增益格律诗词之创作。可以说,此书之成,于情于诗皆有促进。在此书即将付梓之际,谨申贺意,并向策划、编撰、出版各方真诚致敬!

是为序。

中华诗词学会会长:郑欣淼

2019 年 10 月

目　录

1

施肩吾(780—861),字东斋,入道后称栖真子。浙江睦州分水(今浙江桐庐)人。唐宪宗元和十五年(820)进士,杭州第一位状元,有"施状元"之称。他淡于名利,潜心修道炼丹,不待除官职,即归隐于洪州西山。临行,张籍等人都为他赋诗饯别,称其为"烟霞客"。肩吾工诗,与白居易相友善。著有《西山集》十卷,《全唐诗》编其诗为一卷,收录197首。

岛夷行

[唐]施肩吾

腥臊海边多鬼市,岛夷居处无乡里。①
黑皮少年学采珠,手把生犀照咸水。②

注释

①岛夷:古代指中国东部近海一带及海岛上的居民,此处用本义。腥臊,恶臭味。代指鱼虾类水族动物。鬼市,喻指居民聚集贸易的地方。

②生犀:将犀牛捕杀后取下的犀角。传说取犀角燃之,可使水中通明,真相毕现。《晋书·温峤传》:"(峤)旋于武昌,至牛渚矶,水深不可测。世云其下多怪物,峤遂燃犀角而照之。"咸水:海水。

赏析

此诗见于《全唐诗》,在其他一些典籍中,又名曰《澎湖》《澎湖屿》《题澎湖屿》等,其实一也。有学者认为,它是迄今为止最早咏及台湾属岛风物的诗作。该诗最初的出处,是南宋王象之的《舆地纪胜》:"自泉州东出海间,再行三日抵澎湖屿。在巨浸中,环岛三十六。施肩吾有诗云……"其后,此诗在康熙版、乾隆版《台湾府志》中均有载。连横的《台湾通志》影响深远,其书曰:"及唐中叶,施肩吾始率其族迁居澎湖……其《题澎湖屿》一诗,鬼市盐水,足写当时之景象。"史学界一般也采用此说。

这首诗生动地描写了海边渔民劳动生活的场景:鱼腥味弥漫的海边,天尚未亮就有人打着火把或灯笼赶集做交易。这种早市也被称作"鬼市"(也有人解释"鬼市"为海市蜃楼。非)。台、澎一带沿海居民由于长年生活在海上,分散渔捕,漂泊不定,因此诗曰"居处无乡里"。不用说成年人,就是十几岁的少年,终日里风吹日晒,皮肤黝黑,到夜晚,还要手举火把,照着海水,捕蚌采珠。此诗表现了当时台湾岛内居民艰辛的生活,充满了作者对他们的同情。

此诗颇类"志土风而详习尚"的竹枝词。竹枝词常于状摹世态民情之际,洋溢鲜活的文化个性和浓厚的乡土气息,这对于许多学科特别是社会文化史和历史人文地理等领域的研究,具有极为重要的史料价值。《岛夷行》亦可佐证澎台一带早期居民的生存状态,所以诸多方志均加以引用。

(李宏健、姚泉名注评)

　　郑成功(1624—1662),原籍福建泉州,祖籍河南省信阳市固始县,出生于日本九州岛平户藩,幼名福松,名森,字明俨。明末清初的军事家、民族英雄。南明隆武帝赐国姓朱,更名成功,故又称郑国姓、国姓爷;南明永历帝封他为延平郡王,故又称郑延平。

　　1645年清军攻入江南,不久郑成功之父郑芝龙降清,母亲田川氏在乱军中自尽。郑成功乃率领父亲旧部在中国东南沿海抗清,成为南明后期抗清的主要军事力量。他以厦门、金门为根据地,连年出击粤、江、浙等地。1659年与张煌言合兵,进入长江围攻南京,一度由海路突袭、包围江宁府,兵败后退守厦门、金门。1661年4月21日,郑成功亲率数百艘战舰和25 000多将士,从金门料罗湾誓师出发,在台湾南部登陆,攻克荷兰殖民者的巢穴赤嵌城(今安平)。1662年荷兰总督投降,使台湾回归中国版图。郑成功在台湾建立行政机构,推行屯田,并派人把汉族农民用的犁、耙、锄等铁器农具,送到高山族弟兄手里。高山族弟兄逐渐学会了农业生产技术,生活得到了明显改善,促进了台湾的经济发展,史称明郑时期。在收复台湾的当年,即1662年,侵入菲律宾的西班牙侵略者残酷屠杀中国侨民。郑成功怒不可遏,正准备起兵讨伐,终因积劳成疾而卧床不起。6月23日,他临终前"强起登将台,持千里镜"向西久久眺望,直至生命的最后一刻,他仍念念不忘祖国的统一。临终前的郑成功大声疾呼:"吾有何面目见先帝于地下也!"而后气绝身亡。天妒英才,壮志未酬的民族英雄郑成功走完了他短暂而悲壮的一生,年仅38岁。郑成功有《延平王集》行世。台湾民间陆续建立庙宇祭祀,其中以台南延平郡王祠最为重要。

复 台

［明］郑成功

开辟荆榛逐荷夷，^①十年始克复先基。^②
田横尚有三千客，^③茹苦间关不忍离。^④

注释

①荆榛：丛生的荆棘。荷夷：指荷兰侵略者。"荷"字读去声。

②十年：越王勾践"十年生聚，十年教训"。复先基：指收复中国
　故土、先人基业。

③田横句：田横本齐王，汉灭楚后，田横和其部下 500 余人逃往海
　岛。汉高祖招降，横以为耻，自杀身亡；他的部下闻讯，也全体
　自杀。郑成功在诗中自比田横，表示他同入台的"三千客"犹
　如"田横五百士"那样同患难、共生死的战友。其中"三千客"
　的"三千"乃概数。

④间关：即"间关万里"，形容路途崎岖、艰辛辗转的状况。

赏析

　　台湾自古以来就是中国的神圣领土。据考古发现，台
湾最早的居民来自大陆，其原始文化也是从大陆传过去
的。台湾古称夷洲、流求，在我国古代文献中有许多名称，
如三国时叫"夷洲"，隋代叫"流求"，唐、宋、元时也称"流
求"或"琉球"，明朝叫"小琉球""东蕃"等，明末正式称为
台湾。距今 1700 多年以前，三国时吴人沈莹的《临海水土
志》对此就有所著述，这是世界上记述台湾最早的文字。
大量的史书和文献记载了中国人民早期开发台湾的情景。
公元三世纪和七世纪，三国孙吴政权和隋朝政权都曾先后

派万余人去台。元代设立澎湖巡检司,管辖澎湖和台湾。

　　1624 年至 1662 年,荷兰人入侵台湾,强占台湾 38 年之久。郑成功于 1661 年率领将士 25 000 多人从金门出发,经过近一年的艰苦激战,驱逐了荷兰侵略者,台湾重新回到了中国的怀抱。台湾收复后,郑成功亲自巡视各族村社,奖励军民,发展生产。郑成功于病逝前留下的这首《复台》诗便是这一历史的记录。

　　全诗的大意是:台湾岛在荷兰殖民主义者的血腥统治下,荆棘丛生,一片荒凉。我决心把荷兰侵略者驱逐出台湾岛,经过十多年的浴血斗争,才把荷兰人赶走,收复了中国的故土和先人的基业。我和台湾人民就像田横和他的五百名追随者一样,含辛茹苦,亲密无间,实在不忍分离。

　　诗的一、二句言其征途艰难并回想台湾人民反抗荷兰的战争惨遭血腥镇压的情景。这两句诗既概括了复台事业的艰巨历程,又抒发了赶走荷夷、收复台湾的义不容辞、豪情壮志、不畏强暴和战胜外敌的浩然正气;"十年"言其斗争之艰巨而长久,同时这里的十年也可视为实指。从1652 到 1661 年的十年中,郑成功始终没忘却"复先基"的愿望。

　　郑成功于收复台湾之前,在敦促荷兰驻台湾总督揆一投降的信中义正词严地指出:"然台湾者,早为中国人所经营,中国之土地也。……今予既来索,则地当归我。"揆一仍想负隅顽抗,终因弹尽粮绝,派人求和,答应年年进贡。郑成功亦严词拒绝。郑成功在挥师东征收复台湾之前,就曾在福建晋江县东石村外的东石寨操练水师。崖上"丹心"两字,即郑成功的亲笔遗迹。诗中称台湾为中国故土、先人基业,"十年始克",可见他早怀丹心,为国"逐荷夷、复先基"的宏愿。所以,对"复先基"不能简单地理解为"台湾曾是郑成功之父郑芝龙会兵积粮的地方"。

诗中的三、四句以田横自比,表明了他抗清复明至死不渝的志向,抒写了复台过程中茹苦间关的历程以及与台湾人民同甘共苦的鱼水之情。"不忍离"三个字表达了他逝前不忍抛下台湾人民而离去,蕴含了对台湾宝岛的无限深情!诗中也表达了他对台湾未来的殷殷之情:指出治理台湾后来者还必须经过一番艰苦努力,希望他们同甘共苦,克服困难。

(李辉耀注评)

　　张煌言(1620—1664),字玄著,号苍水,鄞县(现浙江宁波)人,明崇祯时儒将、诗人,著名抗清英雄。官至南明兵部尚书。顺治二年(1645)南京失守后,与钱肃乐等起兵抗清。后奉鲁王,联络13家农民军,并与郑成功配合,亲率部队连克安徽20座名城,坚持抗清20余年。康熙三年(1664),随着永历帝、监国鲁王、郑成功等相继去世,张煌言见大势已去,则隐居不出,是年被俘,后于杭州遇害。就义前,赋《绝命诗》一首。张煌言与岳飞、于谦并称"西湖三杰"。大清国史馆还为之立传,《明史》有传。康熙四十一年(1776)追谥忠烈,入祀忠义祠,名入《钦定胜朝殉节诸臣录》。

送罗子木往台湾①

[明]张煌言

中原方逐鹿,何暇问虹梁。②
欲揽南溟胜,③聊随北雁翔。
鲎帆天外落,④虾岛水中央。⑤
应笑清河客,⑥输君是望洋。

注释

①罗子木,名纶,以字行,一作自牧,溧阳(现江苏常州)人,年少有奇气,南明参军职务。1661年受命赴台向郑成功借兵返回大陆,于1664年7月17日与张煌言同时被捕,是年9月7日同时被杀害。其墓与张煌言墓现同在杭州荔枝峰下。

②虹梁:弯曲的拱桥。

③南溟:南海。

④鲎:(hòu):海中节肢动物,其形如龟,12足,其腹部甲壳可上下
　翘动,往上举起来时称鲎帆。这里代都船。

⑤虾岛:借指台湾。

⑥清河客:清河,唐朝天宝元年设清河郡(治在清阳城,即今河北
　省邢台清河县东南),因境内有清河流经而得名。清河客指李
　萼,唐朝安史之乱期间,赵人李萼客居清河,年仅20多岁,为守
　清河,他向平原太守颜真卿借兵,说服颜真卿联合平原、清河两
　郡之力御敌,颜如期借兵六千给李萼。事见《旧唐书》《新唐
　书》中的《颜真卿传》及《资治通鉴》卷二一七。此处借指罗子
　木以少年挟策谒张煌言,领命去台湾向郑成功借兵,继续抗清
　复明。

赏析

　　此诗为张煌言送罗子木赴台湾向郑成功借兵时所写。

　　首联起句"中原方逐鹿",开门见山指出张煌言派罗子
木往台的形势和时代背景。张煌言生于浙东鱼米之乡,浸
淫于丰厚的传统文化之中,本乃一介书生。初入军旅也只
是职掌制诰的文臣。但吴三桂引清兵入关后,清军大举南
下,张煌言遂加入到全国如火如荼的抗清复明斗争之中。
时势造英雄,抗清使他终于成为一个披坚执锐、独挡一面
的军事统帅。1645年南京失守后,张煌言配合郑成功等南
明将领仍坚持在东南沿海抵御清军,前后浴血奋战20余
年。《张苍水诗文集》注明此诗写于1661年。此时正值郑
成功力主出师台湾,初经9个月激战一举赶走荷兰人期间,
也是张煌言顽强抗清最低潮时期。1661年清政府为了肃
清东南沿海抗清复明势力,颁布了"迁海令"。不久,清军

挥师云南,终使南明永历政权覆亡。逢此危急之际,张煌言一方面"遣其客罗纶入台湾"(罗纶即罗子木)。另一方面遣人到湖北郧阳请"十三家兵"出战,发誓抗清到底。可谓"中原方逐鹿"之时。"何暇问虹梁",明天启四年(1624),荷兰殖民者乘明末衰败内乱之虚,侵占台湾西南安平湾,修筑赤嵌楼,后霸占全台湾。张煌言送罗子木时郑成功正攻台。内忧外患,国破家亡,民不聊生,此刻,诗人忧国忧民,心情无比沉重。在送罗子木时,哪有闲心欣赏虹梁曲桥和沿途的自然风光?

颔联"欲揽南溟胜,聊随北雁翔",在抗清复明无力回天的情况下,张煌言心情很沉重。这两句抒发了张煌言抗清复明,心急如焚,无可奈何的心情。急欲了解台湾军情和南海态势,要能随南飞的大雁升空飞翔就好了。

颈联"鲎帆天外落,虾岛水中央",意为如能翱翔蓝天一定能看到船帆撒落天外,就能看到台湾正在大海中央,就能亲自降落台湾,借来大军回师大陆继续抗清复明大业。

尾联"应笑清河客,输君是望洋",无奈不能飞过海峡,同时担心罗子木到台湾后,会立马借得大军回师抗清,还是无功而返?张煌言是心急如焚!张煌言笑送罗子木赴台湾借兵,此时只能隔岸眺望台湾翘首以待。

这首诗在今天读来,令人深深感到,在生死存亡的历史关头,台湾与大陆是一脉相承,彼此关联的。

（邓庆堂、曹衍惠注评）

　　徐孚远(1599—1665),字闇公,晚号复斋,华亭(今上海松江区)人。明崇祯十五年(1642)举于乡,与邑人陈子龙、夏允彝三人共结几社。南都亡,曾襄助夏允彝举兵抗清,永历五年(1651),从鲁监国至厦门,鲁监国授左佥都御史,后由郑成功迎至金门,甚受倚重。十二年(1658),永历帝封郑成功为延平郡王,郑成功指派徐孚远至云南向永历帝复命,徐孚远取道安南(今越南),却受阻于安南王而折返厦门。十五年(1661),随郑成功入台,但未久留,后再返厦门。十七年(1663),清师攻陷金门、厦门,徐孚远拟携眷归乡,不果,遂滞留广东饶平,两年后病故。存有《钓璜堂存稿》诗集二十卷。

　　徐孚远在明末文名甚著。其诗风苍劲雄浑,豪宕忠义之气贯注其中,擅长以壮语写悲情,面目鲜明,居"海外几社六子"之列。徐孚远有许多写自己遁迹台湾后生活的诗作。去台之前,他并非名官显宦,但也算得上一个士大夫,生活无虞。去台后,因环境所迫,只好躬耕田亩,过起渔耕生活,开始了遗民的漂泊人生。物质上的"家"在战火中被毁掉,灵魂上却不能失去文化意义上的"精神家园",他创作了一些反映本人生活、思想、心理和感受的诗歌,具有典型意义。

东宁咏^①

[明]徐孚远

自从漂泊臻兹岛,^②历数飞蓬十八年。^③
函谷谁占藏史气,^④汉家空叹子卿贤。^⑤
土民衣服真如古,^⑥荒屿星河又一天。^⑦

荷锄带笠安愚分,⑧草木余生任所便。⑨

注释

①东宁:即台湾。

②臻:到。兹:此。

③飞蓬:喻指漂泊他乡。

④函谷句:《史记·老子韩非列传》载,老子是"周守藏室之史"。又载,老子居周久之,见周衰,乃去。至关,关令尹喜曰:"子将隐矣,强为我著书。"于是老子乃著书上下篇,言道德之意五千余言而去,莫知其所终。按,唐司马贞《史记》索隐所引李尤《函谷关铭》,以此关为函谷关。又,旧题汉刘向《列仙传》载,老子西游,尹喜先见其气,知有真人当过,果得见老子。

⑤汉家:汉朝。子卿贤:元·蒲道源《题党久诚李陵别苏武图》诗:"丹青谁过子卿贤?"汉苏武,字子卿。出使匈奴,被扣留十九年。无论匈奴人如何威胁利诱,始终不屈服。终得归汉。《汉书》有传。

⑥土民:谓台湾当地居民。

⑦荒屿句:唐李洞《送云卿上人游安南》诗:"岛屿分诸国,星河共一天。"荒屿,荒岛。星河,银河。

⑧荷锄带笠:扛着锄头,携带斗笠。谓从事农业劳动。明卢象升《湄隐园记》:"荷锄戴笠,亲执其役。"安愚分:安分守拙。即顺应命运。宋陈藻《自哂》诗:"且安愚分住天涯。"

⑨草木余生:像草木一样度过余生。宋张方平《谢加恩表》:"如臣草木余生。"任所便:听任命运的安排。

赏析

1664秋,郑成功之子郑经将郑成功命名为"东都"的台湾改名为"东宁",仍奉明朝正朔,使用"永历"年号及"招讨大将军"的印信,治所即今台湾省台南市,史称"东宁省"。这首七言律诗题为《东宁咏》,当作于此年。

"自从漂泊臻兹岛,历数飞蓬十八年",首联自述到台湾前的行藏。1645 年,清军南下,南明福王政权覆灭。爱国志士夏允彝在江南起兵抗清,诗人与夏既是同乡,又是志同道合的挚友,乃慨然襄助。义师失败,允彝投水殉国。不久,诗人也离乡背井,浪迹天涯。自 1664 年上推 18 年,是 1646 年,应即诗人漂泊之始。

"函谷谁占藏史气,汉家空叹子卿贤",颔联承上,概括这 18 年漂泊生涯中的遭际与感触。上句以西出函谷关的老子自比,慨叹自己空有满腹经纶,却无人慧眼能识。有文献记载,他曾得到郑成功的倚重,迎至金门,每有大事,辄向他咨询。但郑成功并没有用他担任要职,是否真正认识他的价值,还不好说。下句以出使匈奴被扣留而始终不屈的苏武自比,慨叹自己虽有民族气节,却不曾得到相应的政治信任。1658 年,南明永历皇帝封郑成功为延平王,郑成功派诗人赴云南向永历帝复命。诗人取道安南(今越南),却为安南王所阻,无功而返。他在安南,或曾有被短期扣留的经历,否则何至于自比苏武?

"土民衣服真如古,荒屿星河又一天",颈联从回忆转到目前,是"东宁咏"的正题。台湾,虽然只是一个荒凉的海岛,但那里土著的民众,服装却颇为古朴。只说"衣服真如古",则民风的古朴淳厚,自在言外。更重要的是,这里"星河又一天",还奉大明王朝正朔,还是大明王朝的国土,与清王朝不共戴天！这是此诗中写得最精彩的两句。尤其下句，反用唐人李洞诗，翻出新意，却如盐着水，不见痕迹。用典能用到如此浑化的境地，非高手莫办。当然，诗句中鲜明的爱国情绪与民族立场，更为重要。但如果只有爱国情怀与民族立场，却缺乏审美意蕴与艺术表达，也很难说是好的文学作品。

"荷锄带笠安愚分，草木余生任所便"，尾联坦陈自己到台湾后的生活态度：我就在这里老老实实地做一个普通农民，安分守拙，自食其力，听其自然，像草木一样默默无闻地度过余生吧。表面旷达的言辞里，正不知隐藏着多少怀才不遇的感喟！既然连郑成功那样的英雄都不曾真正赏识并重用我，平庸的郑经之辈就更不用说了。读到这曲终奏雅的最后两句，我们不能不为诗人的悲剧人生而扼腕叹息。有时候，不平之气而出之以平和，诗味更厚，更耐人咀嚼。

（钟振振注评）

郑经(1642—1681),名锦,字式天,号贤之,又号元之,籍贯福建南安,延平郡王郑成功之子,台湾明郑时期的统治者,袭封其父延平郡王的爵位。工诗赋,善弓马。郑经在位时,大小政事均委于陈永华,建孔庙,普设学校。永历二十八年(1674),郑经联合三藩反攻,初屡获胜绩,后遭清军击退,于是撤退。从此心灰意冷,不理朝事,建园庭,饮酒赋诗,政事委于其子,永历三十五年(1681)去世。

题东宁胜境

[明]郑　经

定鼎宁都大海东,①千山百壑远横空。
芳林迥出青云外,绿水长流碧涧中。
两岸人烟迎晓日,满江渔棹乘朝风。②
曾闻先圣为难语,汉国衣冠万古同。③

注释

①定鼎宁都:定鼎,即定都。传说夏禹铸九鼎,以象九州岛,历商至周,都作为传国的重器,而王都所在的地方,即为鼎存在的地方。郑成功占领台湾时,于永历十五年(1661)十二月三日改台湾为东都,十八年(1664)郑经又改称为东宁。

②渔棹:"棹"本指船桨,此处"渔棹"代指渔船。

③汉国衣冠:中国服饰,代指中华文化。

赏析

郑经继承父亲郑成功大业之后,即将东都改名为东

14

宁。在承天府(即今台南市)兴建孔庙,兴建学校。又联合三藩抗清,起初屡获胜绩,其后被清军击败,在大陆之各据点亦告失守,于是撤返东宁,自此心灰意冷,不理政事。

郑经长于诗,作品甚多。此诗当系继承郑成功之位后所作,首联谓东宁(台湾)雄踞大海之东,川壑纵横,山河形胜,横空出世。颈颔二联谓芳林茂密,高耸入云端,碧水长流于深涧之中,风景异常优美。东西两岸皆有人居住,河中亦多渔船垂钓。末联总结,认为往圣先贤告诫后人创业维艰,而后人一定要励精图治,将中华文化优秀传统不断发扬光大。

(李宏健注评)

姚启圣(1623—1683)，字熙止，号忧庵。浙江会稽人。明季为诸生。顺治十六年(1659)附族人籍，隶汉军镶红旗。康熙二年(1663)八旗乡试第一。授广东香山知县。三藩乱时，以家财募兵，赴康亲王杰书军前效力，因功擢福建布政使，进总督。屡破台湾刘国轩军，肃清闽境。加太子太保，进兵部尚书。屡陈进兵台湾之策。二十二年，施琅率兵入台，启圣驻厦门督馈运。有《忧畏轩遗稿》。

视师吟①七首其五

[清]姚启圣

提师渡海极沧溟，万里波涛枕上听。②
此际梦回银汉转，千峰明月一孤舺。③

注释

①视师：督率军队。

②提师：即带领军队。姚启圣曾疏荐万正色为陆路提督，施琅为水师提督，谋伐台湾。沧溟：即水面青苍迷蒙貌。常用以指大海。此处代指台湾海峡。

③银汉：银河。舺：有窗户的小船。

赏析

姚启圣十岁能文，美丰仪，性豪宕不羁，臂力过人，堪称允文允武。他于康熙十五年(1676)十一月升福建布政使。十七年(1678)六月升福建总督。期间与郑氏大将刘国轩、何佑、吴淑战于漳州平和、漳平、长泰等县。二十一

16

年(1682)克取海澄、厦门、金门,并以连战皆捷之功,再晋兵部尚书、太子太保,世袭轻车都尉。时郑经已死,子郑克塽继位,凡事皆取于刘国轩、冯锡范等人;遣使赍书愿称臣入贡,但不薙发,如琉球、朝鲜例。康熙不许,谕旨水师提督施琅东征。在此期间,姚、施二人对郑军之抚、剿,以及出洋所候南、北风意见相左。惟这些争执于二十二年(1683)七月十八日,施琅克定澎湖,击败郑军而落幕。九月郑克塽请降,启圣自陈无功,乃召掌中枢,十二月疽发背,遂卒。论者谓清军攻台首功虽归施琅,然施琅系姚启圣所保举,而平日在闽运筹帷幄,分化敌方阵营,亦以姚出力最多。如陶元藻《全浙诗话》曰:"迨台湾之乱,冲锋陷阵,虽施琅功,然运筹帷幄,决胜千里,应时以输军饷,重犒以收士心,俾琅用兵多寡,出师缓急,靡不如意者,皆少保(即姚启圣)之力也。"

　　七绝组诗《视师吟》共七首,当作于平台战役期间,写的是作者别妻、视师、归来的经过。此组诗虽是军旅题材,在字里行间却较少兵戈铁马之气,倒显出更多花前月下的浪漫气息来。或许作者于美人、香草之际有所寄寓,然已无从稽考。现将组诗抄附于此。

　　《视师吟》,其一:"送我不过三五步,离愁散入阵云多。身经百战浑闲事,奈尔荆钗裙布何。"其二:"五云掩映翠罗裳,花里风来粉黛香。莲步忽从闺阁出,珊珊环佩引笙簧。"其三:"花开人去小庭闲,秀色空摇风露间。堪叹名葩都寂寂,不徒薄命在红颜。"其四:"兰芷方生抵自珍,画栏深护几枝春。归来若使花还好,愿折新茎赠美人。"其五:

"提师渡海极沧溟，万里波涛枕上听。此际梦回银汉转，千峰明月一孤舻。"其六："曲巷鸡鸣天欲霰，前军已渡深林薇。宵征何处最销魂，残月晓风人不见。"其七："一道红尘马上来，共传节度视师回。池亭台榭都生色，不止深闺笑口开。"徐世昌《晚晴簃诗汇》及钱仲联《清诗纪事》中，都选了"提师渡海极沧溟"这首，且皆题曰《视师》，流传至今，非专注于此者，已然不详全豹矣。

此处所选是组诗的第五首，写作者跨海视师之夜的情景。首句谓作者带领军队攻打台湾，乃渡海航行于台湾海峡。第二句谓夜晚在枕上听到浪潮滚滚的声音。第三句谓梦醒时看到天上的银河在转动。末句谓在舟上向四周瞭望，可见岸上许多的山峰，和天空上的一轮明月，却只有一条孤独的船只在海中航行。此诗表现出一种临战前的宁静气氛，也暗含作者作为统帅的"舍我其谁"的执着信念。含蓄蕴藉，气度不凡，乃儒将之风。

姚启圣留存的诗并不多，大多收在《忧畏轩遗稿》中，约略五十余首。其长孙姚枞在《忧畏轩遗稿跋》中说："先少保公诗古文章素盈箱帙，乾隆己巳冬，祝融为虐，家藏手泽旧物顿成灰烬。枞每一念及，不胜涕零。"

姚启圣为官清廉、勤政，深受百姓爱戴。他去世后，福建民间流传着一首《八闽童谣》，生动的描述了姚启圣的感人事迹，表达了百姓对其怀念之情。童谣最后一节唱道："公可怜，今人做官多要钱，哪管百姓苦颠连。珠围翠绕拥花钿，绫罗缎综绣云烟。金银满屋身安闲，真正快活似神仙。惟我公，真可怜，一分不要屋如悬。数碗菜腐供饔餐，仍似秀才旧穷酸。为民惟恐一事愆，左思右想心力穿。休尽民瘼革尽弊，公心犹恐或不然。半夜里，忽挥拳，梦与贼战大海边。正危坐，忽潸潸，想起某事欠周全。昼夜魂梦不安眠，行间四载苦万千。出海九月浪里颠，为国忘家身弃捐。哭哭恼恼度了四五年，凄凄楚楚受尽了忧煎。世间做官美福全，我公何曾过一天。可怜可怜真可怜！"童谣中"半夜里，忽挥拳"之句，不妨与"此际梦回银汉转，千峰明月一孤舻"相参看。

（姚泉名注评）

张琮(生卒年不详),号浣村,清康熙年间河阳(云南澄阳)人,官黄安知县。著有《立德堂诗集》。

澎湖岛

[清] 张　琮

孤悬一岛水连空,^①开幕登坛节钺崇。^②
庙筹十年筹海上,^③军威半壁锁台中。^④
笳吹猎火波痕碧,^⑤星杂渔灯舰影红。
我亦书生思报国,太平无事请从戎。

注释

①孤悬:指孤立。无所依靠。

②开幕:开建幕府,此处喻指新政权设立。登坛:登上坛场。古时会盟、祭祀、帝王即位、拜将,多设坛场,举行隆重的仪式。节钺:符节和斧钺。授予将帅,作为加重权力的标志。

③庙筹:亦作庙算。朝廷或帝王对战事进行的谋划一般会有一些事前的庙祝或占卜仪式,故称。十年:指从准备到收复澎湖用了十年时间。

④台中:地名。

⑤笳:胡笳。猎火:指古代游牧民族出兵打仗的战火。

赏析

1662年2月1日郑成功驱逐荷兰殖民主义者并建立政权,将荷兰统治时的政治经济中心赤嵌城改称东都明京,并设一府两县。府为承天府,以赤嵌城为府治,两县为万年和天兴,同时在澎湖设安抚司。清康熙二十二年(1683),福建水师提督施琅率军入台湾,郑成功之孙郑克塽投降。1684年,清政府按清制重设郡县,台湾归福建省管理。于台湾设台湾府,府辖台湾、凤山、诸罗三县。在军事上,设陆海官军十营,共一万人;置总兵一员,正二品,归福建水师提督管辖,驻守府城,另设小师副将两员,驻防澎湖、安平;参将两员,驻防南北两路。这首诗估计写于此时。作品生动地描述了清朝初年我国对澎湖、台湾治理、保卫的情形,可以和正史相印证。诗人表达了希望投笔从戎、为国建功的激情和壮志。

"孤悬一岛水连空,开幕登坛节钺崇",这两句诗描写的是澎湖岛的地理环境和当时开幕登坛的仪仗氛围。水天一色,坛场庄重,符节高擎,斧钺林立,一个个精心挑选出的意象纷至沓来,在诗人的笔下营造出了一种节庆特有的热烈气氛。澎湖岛的壮丽景色给诗人带来的感受是辽阔悠远而豪迈庄严的。先以水连天烘托气氛,继以仪仗节钺叙述场景,点出诗人的所见所闻,接着引出下文的心理描写。

"庙算十年筹海上,军威半壁锁台中"是诗人激动的内心波澜的激情宣泄。他回想为收复台澎而长期准备筹划的艰辛和隐忍,目睹眼前严整阵容的威风凛凛,一方面感慨胜利的来之不易,另一方面又在字里行间很自然地洋溢着一股钦佩和赞叹的豪迈情感。

"笳吹猎火波痕碧,星杂渔灯舰影红"这两句诗接着又从颔联的内心描写重新回到了现实场景,景中含情,寓情

21

于景,融景融情,情景交融,渲染出一个博大的感情空间。诗人用胡笳吹散战火比喻战争结束,用碧水悠悠来映衬欢乐的心情,用渔灯和星光交相辉映来表现和平宁静的生活,用舰影红来表现军港之夜的深幽和美妙。

"我亦书生思报国,太平无事请从戎",经过前面的层层铺垫之后的这两句诗脱口而出,直抒胸臆,景色是清幽安谧的,心情则是豪迈激动的。这种感受越美好,越发反衬出胜利的来之不易,所以诗人才有书生报国、投笔从戎的深沉、浓烈的情怀。难得的是诗人没有简单的铺叙大而空的场景,而是做到了诗中有我。表现的是历史大事件,切入的却是个体小视角。这样更加真实生动,也更加具有了打动人心的澎湃力量。

这首诗可以说是难得的诗歌史料和历史记忆,为收复澎湖的历史时刻留下了一段光阴的侧影,以诗证史,与史同在。从艺术角度来说,全诗清新朴素,完整生动,挥洒自如。句句照应,处处映衬,淡而有味,雅而有神,别具风骨。尤其是结构上工巧深稳,一联铺叙,一联感怀,再一联铺叙,再一联感怀,感情脉络呈波浪式层层递进,最后一句点到即止,铿然收束全篇,可说颇有匠心。

(高　昌注评)

阮蔡文(1666—1715)，字子章，号鹤石，福建漳浦人。幼年随父迁徙江西。康熙二十九年(1690)举人。兼通吴、越、闽、粤方言，对经世致用之学颇为用心。五十一年(1712)招降海贼有功，蒙清圣祖召见，叙功获授云南陆凉知州，未行，而大学士李光地奏称其有谋略，遂改授福建厦门水师中营参将。任内务除盗贼，化解外国通商市舶与当地人民冲突。五十二年，以北路营参将自携糗粮，历番社，日或于马上赋诗，夜则燃烛记所过地理山溪风土，为文以祭戍亡将士，往返匝月。五十四年(1715)调台湾北路营参将，当时南崁、淡水一带产硫黄，毒气熏蒸，曾是明郑时代流放罪人之所，康熙四十九年(1710)方设兵防。阮蔡文前往巡视，途中，吟诗书感，又详记当地山川、风候、土俗，并撰文吊祭戍亡将士，招抚原住民，百姓感悦，不幸竟中瘴气成疾，改任福州城守副将，前往京城述职途中，病情加剧而亡。阮氏操守廉洁，读书不倦，一生志在经济事业，著有《淡水纪行诗》一卷。

大甲溪①

[清]阮蔡文

崩山万壑争流瀹，②溪石团围马蹄絷。③
大者如鼓小如拳，溪面谁填递疏密？④
水挟沙流石动移，大石小石荡摩涩。⑤
海风横刮入溪寒，故纵溪流作鬐鬣。⑥
水方没胫已难行，⑦水至拦腰命呼吸。⑧
夏秋之间势益狂，弥漫五里无舟楫。

23

往来溺此不知谁,征魂夜夜溪旁泣。

山崩岩壑深复深,此中定有蛟龙蛰。

注释

①大甲溪:溪名。位于台湾省西北部,源于南湖大山,西流经台中以北,在大甲南注入台湾海峡,上游水急坡陡,水力资源丰富,溪中石头甚多。

②崩山:山名。以山常崩塌,故名。在大甲溪南岸。流湍:急流。

③马蹄絷:系绊马足。

④填递:填放更易。疏密:稀疏稠密。

⑤荡摩涩:荡,移动,推动。摩,摩擦,两物相切摩。《易·系辞上》:"是故刚柔相摩,八卦相荡。"

⑥鬐鬛:鱼类之脊鳍,后泛指大鱼。

⑦胫:小腿。

⑧拦腰:腰部。

赏析

大甲溪为台湾西部的大河,由东向西,水势汹涌,夏季台风过后,河水涨浊,挟带大量砂石及漂流木,滚滚西流,注入台湾海峡,在台湾河流中最为险恶。因地处要冲,为南北游客必经之地,旅人视为畏途。清代福建巡抚岑毓英,曾劝绅民捐钱二十万两,以造铁桥,造福于民。历来歌咏诗作甚多,丘逢甲即有《大甲溪歌》一首。

大甲溪经过数百年来之整治,已除去险恶之名。河中原盛产之鲦鱼,今已不见。溪水不只灌溉农田,且水流充沛,上游兴建水坝及发电厂。沿河亦建筑公路,横贯东西,河上架设铁桥,铁路、高速公路,亦经此纵贯南北。

　　此诗谓大甲溪南岸有座山,每于台风过后即崩塌,河川湍急,溪中盛产石头,可作系马之用。大石头像鼓;小石头像拳头,河上疏密石头是谁摆设的?河水挟带大量砂石,石头相触碰摩擦。冬天海风肆虐,河水凛冽。溪中盛产大鱼,水深淹没小腿时,行走困难。水深到腰时,令人害怕,呼吸困难。夏秋两季间,河水更汹涌弥漫,在五里内见不到船只。南来北往之游客,在此被河水淹死的不知有多少。每晚游子的魂魄在河旁哭泣。山崩地裂,溪谷越来越深,必定有蛟龙在此藏匿。

(李宏健注评)

康熙帝,爱新觉罗·玄烨(清圣祖,1654—1722)。八岁即位,改元康熙。先后平藩、收复台湾,统一漠北、西藏地区,武功很盛,且崇尚文学,举博学鸿儒科,下旨编修《康熙字典》《全唐诗》《佩文韵府》《渊鉴类函》《古今图书集成》等。《清史稿·圣祖本纪》说他"仁孝性成,智勇天锡,早承大业,勤攻爱民,经之纬武,寰宇一统,虽曰守成,实同开创"。著有《御制文》一至四集。

赐施琅诗①并序

[清]康熙帝

海氛之不靖,艋舺出没,波涛震惊;②滨海居民,鱼盐蚕织耕获之利,咸失其业。朕心恒悯恻焉。③迩者滇、黔、陇、蜀、湖、湘、百粤,悉底敉宁;蕞尔台湾,阻险负固尔。④施琅衔命徂征,决策进取。⑤楼船所指,将士一心,遂克岛门,迫其营窟。⑥勇以夺其气,诚以致其归。捷书到阙,时值中秋,对此佳辰,欣闻凯奏。念瀛壖赤子,获登衽席,用纾南顾之忧。⑦惟尔丕绩,即解是日所御之衣驰赐,载褒以诗。⑧

岛屿全军入,沧溟一战收。⑨
降帆来蜃市,露布彻龙楼。⑩
上将能宣力,奇功本伐谋。⑪
伏波名共美,南纪尽安流。⑫

注释

①施琅(1621—1696),福建晋江人。原为明朝郑芝龙部将,降清后任水师提督。康熙二十一年(1682)率军攻克厦门,渡海平台

26

湾。主张在台湾建制设防,巩固海疆。封为靖海侯,卒谥襄壮,著有《靖海纪事》。

②海氛:海上的云气。借指海疆动乱的形势。不靖:不安宁。艘艟:皆战船之属。

③悯恻:怜悯,悲痛。

④迩者:近来。悉底:尽数达到。敉宁:抚定;安定。蕞尔:小貌。

⑤衔命:遵奉命令。徂征:前往征讨;出征。

⑥营窟:营地。

⑦瀛壖:海滨,海岸。赤子:比喻百姓。衽席:借指太平安居的生活。语出《大戴礼记·主言》:"是故明主之守也,必折冲乎千里之外;其征也,衽席之上还师。"纾:解除。

⑧丕绩:大功业。驰赐:以快马送去赏赐。载:乃,于是。褒:嘉奖,表扬。

⑨沧溟:大海。

⑩蜃市:自然界中一种奇异的光学现象。远方不可得见的物体,如宫楼城市、船舶高山,因光线的屈折或全反射而呈现眼前的空中倒影。古人误以为是蜃(一种体型较大的蛤)吐气所形成,所以称为蜃市。此即指海上。露布:即不封口之公文或布告。用来上书奏事,或作为檄文、捷报以及其他通知。龙楼:即朝堂。帝王宫殿。

⑪宣力:尽力。奇功:即特殊的功勋。伐谋:破坏敌方施展的谋略。一说以谋略战胜敌人。语出《孙子兵法·谋攻篇》:"故上兵伐谋,其次伐交,其次伐兵,其下攻城。"

⑫伏波:汉武帝以路博德为伏波将军,征南越。东汉之马援,曾任伏波将军远征交趾。南纪:本指南方之诸侯国家,后亦称南方为南纪。语出《诗经·小雅·四月》:"滔滔江汉,南国之纪。"安流:即舒缓平静地流动。

27

赏析

清廷出兵台湾原意仅在消灭反清政权,起初并无积极经营台湾之意,且对台湾缺乏认识,朝臣颇多主张"弃台论"。施琅以其海上用兵经验及对台湾之深切认识,认为台湾地位重要。乃于康熙二十二年(1683)呈《恭陈台湾弃留疏》指出:台湾北连吴会,南接粤峤,延袤数千里,山川峻峭,港道纡回,乃江、浙、闽、粤四省之左护,今台湾"人居稠密繁息,农工商贾各遂其生",如果弃台,必有"逃军流民,窜伏潜匿,……和同土番","纠党为患,造船制器,剽掠滨海",荷兰"亦必乘隙以图",并以此为基地,"窃窥边场,迫近门庭","沿海诸省,断难晏然无虞","无论彼中耕种,尤能少资兵食,固当宜留。即为不毛荒壤,必借内地挽运,亦断不可弃","弃之必酿成大祸,留之诚永固边疆。"福建总督姚启圣,都察院左都御史赵士麟等亦先后上疏,反对放弃台湾。康熙皇帝即反复征求议政王、大学士等人意见,均赞同留台。康熙皇帝乃采施琅意见,决定经营台湾,并正式在台湾设置府县,隶属福建省下。

施琅之父弟为郑成功所杀,与郑氏本为世仇,但入台之后,未对郑氏报复,却前往郑成功庙行告祭礼,在台湾政权变换,人心浮动之际,此举对安定郑氏官兵情绪、稳定社会秩序,产生效果。足见他不仅深具军事才能,且有宽广之胸襟。

此篇是施琅率军渡海平台消灭郑军后,康熙皇帝大悦,为表彰施琅而御制之诗。首联谓施琅率领军队进入澎湖海域,打了大胜仗,郑军几乎全军覆没。颔联谓从海上驶来请降的船只;随之,捷报也传到了朝廷。康熙二十年夏,施琅攻占澎湖后,郑军逃归台湾。这时,康熙发布一道谕旨,通过施琅等转达给郑克塽,希望郑氏认清局势,"审图顺逆,善计保全",率众来归。郑克塽于兵临城下之际遣使至施琅军前求和。此即"降帆来蜃市"之本事。"露布"即施琅的报捷文书,施琅平定台湾后,直接派子侄由海上加紧将胜利的消息传至京师。颈联褒扬施琅智勇双全,善于用兵。他称施琅为上将军,认为其可为人主排忧解难,奠定了施琅平定台湾的首功。尾联谓施琅的英名可以和伏波将军并称,从此南方海域将可以平静。

康熙皇帝是一个有作为的帝王,也是一个有特色的诗人。他一生共创作 1147 首诗,全部收集在《清圣祖御制诗文集》里。在平台期间,康熙作过多首诗,如康熙十七年(1678),作《夜至三鼓坐待议政大臣奏事有感而作》曰:"午夜迢迢刻漏长,每思战士几回肠。海东波浪何年靖,日望军书奏凯章。"至二十二年六月克澎湖,"八月,琅统兵入鹿耳门,至台湾。克塽率属薙发,迎于水次,缴延平王金印。台湾平,自海道报捷。"捷报到时,正值中秋佳节,康熙欣喜异常,竟连赋诗三首以志当日之喜。分别为《中秋日闻海上捷音》《是夜对月再成绝句》《赐施琅诗并序》。李光地在《榕村续语录》中是这样描述当时情形的:"中秋日,上衣锦袍,看月宫景物,登楼宴赏。适捷报到,上喜甚,即脱此袍赐施。自作一诗,写一手卷,有序,俱述中秋赏月,捷到赐衣,将之以诗之故。"我们从这些诗作中确实能感受到康熙为"南纪尽安流""耕凿从今九壤同"而由衷喜悦,诚不愧为"千古一帝"。

(李宏健、姚泉名注评)

　　洪斌(1658—1717)，字简民，一字方崖，别号海客，漳浦古镇避风港洪桂长子，祖籍宁波浮东桥。洪斌出身行武，曾任江宁参将、游击将军等职。施琅攻澎湖时任水师都督，是澎湖大海战的参与者和指挥者之一。康熙二十二年(1683)，从漳浦赤岭畲族蓝理征台有功，叙勋加都督衔，三十八年署南澳总兵。洪斌文武兼修，精通文墨，擅长书法，一生著述颇丰，惜多佚失，留下仅有《鹿溪草》《岭外集》《南征集》，曾作《南征》及《匹马横行》二图。

战澎湖

[清]洪　斌

黄龙十万卷长风，①蜃结氤氲沧海东。
雷发火车连帜赤，②雨飘战血入江红。
雄威破胆横天表，新鬼惊魂泣夜中。
自是扶桑观晓日，③捷书驰上未央宫。④

注释

①黄龙：指清朝的黄龙旗。"黄龙十万"此处喻大清海军舰船之众。

②雷发火车：形容清军火炮如雷霆万钧之势。

③扶桑：古代神话传说中海外的大桑树，说是太阳出来的地方。"晓日"喻帝尊。

④未央宫：是西汉时大朝正殿，建于汉高祖七年(前200)，是中国古代规模最大的宫殿建筑群之一，总面积有北京紫禁城的六倍之大。此处代指大清朝廷。

赏析

考澎湖一役为清军收复台澎之著名战例。清康熙二十二年,时任福建水师提督施琅奉命率军渡海作战,经奋勇搏杀,于澎湖海域歼灭明郑军主力。自此清廷收复澎台,使神州舆图重归一统,宝岛台湾亦再回华夏也。而该诗作者洪斌,便是昔日澎湖海战之主要见证者。是作即为当时双方大战之生动写照。

因洪斌亲历斯役之纷飞战火,故其感受便非同寻常。诗人用"黄龙十万"喻我大清海军舰船之众、来势之猛,直如黄龙出世,山呼海啸;更如风卷残云,摧枯拉朽。兵光剑气瞬息之间就在沧海之上弥漫开来。军容何其威武,气势何其夺人。接下之"雷发火车"与"雨飘战血"之形容是谓清军火炮如雷霆万钧,震耳欲聋。弹雨枪林之中早已血肉横飞,人旗俱赤,海面波涛更是双方将士之血染红,其状不忍卒读。由此可见战争场景之惨烈和将士拼杀之血腥。转合之间,胜机显现。清军骁勇,气贯天表;郑军溃败,战无斗志。一勇一怯,一胜一负,战场形势瞬息万变,从最初之对峙、出击、互攻至终极获胜,诗人一路写来,惊心动魄,热血沸腾。

诗人煞拍以扶桑观晓日之豪迈,一抒获胜之喜悦,以"捷书驰上未央宫"终结全篇,是谓战场烽烟散尽,捷报已上奏清廷。此处用"未央宫"来指大清皇朝,意为大清江山庄严神圣,不容侵犯。"未央宫"原为西汉之大朝正殿,为西汉至高权力之象征。洪斌出身行武,不仅勇冠三军,威震敌胆,而且精通文墨,诗书俱佳,是文武兼修之当朝栋梁。乾隆间

侯官贡生藏书家郑杰在《注韩居诗话》赞称:"谁谓上马横
槊,下马赋诗,古今只吉利一人乎!"将洪斌媲美曹操("吉
利"为曹操小名),惜其戎马一生,未得高位而卒,至为可惜!
作为驰骋沙场之军中虎将,却能将海战场景描写得如此逼真
形象且威风八面,其文墨修为与胸襟抱负均不可小觑也。
"气大者声必闳,志高者意必远。"此为南宋范开于《稼轩词
序》中语,然今日用之于清人洪斌再恰当不过了。

(林 峰注评)

施世纶(1659—1722),字文贤,号浔江,福建晋江县衙口乡人,祖籍河南固始,后被编入清朝八旗汉军镶黄旗。清靖海侯施琅之子,曾任泰州知州、扬州知府、漕运总督等,素有"施青天"之誉,民间流传的话本小说《施公案》即以他为原型。著有《南堂集》八卷。

克澎湖

[清]施世纶

独承恩遇出征东,①仰藉天威远建功。②
带甲横波摧窟宅,③悬兵渡海列艨艟。④
烟消烽火千帆月,浪卷旌旗万里风。
生夺湖山三十六,⑤将军仍是旧英雄。⑥

注释

①恩遇:指天子的知遇。征东:指收复台湾和澎湖的战役。

②仰藉:仰望、依靠。天威:指帝王的威严,朝廷的声威。

③带甲:指披甲的将士。横波:横渡。窟宅:敌人的巢穴。

④悬兵:孤军深入。艨艟:古代战船。

⑤生夺:勇猛地占领。湖山:湖水与山峦。三十六:约词,极言其多。

⑥旧英雄:英雄本色,始终未改。

赏析

本诗作者施世纶在《清史稿》中有传,是一位民间传奇人物。以他为原型的清代公案小说《施公案》,曾经风靡一时。《施公案》又称《施公案传》《施案奇闻》《百断奇观》共8卷,97回。从施仕纶作扬州府江都县令写起,到升任通州仓上总督时止,全书以"审案"和"剿寇"为主要情节,大小十余案多靠托梦显灵、鬼神鉴察来解决。虽然小说的《序》中称"采其实事数十条,表而出之,使天下后世知施公之为人,且使为官者知以施公为法也",但是小说中的公案题材和灵怪故事,显然大都出于虚构。不过施公政声颇佳,应该也是历史事实。京剧舞台上至今还在上演的《恶虎村》《连环套》等剧目,均与施世纶的事迹相关。

这首《克澎湖》,歌颂的应该是他的父亲施琅的战绩。康熙二十一年,康熙帝决定攻台,命福建水师提督施琅与福建总督姚启圣一起进取澎湖、台湾。二十二年六月,施琅指挥清军水师先行在澎湖海战中对阵台湾水师并获得大胜。本诗的写作,即以此为背景展开。作者用朴素而优美的笔触铺叙了当年清军攻克澎湖的战争场面,留下了壮丽而精警的灿烂诗篇。

"独承恩遇出征东,仰藉天威远建功",这两句诗开门见山,紧扣题目,直接铺叙战争的原因、人物、地点,干脆利落而又有着广阔的表现容量。

"带甲横波摧窟宅,悬兵渡海列艨艟",是对当时战争的细节描写,横字、摧字、悬字、列字……几个动词落笔有力,用得准确鲜明,极其传神。这种全景式的书写,只有对这一段战争有着深刻了解和感悟的人,才能信笔挥洒,从而举重若轻地展示出来。

"烟消烽火千帆月,浪卷旌旗万里风",写的是战争胜

34

利之后的准确而生动的情景,是颇有文采的两句佳作,也是这首诗中最为抢眼的点睛之句。月照千帆,风卷红旗,经过战争洗礼后的队伍依旧威武而雄壮。饱满丰富的感情暗蕴在豪放壮阔的场景中,情隐于景,景中含情,颇耐咀嚼。

"生夺湖山三十六,将军仍是旧英雄",写的是战争胜利之后的人物心理,脱口而出,铿锵有力,洋溢着活力和激情,是这首诗的华彩乐章。

这其实也可看成是一首传统的怀古诗,全诗以"克"字为线索,从接到作战命令一直写到取得战争胜利,既用白描手法写出了克澎湖之役的海战全景,也用卒章显其志的方式直抒胸臆,用内心独白抒发了对将士们为国建功的赞美之情。全诗衔接自然,生气勃勃,用明朗的形象、壮观的场面,不露痕迹地抒发了作者内心的喜悦和敬仰,可以说是一首清代的英雄赞歌。全诗激昂慷慨而又清浅可爱,浅近平易,镜头感十足。

(高　昌注评)

周钟瑄(1671—1763)，字宣子，清朝贵州贵筑(今贵阳市)人。清康熙三十五年(1696)举人，历任福建邵武知县、台湾诸罗(今嘉义)县知县、山东高唐知州，员外郎管台湾事、荆州知府等。为官数十年，政绩颇多，被称为"铁面阎罗"。然以治理台湾功最大。周离台后，地方官肆行苛政，激起民变，朝廷将起义镇压后，又命周钟瑄以员外郎身份管理台湾。在他的治理下，台湾渐有开发，颂声悦耳。著有《读史摘要》《劝惩录》《退云斋诗集》《诸罗县志》《生番归化记》《松亭诗集》等。

淡水炮城^①

[清]周钟瑄

海门一步地，形势可全收。
欲作图王想，来成控北谋。
台荒摧雪浪，砌冷老边秋。
试问沧桑事，麻姑尚黑头。^②

注释

①淡水：台湾淡水镇。古时候"淡水"是一个地方的总称，指淡水河口与淡水港，更早以前是指整个台湾北部。

②麻姑：麻姑又称寿仙娘娘、虚寂冲应真人，道教人物。葛洪《神仙传·麻姑传》曰："汉孝桓帝时，神仙王远，字方平，降于蔡经家，……与经父母、兄弟相见。独坐久之，即令人相访(麻姑)。"她看起来是个不到 20 岁的女子，自称"已见东海三为桑田。"相传某年的三月初三，王母娘娘生日，邀请各位天神参加，

麻姑带着自酿的灵芝酒献给王母娘娘,此典称"麻姑献寿"。

赏析

　　淡水炮城即红毛城,古称"圣多明哥城""安东尼堡",位于台湾省新北市淡水区。该城为西班牙人于 1628 年所建,后由荷兰人于 1644 年重建。淡水炮城因淡尾炮台而得名,可视为台湾三百余年来之沧桑缩影。

　　清廷收复台湾后,战乱初平,人心不稳,加上酷吏当政,急敛暴征,致民不聊生,形同水火。周钟瑄受命于危难之际,毅然赴台。于诸罗建学馆,修城隍;摒陋规,辟阡陌。广田畴,开沟渠;筑塘堰,教耕作。乡人感其德,称所修塘堰为"周公堰",并建"周公祠"以记恩典。周任满离台,地方官苛政于民,激起民变。朝廷又命周钟瑄以员外郎之身署理台湾。他对民"宽以柔之",捐款平粜,修废革弊,安定民心。台湾自此渐有起色,逐步繁荣。故其深受百姓拥戴。

　　此诗作于周钟瑄任职台湾之时。炮城高踞淡水河出海口之山巅。四周林木苍郁,庭园幽静。登城四望,可见青山隐约,白浪翻滚。天边云帆点点,襟边海鸥高下,气象万千,风景如画。待到黄昏,沧海落日、红楼绿树交相辉映,更是令人叹为观止。

　　诗人居高临下,雄视海面,远近形胜,如在掌中。大有一夫当关、万夫莫开之势,堪称海上之门户。稍晚之台湾巡抚刘铭传曾题"北门锁钥"四字便是明证。诗人如此开篇,可见其心胸之开阔,眼界之宽广。抚今思昔,诗人自然感慨万千。思及洋人鸠占鹊巢,窃我宝岛,继而图谋不轨,觊觎神州。诗人怒不可遏,拍案而起。好在我华夏神勇,剑指台海,使璧还神州,金瓯无缺。然时过境迁,斗转参横。当年之坚垒炮台,早已腐朽不堪;当年之高城堞楼,早已颓败。只剩台荒雪浪,石冷边秋。想到沧海桑田,人事变幻,诗人触景生情,浮想联翩。麻姑本为长寿之仙,已不知几千万岁,而今日诗中之麻姑尚且黑发满头,可见其年岁尚幼,青春在握。诗人借此来喻我炎黄苍生之千秋万代,生生不息;更喻我中华民族复兴可期、腾飞在望。

诗尾以设问作结,是其精妙处。全诗以景开头,以情束拍,可谓因景动情,情随景移;情景交融,前后呼应。老杜诗:"天高云去尽,江迥月来迟。衰谢多扶病,招邀屡有期。"上联景,下联情……固知景无情不发,情无景不生(南宋范晞文《对床夜话》卷二)。此间诗圣之作法与周钟瑄诗极其相类,由此可见周钟瑄受老杜影响之深也。

(林　峰注评)

郁永河(生卒年不详),字沧浪,浙江仁和(今杭州市)人,中国清代地理学家,被誉为撰写台湾游记第一人。康熙三十五年奉旨赴台开采硫磺,途中曾在澎湖上岸,又在台邑(今台南)停留月余,最后才至北投采矿。著有《采硫日记》(又称《裨海纪游》),记述了台湾的自然地理、经济地理、地质以及水文气象等情况,是研究台湾历史地理的重要文献。另著有《番境补遗》《海上纪略》。

台湾竹枝词十二首其十一

[清]郁永河

肩披鬒发耳垂珰,粉面红唇似女郎。

马祖宫前锣鼓闹,①侏离唱出下南腔。②

注释

①马祖宫:天妃神即马祖;马祖宫即妈祖宫。

②侏离:我国古代西部少数民族乐舞的总称。下南腔:以保存着大量南戏剧目而赢得"活化石"之美誉的梨园戏之一。元代各省设"路",泉州人把福建以北称"上路",称自己为"下南人"。早在宋光宗绍熙年间(1190—1194),闽南泉州、漳州一带就盛行"优戏",唱的是闽南土腔,后人称为"下南腔",演唱内容多是南曲曲牌体的戏文。

赏析

竹枝词起源甚早,为古代巴蜀民歌演变而来。其形式类似绝句,但格律宽严不拘。表现为风格活泼,语言清新;可歌可舞,场面热烈。竹枝词"志土风而详习尚",内容多写风土

39

人情,民俗生活。故与地域文化有着不解之缘。它常于状摹世态民情中,洋溢着鲜活的文化个性和浓厚的乡土气息,唐代顾况、李涉、白居易、刘禹锡等皆有如是佳作。其中以刘禹锡最负盛名,其文人气息之注入,使得竹枝一体影响更广,波及后世。而台湾则至清代始见竹枝词之滥觞,台湾本土文人及旅台官员墨客纷纷以竹枝为体,吟咏台澎风貌。如近代著名诗人丘逢甲、梁启超等都有类似作品问世。

此诗为旅台官员郁永河之竹枝小唱。诗写闽中妈祖庙会之社戏场景。土人称天妃神曰马祖,称庙曰宫。妈祖庙会为沿海一带祈求平安,祭祀妈祖之重大活动。多在妈祖诞辰日、升天日或元宵节举行。期间莆仙戏、木偶戏、山歌、渔歌等各显神通,夺人眼目。舞龙、舞狮、踩高跷、皂隶舞、九鲤舞、棕轿舞、簪花轿、打花鼓等各种绝活,精彩纷呈。诗中所记即庙会一角。台上主人黑发披肩,耳垂珠环;傅粉施朱,婀娜多姿,俨然一妙龄少女也。"粉面红唇似女郎",此女郎又分明为男子所扮也。古代男女授受不亲,即便演戏也是男女不同台,故诸多女角皆为男子所替,是为男旦。如现当代之四大名旦、四小名旦即为女旦男演。诗人接下之描绘,即写妈祖庙前之热闹情景:场上锣鼓喧天,彩旗飞扬;场下摩肩接踵,项背相望。一时村镇市井,男女老幼,纷涌而出。

古时之庙会犹今日之节日盛典。"侏离唱出下南腔"一句为点睛之作,亦诗中主题所在。诗人注曰:"闽以漳、泉二郡为下南,下南腔,亦闽中声律之一种也"又注曰:"侏离为西夷乐名,形容蛮夷之语声。"由此可知剧中所唱为闽南土戏,别有风味。无独有偶,民国著名诗人连横亦有竹枝词曰:"湘帘斜影照银釭,粉面何即翠鬟双。马上琵琶江上笛,喃喃低唱下南腔。"两人虽相隔数百年,但心意相通,转结之间,不谋而合,所作如此近似,真可谓诗骚之奇妙也。

(林　峰注评)

台湾竹枝词十二首其十二

[清]郁永河

台湾西向俯汪洋,东望层峦千里长。
一片平沙皆沃土,谁为长虑教耕桑?

赏析

郁永河旅台有年,对台海之地理形貌、风光胜景、民俗俚情等皆有所考察与体会。十二首竹枝词即其寄居台湾之观感,此诗为煞尾之作。郁永河于《裨海纪游》中言道:"台郡之西,俯临大海,实与中国闽、广之间相对。"虽然汪洋浩淼,波涛千里,但台岛与大陆隔海相望,地虽远而心相系,天虽阔而情相牵。可谓海天一气,岛陆一体。故有"台湾西向俯汪洋"之开篇。

台湾东陆则层峦叠嶂,崇山峻岭,"为野蕃巢居穴处之窟,鸟道蚕丛,人不能入;其中景物,不可得而知也"(《裨海纪游》)。可见东陆多山,且古时山区交通闭塞,鸡犬不闻,故尔人烟稀少,民生凋敝。"东望层峦千里长"即指花莲、南投、台中三县和宜兰部分地区。山内荒烟蔓草,穷山恶水,山外却平沙沃土,良田万顷。只是苦于无人引导,土人又不谙劳作,以致良田荒芜殆尽,村民穷困潦倒也。《裨海纪游》载:"山外平壤皆肥饶沃土,惜居人少,土番又不务稼穑,当春计食而耕,都无蓄积,地方未尽,求辟土千一耳"故诗人有"一片平沙皆沃土,谁为长虑教耕桑"之句也。

郁永河客居台湾,采矿开硫,兼而考察地理地貌,水文气象,故对台湾境况了如指掌。通读全诗,亦可见诗人善体下情,爱民如子之宽宏气度,也表达了关心时局、心忧天下之仁者心性。昔日刘克庄曾云:元道州《贼退示官吏》诗、韦苏州《寄人》诗皆有忧民之念。郁永河诗亦有斯念!是作通篇语言浅近,风格明朗;意在言外,韵味绵长。

(林 峰注评)

孙元衡(1661—?),字湘南。安徽桐城人,1711年前后在世。拔贡出仕,曾任四川汉州知府。清康熙四十四年(1705),迁台湾府海防同知。逢岁旱,米价腾贵,乃令商船悉运米,多者赏,否者罚,于是台湾南北货船云集,米价遽减。四十五至四十七年,曾任诸罗(今台湾嘉义)之县篆,兴文庙,创置学田,慈惠爱民,严缉捕。秩满,迁山东东昌府知府。著有《赤嵌集》。

抵台湾 二首其一

[清]孙元衡

八幅征帆落远空,苍龙衔烛晚波红。[①]

洲前竹树疑归后,天外云山似梦中。

鹿耳荡缨分左路,鲲身沙线利南风。[②]

(鹿耳门港路纡回,以缨竹竿别深浅,名曰荡缨)

(七屿相连,名七鲲身,其尾有沙线,南风可泊)

书名纸尾知无补,著得诗筒与钓筒。[③]

注释

①八幅:八张。苍龙:为传说中的青龙,古传青龙为祥瑞之物。衔烛:即口含火炬。

②鹿耳:即鹿耳门。岛名。原在台湾七鲲身屿及北线尾屿以北。明永历十五年(1661)四月郑成功率军到台湾最先登陆的地点。后西海岸泥沙淤积,已与台湾本岛相接,大约在今台南市西北海边鱼塭地区。荡缨:鹿耳门港路纡回,水底皆沙,纵横布列,舟不可犯,如触沙线立碎。出入者插竹标以识,南礁树白旗,北

礁树黑旗,以便出入,名曰荡缨。鲲身:即七鲲身。原为台湾省台南市西南海中的古岛屿,自南而北,绵延七岛。十七世纪荷兰人曾在此建热兰遮城,郑成功收复台湾后,改名王城或安平城,俗称赤嵌城。十八世纪后港湾逐渐淤浅,光绪八年(1882)在一次大洪水中,港湾填淤成平地,岛屿遂与台南市西郊陆地相连接。《台湾县志》:"赤嵌城亦名台湾城,在安平镇一鲲身,沙碛孤浮海上,西南一道沙线,遥连二鲲身至七鲲身,以达府治。"沙线:为地图上表明航道上暗滩的虚线,亦指航线上的暗滩。

③纸尾:书面文字结尾处。常署名或写年月日等。书名纸尾:谓职卑无权,只能陪在别人后面署名。诗筒:盛放诗的竹筒。

赏析

孙元衡喜游历,善赋诗。曾周游台岛,乘兴吟咏不已,汇成宏篇巨制,名《赤嵌集》,共四卷,收其诗二百六十六题,三百六十首。多抒写宦台期间亲身感受,具有文献价值。虞山人蒋陈锡《赤嵌集序》曰:"诗人所至,阅历岁时,目览耳闻,皆归篇什,使其山川、人物、饮食、方隅以及草木、禽鱼无不吐其灵异而发其光华。"王士禛曾逐篇阅读,凡遇佳作,即作评语。连横在《台湾诗乘》中赞道:"台湾宦游之士,颇多能诗,而孙湘南司马之《赤嵌集》为最著。"《台湾省通志稿》等书也有类似的说法。

作于康熙四十四年三月(1705年4月)的《抵台湾》本为七律二首,这是第一首,此诗描述作者由鹿耳门、七鲲身一带登陆初抵台湾之所见所感。首联谓随同由八只帆船组成的船队抵达遥远之台湾。一片晚霞,使海水染成了红色。"苍龙衔烛晚波红",状海上落日之景,颇有奇幻色彩。额联谓沙洲前种的竹树,使他怀疑回到老家。看见天外之云山,彷佛自己是在梦中。颈联谓鹿耳门港路弯曲回旋,为船只出入之方便,插竹标以资识别,南礁用白旗,北礁用黑旗。七鲲身有七个小岛相连,南方有一道沙线,吹南风时,船只可以停泊。此联最能见台湾山川风情。尤其作者自注"荡缨"和"纱线"之功用,保留了早期台湾风物生动而可信的史料。末联生发感叹,谓自己没有什么实权,恐无补于台湾的建设,将只能身携诗筒和钓筒,过点闲散的日子。

《抵台湾》的第二首曰:"浪言矢志在澄清,博得天涯汗漫行。山势北盘乌鬼渡,潮声南吼赤嵌城。眼明象外三千界,肠断人间十二更(自注:自厦至台,计十二更)。我与苏髯同不恨,兹游奇绝冠平生(自注:苏句)。"王士禛评之曰:"兴会笔墨都不减坡,欲不为海外之游,胡可得也。"

孙元衡是在清政府对台湾已经实施了二十多年的有效统治之后抵台的。暗淡了刀光血影,他可以环岛畅游,潜心诗词创作。王士禛品评《赤嵌集》卷二的《咏怀》诗二十八首时说:"恣情山海。"又说:"无所不谈,无所不尽,洵一代之奇作。"此语亦可品题《赤嵌集》全书。孙元衡对于这些诗作颇为用心。王士禛的内兄、山东梁邹(今邹平)人张实居《赤嵌集序》曰:"其诗咏山川则指示要害,咏风俗则意在移易,咏民物则志弘胞与,诗歌而通于政事矣,此又作者之旨也。"可谓知人知诗。

为了比较详尽地记录台湾的风土人情,除了赋之以诗外,孙元衡还非常注重"注"的撰写。《赤嵌集》中有一百二十首诗在诗题及诗句中夹有自注。除对山川地理、禽鱼草木、奇风异俗作补充说明外,还就当时的移民垦拓、版籍户口、赋役响税、海防稽查等作了简要的注解。这些都成了台湾早期政治、经济、民生等社会生活史的珍贵补遗。所以有的论者认为,《赤嵌集》是"中国的第一部歌咏台湾的传世诗集","它可备一方文献,为台湾的'诗志'"(姚永森《〈赤嵌集〉是开创歌咏台湾之先的传世佳作》)。而《抵台湾》一诗则是这部"诗志"的序曲,它为读者开启了一扇探视早期台湾奇丽人文风光的窗牖。

(李宏健、姚泉名注评)

高拱乾(生卒年不详),号九临,陕西榆林人。荫生。康熙二十一年(1682)任户部郎中,二十九年(1690)任泉州府知府。三十年(1691),因督、抚两院会荐,三度上奏,破例升补为分巡台厦兵备道,于次年赴台上任;三年后,调升浙江按察使。宦台任内,以蒋毓英的《台湾府志》为蓝本,纂修《台湾府志》,创官修志书之始,为后代台湾史的主要依据。

安平晚渡①

[清]高拱乾

日脚红彝垒,②烟中唤渡声。
一钩新月浅,③几幅淡帆轻。
岸阔天迟暝,④风微浪不生。⑤
渔樵争去路,⑥总是画图情。⑦

注释

①安平晚渡:清康熙时所定台湾八景之一。安平,在今台湾台南,是台湾最早开发之地。

②日脚红:唐元稹《闲》诗二首其一有"篱筛日脚红"。日脚,太阳穿过云缝射下来的光线。彝垒:夷垒,即安平古堡,荷兰人建于1624年。郑氏王朝三代宅第在此。

③一钩新月:唐王周《无题》诗二首其二:"一钩新月未沉西。"

④天迟暝:天黑得晚。

⑤风微句:唐钱珝《江行无题一百首》其三十三:"风微浪不惊。"

⑥渔樵句:明谢承举《泊新涂》诗:"渔樵争晚渡。"去路,谓回家

之路。

⑦总是句:明汪广洋《渔樵清会图》诗:"总是画图人。"

赏析

这首诗,乃咏台湾八景之一的安平晚渡。写作时间当在 1692—1695 年,其时作者在台湾任职。

"日脚红彝垒,烟中唤渡声",首联开门见山,将题中"安平""晚""渡"三个关键词都点出了:"彝垒"点"安平";"日脚红",点"晚";"唤渡声"点"渡"。落日的余晖染红了安平古堡,渡口弥漫起一层薄薄的烟雾,烟雾中传来呼唤渡船的声音。"红"字,形容词作动词用,炼得精彩。上句有"色",下句有"声",行文亦错落有致。

"一钩新月浅,几幅淡帆轻",颔联循惯例作对仗,描绘渡口外的海上景象。天空升起浅浅的一弯新月,水面飘着几艘轻快的帆船。水墨写意,清淡而空灵。画面简净,朴素自然,是五律特有的审美风尚。

"岸阔天迟暝,风微浪不生",颈联亦循惯例作对仗,继续描绘渡口外的海上景象。海岸宽阔,空间广大,天色自然比山区、林区要昏黑得迟。风不大,故海上波澜不惊。二句风格,与上联统一而和谐。值得注意者,两联都是一句写天空,一句写海面,章法井然,颇为整饬。

"渔樵争去路,总是画图情",尾联诗笔又拖转回渡口。说渔父与樵夫争渡,其实不要呆看。按照生活的逻辑,争渡的自然还有商贾、游客,各色人等,只不过"渔樵"在古典诗词中比较常见(或因其措辞清雅而更适合入诗),故被诗人挑选来作代表而已。一"争"字凸显出渡口的热闹。渡口热闹如此,则当地人烟稠密,市场繁荣,则不言而喻。所以,那争渡的场面,才值得画作丹青。它正是宝岛重新归入中华版图后,太平、繁盛气象的表征!以此作结,便雍容不迫,余味深长。由此返观颔联景象之和平,颈联境界之清穆,可见诗人在选择风景时,写什么,不写什么(例如海上风暴也属常有,但他就不写),都是有所考虑的。

至迟自宋代开始,某地八景,十景,乃至数十景,已逐渐成为诗词、图画创作的时尚。或分别创作,诗词是诗词,图画是图画;或通力合作,一诗(或词)一画相配。后者珠联璧合,相得益彰,尤为群众所喜闻乐见。玩味此诗末句"总是画图情",我们有理由推测,或许它就是《台湾八景图》中的一首题画诗。

(钟振振注评)

49

宋永清(生卒年不详),字澄庵,山东莱阳人,汉军正红旗监生。康熙四十三年(1704)任凤山知县,四十八年(1709)兼署诸罗知县。在台期间多所建设,如建学宫,创义塾,减田赋及兴水利等,政绩卓著,任满后官升延庆知府。性好吟咏,工于诗,著有《溪翁诗草》。

渡淡水溪①

[清]宋永清

淡水悠悠天尽头,②东连傀儡遍荒丘。③
云迷树隐猿猴啸,鬼舞山深虎豹愁。④
野寺疏钟烟瘴路,⑤黄沙白露沁寥秋。⑥
不知谈笑封侯者,⑦冒险冲寒似我不?⑧

注释

①淡水溪:即淡水河。位于台湾北部。主流大汉溪发源于雪山山脉的品田山。主要支流有基隆河、新店溪。河长158.7公里,分上淡水和下淡水,注入台湾海峡。

②天尽头:宋徐积《淮之水示门人马存》诗:"激激滟滟天尽头。"

③傀儡:傀儡山。在今台湾屏东县东南。冲霄耸起,常带云雾。重冈复岫,皆人迹所不到。遍荒丘:宋周弼《石头城》诗:"六朝遗迹遍荒丘。"

④虎豹愁:宋陈舜俞《三峡桥》诗:"飞鸟难过虎豹愁。"

⑤野寺疏钟:唐罗隐《秋日禅智寺见裴郎中题名寄韦瞻》诗:"野寺疏钟万木秋。"野寺,野外的寺庙。疏钟,稀疏的钟声。烟瘴:旧指南方蛮荒之地弥漫在深山丛林间的湿热雾气。

⑥沆瀣秋:沆瀣,晴空,也用以指寂寥的心情。唐薛能《天际识归舟》诗有"棹倚沆瀣秋"。

⑦谈笑封侯:谈笑之间便轻而易举地做到大官,被封为侯爵。宋晁补之《复用前韵并答鲁直明略且道见招不能往》诗:"谈笑封侯谁氏子?"

⑧冲寒:迎着寒风。似我不:似我否?像我这样么?宋陈与义《登城楼》诗:"亦有似我不?"

赏析

此诗疑作于1704年作者赴台湾凤山(今台南市凤山区)任知县,中途渡淡水溪时。当时的台湾,开发程度远不能与大陆许多地区相比。诗人远道来此任职,从人烟稠密、经济繁荣的大陆乍到人口稀少、荒野居多的台湾,反差甚大,感觉上、心理上一时还不能适应,有此慨叹之作,是很自然的事,可以理解。

"淡水悠悠天尽头,东连傀儡遍荒丘",首联提纲挈领,总写淡水溪的地理形势:河流长长,西北注入台湾海峡,消逝在天边;其东,则与荒丘起伏的傀儡山相连。言"遍荒丘",则不胜其寂寞,为全诗定下了凄凉的基调。

"云迷树隐猿猴啸,鬼舞山深虎豹愁",颔联紧承上联,具体刻画路途中的荒凉景象。山间云雾缭绕,树木隐蔽,只听见猿猴的清啸——这是写实,当属亲眼所见,亲耳所闻。深山之中,鬼魅跳荡,连虎豹之类猛兽也不免悲愁——这是虚拟,纯属想象之辞。虚实相间,旅途凄凉情景,披文如见。

"野寺疏钟烟瘴路,黄沙白露沆瀣秋",颈联仍承上意,加以渲染。野外的寺庙,香火自然不会旺盛,故礼佛的钟声也不可能像香客熙攘的名刹那样频繁。道路上弥漫着南方丛林特有的瘴气,河滩的黄沙,仲秋的白露,况味无一不透着凄凉。"沉寥秋"由宋玉《九辩》"悲哉秋之为气也……沉寥兮天高而气清"云云化出。"沉寥"的本义固与"烟瘴"云云牴牾,但宋玉之后,亦有用它来形容人的心情孤独寂寞的,如唐陆龟蒙、皮日休《寒夜联句》诗皮日休曰:"我思方沉寥,君词复凄切。"宋氏此诗,可取此义。

"不知谈笑封侯者,冒险冲寒似我不",尾联以问句作结。不知那些毫不费力便做到高官的人,也曾像我这样冒着种种危险,顶着寒冷的秋风,前赴官所么? 这问题,其实并不要读者回答。诗人对此,当然有牢骚。却未尝和盘托出,只是委婉含蓄地发为此问。这就给读者留出了回味的空间。

不过,牢骚归牢骚,诗人做官还是十分敬业的。宋永清在台任职期间,黾勉从事,政绩颇著,多所建树。此诗不唱高调,不为豪言壮语,袒露了自己真实的作为凡人的那一面相。虽不能励志,却不失为修辞立其诚。

(钟振振注评)

陈文达（生卒年不详），台南人。康熙四十六年（1707）岁贡。尝参与纂修《台湾府志》及《凤山县志》。

莲潭夜月[①]

[清]陈文达

清波漾皓月，沉璧远衔空。[②]
山影依稀翠，荷花隐现红。
潭心浮太极，水底近蟾宫。
莫被采菱女，携归绣幕中。

注释

①莲潭：指莲花潭，旧称莲池潭，位于今高雄市左营区东侧，南邻龟山、北接半屏山，潭面面积约 42 公顷，源于高屏溪。康熙二十五年（1686）凤山知县杨芳声修建文庙时，以莲池潭为泮池，在池中栽植莲花点缀，每到炎夏，荷花盛开，清香四溢，故取名"莲池潭"，而"泮水荷香"被列为凤山八景之一。四十四年（1705），凤山知县宋永清对莲池潭再度浚修。因湖畔半屏山与龙虎塔互为映照，"莲潭夕照"因之闻名。

②沉璧：范仲淹《岳阳楼记》曾有："而或长烟一空，皓月千里，浮光跃金，静影沉璧"一语。此处指月亮。

赏析

湖波荡漾，明月当空；静影沉璧，清夜无声。何其静谧温婉，又何其闲雅悠远，真一幅莲塘赏月图也。如此良辰美景,清宵月色,令人竟思接千载,魂飞万里。"泮水荷香"被列为凤山八景之一。又因半屏山与龙虎塔一纵一横,互为观照,山形塔影,倒映水中,更使"莲潭夕照"一夜成名,蜚声岛外。诗中之山影即半屏山倒影。

诗人淡伫湖边,远望则山影依稀,翠岚飘渺;近观则新红隐现,荷香轻淡。诗人神旷之余,不免心生奇想:乾坤之大,陂塘之小;陂水之近,蟾宫之沓。一大一小,一近一远,须臾之间,奇正生也,阴阳显也。诗人灵光闪动,心中已将自然景观与太极大道融为一体,使诗中意境不断深化,诗中画面愈加朦胧。至结句,诗人将目光从九万里之外徐徐收回,再次投注于眼前之清澈荷塘,但诗人又分明不甘于如此平淡之境遇,于是再发奇想:"莫被采菱女,携归绣幕中。"月光之下,才子佳人,执手相约,有青山作证,请明月为媒,何其衣袂飘摇,浪漫多姿。此景此情,即便今宵无酒,如我这般则更是醉倒一千回也。如此描写正应了明人谢榛之语录:"景实而无趣,景虚而有味"(《四溟诗话》)。此间所造之景正诗人理想之虚景,断非现实之真景也。诗景远近相错,情景交融;曲折回环,引人入胜。虽有开篇三仄微瑕,但亦难掩其瑜也。

(林　峰注评)

李丕昱(生卒年不详),直隶滦州人,清岁贡。康熙五十六年(1717)由南平知县补为凤山知县。在台期间,曾修凤山县学宫,此为其仕台的重要政绩。

半屏山^①

[清]李丕昱

陡然拔地起,半擘^②凌芳洲。
翠色空霄汉,岚光锁绿畴。
鸟道晴峰拱,云帆碧海收。
影入莲潭水,千年胜迹留。

注释

①半屏山:半屏山位于高雄左营,翠崖半屏,临海而出,因山势"如列障,如画屏"而得名,高220余米。

②擘:大拇指。

赏析

孤峰千丈,拔地而起;翠崖半屏,临海而出。该诗提笔即以冲天气势,先声夺人。让人对半屏山之雄峻岿然心生向往矣。

半屏山外形似被斧削刀劈一般,壁立海中,卓尔不群。遥看似屏风初张,又似大旗招展,故有半屏山之称。为清代凤山八景之一——翠屏夕照,并以"屏山塔影"而闻名于世。此"半屏山"又与浙江温州洞头岛之半屏山隔海相望,遥相呼应。

　　据传千万年前，两山原为一体，被喻为海上仙岛。后岛屿为蛇妖所占，东海龙王为救岛上百姓于水火，与八仙携手捣毁蛇窟，后因发力过猛，致该岛被震为两半，半留大陆，半遗台海。故两岛虽相距千里，但名出一折，源于一脉也。亦足可证两岸炎黄子孙同宗同源，血脉相连。该诗起得劲健，笔势威猛，且看他颔联又如何接续。诗人登高放眼，见满山翠绿，远接霄汉；岚光百里，漫锁田畴，好一派山野风光。晴峰叠嶂，鸟道盘旋，当惊山势之险；碧波澄澈，云帆隐约，可见海面之宽。此登半屏山之大观也。

　　诗人徘徊良久，感慨莫名。沉思之际，复见半屏山影倒入莲池潭中，二者山水相依，互为映照，使景中套景，景中生景，益增其趣也。莲池潭旧称莲花潭，颇为清幽绝俗，堪称人间美景。诗人有感于风云变幻，人世无常，而滋生山水不老，胜迹永恒之嗟叹。故诗中之结句亦诗人毕生之体味也。该诗起承转合，自然顺畅；谋篇布局，周密老辣。但稳健有余而新意不多，兼之结得平泛，似有虎头蛇尾之嫌。

　　　　　　　　　　　　　　　　（林　峰注评）

蓝鼎元(1680—1733),字玉霖,别字任庵,号鹿洲,福建漳浦人。康熙六十年(1721)朱一贵之乱时,其族兄蓝廷珍时任南澳总兵,奉命赴台平乱,蓝鼎元随军赴台。以拔贡入都,官至广州知府,于任内卒逝。曾参与《大清一统志》之纂修,著有《蓝鹿洲集》《平台纪略》《东征集》等。

台湾近咏 十首其十

呈巡史黄玉圃先生①

[清]蓝鼎元

台湾虽绝岛,半壁为藩篱。②
沿海六七省,口岸密相依。③
台安一方乐,台动天下疑。
未雨不绸缪,侮予适噬脐。④
或云海外地,无令人民滋。
有土此有人,气运不可羁。⑤
民弱盗将据,盗起番亦悲。
荷兰与日本,眈眈共朵颐。⑥
王者大无外,何畏此繁蚩。⑦
政教消颇僻,千年拱京师。⑧

注释

①巡史,是巡视台湾御史的简称。清廷于康熙六十一年(1722)设置,满汉各一名。黄玉圃,名叔璥,字玉圃,顺天大兴人。与满

人吴达礼同膺首任巡台御史。

②绝岛,远隔海外的孤岛。藩篱,用柴竹编成屏蔽的围墙,引申为保护防卫。此句指台湾岛是中国的海上屏障。

③"沿海六七省",指清代奉天、直隶、山东、江苏、浙江、福建、广东等地。

④噬脐,用嘴咬自己的肚脐,是不可能做到的事。比喻后悔已迟。

⑤气运,指气数,命运。

⑥眈眈,形容眼睛注视。朵颐,朵,动。颐,下巴。朵颐指嚼食时腮颊鼓动的样子。

⑦"王者"句,是说古代帝王以天下为一家。《公羊传·隐公元年》:"王者无外,言奔,则有外之辞也。"何休注:"王者以天下为家,无绝义。"繁萤,众多的庶民。

⑧政教,指刑赏与教化。《史记·老子韩非列传》:"内修政教,外应诸侯。"颇僻,指邪佞,不正。拱,拱卫。

赏析

康熙帝曾对台湾两次用兵。第一次是康熙二十二年(1683)六月,水师提督施琅奉命率兵平定台湾;第二次是康熙六十年(1721)四月,因原籍漳州的迁台农民朱一贵纠众起事,南澳总兵蓝廷珍、水师提督施世骠等奉命率兵平定台湾内乱。是时,蓝鼎元随族兄蓝廷珍赴台。平叛战事很快结束。第二年六月,清廷首任巡台御史黄叔璥抵台,蓝鼎元呈以组诗《台湾近咏十首》,这里选的是第十首。

作者在这组诗中针对当时台湾的治政之弊和台湾社会的现实情况,提出了治理台湾的方略。第一首提纲挈领,阐明治理台湾要顺其自然,继续开发,不要限制。这是蓝鼎元治理台湾的总规划。针对的是"朱一贵事件"后,某些短视的朝臣有限制开发台湾岛的时议。第二首中诗人提出了台湾若发生乱事如何应对的策略。第三首针对当时台湾的社会流弊提出了解决手段。第四首提出兴学施教,德先文后的主张。第五首则主张保护台湾粮食市场平稳。在第六首中,他反对厉禁大陆人偷渡来台的政策。第七首揭露台湾赋税重的问题。第八首反对把台东"弃为荆榛"的错误主张,并提出相应策略。第九首建议对面积较大的诸罗县实施行政分割,以便治理。

第十首是组诗的煞尾,也是对第一首的呼应。作者先从地理上说明台湾的重要性:台湾是中国的海上屏障,沿海重镇,"台安一方乐,台动天下疑",因此要未雨绸缪,搞好开发,否则一旦有变,后悔也来不及。接下来更进一层,对"无令人民滋",即限制台湾人口增长的错误主张进行了批评,认为这会造成"民弱""盗起"的后果,更何况"荷兰与日本,眈眈共朵颐",减少台湾人口,等于是放任他国侵占。最后希望朝廷要有"王者无外"的远见卓识,只要"政教"兼修,消除邪佞,台湾必定可以"千年拱京师"。

这首五言古风以议论为主,层层推进,有理有据,针对性合理性兼具,有很强的说服力。尤其对台湾在国防上所具有的战略意义的重视,反映出作者敏锐的政治眼光。蓝鼎元在《台湾近咏十首呈巡史黄玉圃先生》以及其他时政诗文中所提出的一些方略,也成为日后清廷治理台湾的重要参考。

(姚泉名注评)

书山(？—1775)，姓钮祜禄氏，字英崿。满洲镶黄旗人，为礼部侍郎德龄之子。曾任内阁中书。清乾隆七年(1742)任巡视台湾监察御史，次年四月初八到差，留一年。九年六月二十日差满，二十五日卸任，升任吏科掌印给事中。十二年四月十六日以巡台御史任内，派州、县轮值供应，多设吏胥，为福建巡抚陈大受所劾，诏革职留任。其后先后担任刑部右侍郎、工部左侍郎等职。二十六年(1761)还京，署兵部侍郎。四十年书山因病而卒。

劝农归路经海会寺与诸同人分赋①

[清]书　山

雨后劝农毕，还寻古刹来。②
钟声飘薜径，衲子出香台。③
莿竹排檐种，优昙满院开。④
分题禅榻畔，小憩水云隈。⑤

注释

①海会寺：在今台南市，本为北园别墅，为郑经所建，以奉其母董夫人。康熙二十九年(1690)改为海会寺，因系台湾第一座官建佛寺，又名开元寺。其后数度易名，咸丰九年(1859)定名开元寺至今。分赋：分题。数人聚会，分探题目而赋诗。

②古刹：即古寺。指海会寺。

③衲子：僧人。香台：烧香之台。佛殿的别称。

④莿竹：即刺竹，一种有刺而坚硬的竹。优昙：优昙钵花，即无花果树。佛教以为优昙钵是佛的瑞应，称为祥瑞花。

⑤水云隈：水云弥漫，风景清幽的角落。多指隐者游居之地。隈，角落。

赏析

书山《劝农归路经海会寺与诸同人分赋》应作于乾隆八年（1743）四月。派遣巡视台湾御史，是清代治台政策的重要举措之一，确立于康熙六十年（1721），至乾隆五十二年（1787）废止，历康、雍、乾三朝六十余年，共有四十七位御史先后巡台。朝廷"每年派满、汉御史各一员，前往巡察，一年更换"。雍正八年（1730），巡台御史的任期由每年一任改为二年一任，并每年仅调换一名，新旧并用。如满官书山于乾隆七年（1742）四月接舒辂之任，时巡台御史之汉官尚为张湄；一年后的四月张湄卸任，由熊学鹏抵任。这样，张湄与书山只有一年的共事机会，这一年即乾隆八年。张湄有《劝农归路经海会寺次韵》之诗（见下首），其诗之韵与书山诗之韵完全相同，可见是乾隆八年春夏之交，两人一起"劝农归路经海会寺"时，方有此"与同人"次韵唱和的活动。

这首诗写的是作者在春夏之交，到乡下巡行，劝农民种稻植桑，事毕经过海会寺，即与友人分题作诗。首联谓下雨劝农耕作之后，沿路经过海会寺。颔联谓海会寺里的钟声飘扬到长满藓苔的小路上，僧人们从佛殿里迎出来。颈联谓屋檐底下种满了莿竹，而整个庭院之无花果树也开花。末联谓诗人们在禅床旁边分题作诗，之后，即在水云弥漫，风景清幽之角落休息片刻。

此诗写景叙事，自有一种淡泊闲雅的气度，亦可见作者颇有驾驭文字的功力。连横《台湾诗乘》卷二尝有言曰："满御史之能诗者,六居鲁而外,书给谏山。""六居鲁",即满人六十七,字居鲁,乾隆九年(1744)接替书山任巡视台湾监察御史。"书给谏山",即书山。按,宋门下省有给事中,掌封驳政令违失,另有左、右谏议大夫分隶门下、中书二省,掌规谏讽谕,二者合称"给谏"。书山曾任吏科掌印给事中,后又任职刑部、工部,故以"给谏"雅称之。从《劝农归路经海会寺与诸同人分赋》这首诗来看,连横所言不虚。自顺治初年开始,满清统治者以儒学为基础,设立学校,实行科举,使满族上层子弟能够及时而丰沛地接受中原文化的学习。从此,满人之能诗者不断涌现,书山即其一也。

《劝农归路经海会寺与诸同人分赋》题下有两首诗,此处所选为第一首。另一首曰:"问讯词坛客,山僧逸兴同。地高晴翠合,林静妙香通。登眺消尘虑,安闲步梵宫。寸心持半偈,顿觉海天空。"(见陈汉光《台湾诗录》、刘良璧《重修福建台湾府志》等)但有的版本略有不同,如连横《台湾诗乘》、赖子清《台湾诗醇》则曰:"劝农亲民事,归途逸兴同。地高浓翠合,林静妙香通。喜得千村雨,闲来一亩宫。寸心持半偈,顿觉海天空。"细品其文字意味,似以后一版本为善。

（李宏健、姚泉名注评）

张湄(生卒年不详),字鹭州,号南漪,又号柳渔,今浙江钱塘人。雍正十一年(1733)进士及第,选庶吉士,散馆授编修。曾任《大清一统志》编修。乾隆六年(1741)四月十二日由翰林院迁巡台监察御史,兼理提督学政事务。一年任满后继续留任一年。八年(1743)四月秩满离台。十月丁忧回籍。十六年(1751)出任工部科给事中;十七年(1752)曾任巡漕御史;十八年(1753)任云南道监察御史,署京畿道事。

在台期间著有吟咏风物之作,曰《瀛壖百咏》,乃其自厦门至澎湖,自澎湖至台湾及南、北两路之诗作,皆巡视台湾时,杂采岁时、习俗、山川、草木、虫鱼之类以为诗。除《瀛壖百咏》外,张湄另著有《柳渔诗钞》十二卷,共一千一百多首诗,收在乾隆十年(1745)刊刻之《四库全书存目丛书》。

劝农归路经海会寺次韵二首①

[清]张　湄

(一)

山郭雨初霁,②招提忽入来。③
寒云流梵韵,湿翠上莲台。
钵为投诗满(僧石峰能诗),扉缘憩客开。
催耕余好鸟,人静语林隈。

(二)

野趣自清旷,丰年情不同。

泉香茶碗碧,火宿石炉红。④

眺海三层阁,栽花半亩宫。

旧时歌舞处,夕磬散烟空。⑤

注释

① 劝农:鼓励农耕。古代政府官员在春夏农忙的季节,每巡行乡间,劝课农桑,谓之"劝农"。海会寺:即今之"开元寺",在今台南市北区开元路五十一号。此原为东宁时期郑氏北园别馆之地,康熙二十九年巡道王效宗、总镇王化行改建为寺庙,名曰"海会寺",延高僧志中主持。

② 山郭:山城,山村。清王士禛《池北偶谈·谈艺三·摘句图》:"江桥红树外,山郭夕岚边。"初霁:雨后初放晴。唐耿沣《秋夜思归》:"多雨逢初霁,深秋生夜寒。"

③ 招提:梵语。原为四方僧的住处,后泛指寺院或僧房。引申指出家僧侣。音译来自胡语"拓斗提奢",省作"拓提",后因形而误为"招提"。意译为"四方"。四方之僧称"招提僧",四方僧的住处称"招提僧房"。南朝宋谢灵运《答范光禄书》:"实时经始招提,在所住山南。"入来:即来到;谓进来。

④ 火宿:犹宿火。谓隔夜的火。宋叶适《送陈彦群》:"火宿无余烟,果实甘众口。"宋李流谦《送无害弟之官并呈使君塞丈一笑》:"火宿用弥壮,鸷伏飞无前。"

⑤ 夕磬:傍晚的钟磬声。唐刘长卿《宿北禅寺兰若》:"上方鸣夕磬,林下一僧还。"唐无可《题青龙寺纵公房》:"夕磬城霜下,寒房竹月圆。"宋释惠崇《书平上人山房》:"松风传夕磬,溪雾拥春灯。"

赏析

这两首诗大约写于乾隆七年(1742)四月间,此时即将卸任御史的张湄陪同新巡台御史书山下乡劝农催耕。康熙年间，台湾镇总兵王化行以台湾岛上尚少梵刹，而大桥头废舍即原"承天府行台"，宏敞幽寂，修竹茂林，朝烟暮霭，认为是改建寺院适当的场所，得到第二任台湾道王效宗赞允。适有僧人志中（号能禅师，别号行和，福建泉州人）从江西来台，闻悉改建梵刹，发愿募缘来完成，于是镇署同人各捐俸若干。自康熙二十九年（1690）八月七日动工，至三十年四月八日完成，命名"海会寺"。王总镇撰有《始建海会寺记》，详述其始末。海会寺建竣后即由僧志中为开山第一代住持，传至僧石峰是其三代嗣孙，为第四代住持。

张湄诗中特别注明"僧石峰能诗"，表明众人分赋时，海会寺的住持极可能就是石峰。《重修台湾县志》记载："释澄声，号石峰，海会寺住持也。戒行素著，擅书画，好咏吟，尤善手谈。有司闻其名，多就访之。时或苦旱，延以祈雨。"所以巡台御史张湄《劝农归路路经海会寺次韵》，应是特地到海会寺探访石峰禅师，才会说"钵为投诗满"。而书山《劝农归路经海会寺，与诸同人分赋》有"问讯词坛客，山僧逸兴同"诗句，可见官员都已久闻石峰善诗画之名，故劝农归途中相约前往拜访他。

书山、张湄两御史各自吟咏五言律诗二首，书山御史诗见前篇所录。张御史所咏的诗题曰《劝农归路经海会寺次韵》，应该是次韵御史书山之作。古人赋诗次韵，必须用韵相同。书山第一首"来、台、开、隈"四字押上平十灰韵部，张湄第一首亦是押上平十灰韵部的"来、台、开、隈"四字,不单单是次韵,而且是字字步韵了。书山第二首"同、通、宫、空"四字是押上平一东韵部,张湄第二首亦是押上平一东韵部的"同、红、宫、空"四字,只差"红"字一韵就是步韵。

书山御史第一首诗大意是说:雨后出郊劝农结束,回程特来寻访古刹。寺院钟声飘过长满苔藓的小径,僧人步出佛殿来迎接我们。庭内荊竹成排沿着墙檐种植,优钵罗花开满了庭院。大家坐在禅榻畔赋诗遣兴,短暂休息于水云相接的美景中。张御史第一首次韵诗大意是说:山村春雨刚刚放晴,前方寺院忽入眼来。寒云飘流着梵韵,湿翠笼上了莲台。钵中本就投诗满满,寺门因为憩客打开。劝农催耕结束后只剩鸟儿,在人声消弭后的树林中叽叽喳喳。

书山御史第二首诗大意是说:劝农结束特地来问候词坛尊者,山中高僧超逸豪放的意兴和我们相同。此地高处茂密浓翠的佳木环绕,林中寂静与佛境殊妙的香气相通。登临眺望可消除世俗尘虑,安静清闲地走在佛门圣殿。方寸中若持有半偈佛理,自然顿悟出一片海阔天空。张御史第二首次韵诗大意是说:山野的情趣自觉清朗开阔,丰收的年岁心情大不相同;茶碗中飘散出碧绿的泉香茶香,石炉里隔夜的宿火还留有微红。登上三层楼阁能眺望海会寺风光,昔日郑经的行馆有半亩地已变为花圃。遥想着旧时歌舞的地方,傍晚钟磬声正飘浮在烟霭天空。

可见两御史的歌诗,无论是叙事,或写景与抒情,吟咏大略相同,合乎"次韵"规范。若只赏析张御史的诗篇,第一首首联写雨后来到寺院,从容叙起。因为雨后初霁,烟雾未完全散开,行进间梵刹忽然跃入眼帘,"忽""入"二字运用准确。颔联描摹寺院周遭风景,景中含情,对仗灵巧;"寒云""湿翠"呼应"雨初霁","梵韵""莲台"都与招提寺院有关,四句起承连贯,一气呵成。颈联转写石峰住持殷勤待客,引领参观钵里的投诗,打开禅房门窗让客人小憩。能诗的石峰与两御史逸兴相同,必然是主客欢愉。而吩咐僧众整理禅房让贵客休息,更显示出石峰的热情与体贴。书山御史诗说:"分题禅榻畔,小憩水云隈。"张御史这两句即是附和其意思。尾联结句点出劝农归途之意,叙述中描摹秀美景色。"人静语林隈"句,暗用了欧阳修《醉翁亭记》:"树林阴翳,鸣声上下,游人去而禽鸟乐也"之意,亦颇合乎张御史的身份与其心志。这首诗中"寒云流梵韵,湿翠上莲台""催耕余好鸟,人静语林隈"两联,应可许为佳句。

第二首首联写山野乐趣与丰年心情,两位御史连袂出郊劝农催耕,体验农村生活,更期盼农家丰收,写出官员们的职责和心愿,紧紧扣住诗题而发。颔联写归路来到海会寺,石峰住持殷勤待客的情景,碗中有泉香茶香,屋里有温暖火炉,宾主尽欢,景中透情,对仗精巧。颈联转写浏览户外风景,楼高适可眺海,院美正缘栽花,这也是续写石峰住持殷勤待客,引领众人欣赏风景。书山御史诗说:"登眺消尘虑,安闲步梵宫。"张御史即附和其意。尾联有感叹之意,也留有清秀之景,结句味可谓余韵无穷。这首诗中间四句,"泉香茶碗碧,火宿石炉红""眺海三层阁,栽花半亩宫",也是可圈可点的佳句。

与此相关的文献,也一并附录如下:"北园别馆"自康熙二十九年(1690)改建为海会寺后,到了康熙末叶年久失修。参与劝农的其他人来访时,看到寺宇失修,都认为需要修补。乾隆十四年(1749)台湾道书成(镶黄旗人,由监生于乾隆十二年任泉州府知府,十三年升任分巡台湾道,四十年丁父艰去任)经手修补寺宇门庭,但殿庑尚未修完而去任。再由台湾县知县鲁鼎梅(字调元,号燮堂,江西建昌府新城县人,乾隆七年戊申科进士,十四年八月任台湾县知县,十五年十二月任台湾海防同知,十六年十月卸任,十七年四月再获任海防同知)劝募修建。鲁鼎梅撰有《劝修海会寺序》。

迨乾隆四十二年(1777)台澎道蒋元枢(字仲升,江苏苏常熟人,乾隆二十四年己卯科举人,历任福建知县、厦门海防同知,于乾隆四十年四月任台湾知府,四十一年十二月二十九日获任分巡台湾道,四十二年四月二十九日卸任,共任知府三年)途过海会寺,看见寺宇毁损,遂加以修补,由陈朝梁等办理,蒋巡道撰《重修海会寺碑记》,现尚立于开元寺的碑亭内。

嘉庆元年(1796)福建水师提督兼管台湾镇总兵哈当阿(字剑峰,正黄旗蒙古人,由参领于乾隆五十六年以水师提督兼管台湾镇总兵,至嘉庆四年回提督任),奉命兼任台镇时,曾到该寺,看见垣颓瓦毁,神像已失凭依,欲加装新,而未能如愿。时逢嘉庆帝嗣位,海内外气象一新,就谋修寺宇。经和巡道刘大懿(字苇亭,山西平阳府洪洞县人,乾隆六十年七月二十五日任分巡台湾兵备道,八月加按察使衔,嘉庆二年二月廿八日卸任)及台湾府知府杨绍裘(字治堂,浙江绍兴府余姚县人,由廪贡荐,历任海防同知,林爽文变乱,知府孙景燧遇害,代理府事,乱平,五十二年正月署台湾府知府,同年八月卸任。五十六年八月任台湾府知府署南路海防同知,五十八年九月卸任。嘉庆元年代理台湾府知府再署南路海防同知,嗣以丁外艰去任。服阕后补贵州遵义府知府)商议,都允予协助,就捐俸倡修,经施工五个月完成,同时改名为"海靖寺",取"仰蒙神力海宇宁靖"之意,哈当阿总镇亲撰《新修海靖寺碑记》。

(许清云注评)

　　六十七(生卒年不详),镶红旗人,姓六名十七,号居鲁。其名六十七,据说是缘自满州习俗,即婴儿出生时,以祖父或父亲当时的年龄数目命名。清乾隆九年(1744),以户科给事中奉命巡视台湾,在任三年期间,与同官范咸纂辑《重修台湾府志》,并珍视海东文献,编有《台海采风图考》《番社采风图考》及《海东选搜图》,另编《使署闲情》。

登澄台观海①

[清]六十七

层台爽气豁双眸,远望沧溟万顷收。②
赤雾衔将红日暮,银涛拍破碧云秋。③
鲲鹏飞击三千水,岛屿平堆十二楼。④
极目神州渺无际,东南形胜此间浮。⑤

注释

①澄台:台名。在台南市,高四丈余,东挹群山,西临巨海,故《台湾府志》有"澄台观海"之景。今毁。
②豁双眸:开扩眼界,使耳目清新。沧溟:大海。
③衔将:笼罩。银涛:银白色的波浪。
④鲲鹏:古代传说中能变化的大鱼和大鸟。《庄子·逍遥游》:"北冥有鱼,其名为鲲;鲲之大,不知其几千里也,化而为鸟,其名为鹏;鹏之背,不知其几千里!"十二楼:指神话传说中的仙人居处。泛指高层的楼阁。《史记·封禅书》:"方士有言'黄帝时为五城十二楼,以候神人于执期,命曰迎年'。上许作之如

方,命曰明年。"

⑤东南:台湾地处神州东南地界。形胜:谓山川壮美。

赏析

自古文人喜欢将所在地域的风景名胜进行品评,定出"八景""十景"的名目,成为吟诗作画的对象,确能丰富地域文化。"澄台观海"便是康熙时期所定的"台湾八景"之一,首见于高拱乾的《台湾府志》。其时的"台湾八景"为:安平晚渡、沙鲲渔火、鹿耳春潮、鸡笼积雪、东溟晓日、西屿落霞、澄台观海、斐亭听涛。尽管在康熙之后,"台湾八景"的名目不断改易,但其影响似乎都不及这个版本。

此诗为作者在台南服公职,闲暇时登上澄台,观赏西面海域,即兴所作。首联破题,谓爽气吹拂,令人心旷神怡,周围之景色一览无遗。远看大海,一望无际,美不胜收。颔联承题写景,出句写远景:天际落日被云雾笼罩。一个"衔"字将暮云之中的落日之态表现得甚为传神。对句写近景:只见澄台之下海浪四处拍打,蓝天白云,呈现秋天之景色。"拍破"一词,尤见笔力。颈联宕开诗笔,大胆生发想象,谓这波涛汹涌、无边无际的大海,容得下水击三千里鲲鹏;那海云掩映的岛屿上,也一定有神仙居住的十二楼。"观海"至此,作者情绪也不免高亢起来,于是尾联感喟遥深,谓远望神州大陆,渺无涯际,东南之壮美山川尽在此中。

在中国文学中,涉海的文字汗牛充栋。神秘莫测、浩瀚无穷的海洋,引发无数文人词客的想象。这些涉海作品,"既有大气壮阔的写实描绘,也有奇幻瑰丽的想象记述,二者共同构成中国诗词中海洋意蕴最基本的表现形式"(张晓鸣《中国诗词中的海洋意蕴》)。六十七的《登澄台观海》,也体现出写实与想象的统一,为"海洋诗词"激起了一朵晶莹的浪花。

六十七居台虽只有两年时间,但写下的诗却很多,尤其是台湾的风土人情、名胜风光之类的"采风"之诗。他的好友觉罗雅尔哈善(满洲正红旗人,雍正年间曾任福建按察司)有《再答六司谏》诗曰:"思君正咏池塘句,怨接鱼笺笑口开。狂态于今犹未减,素心依旧不须猜。采风已有诗千首,遣兴何妨酒百杯。同在天涯怀凤阙,几时连辔入燕台。"说六十七巡台时所写的采风诗有千首之多,虽不免有文学的夸张,但仍可看出六十七在台创作之勤,对台风物关注之切。

(李宏健、姚泉名注评)

范咸(生卒年不详),字贞吉,号九池,又号浣浦。生于康熙年间,卒于乾隆时期,享年七十。浙江仁和人。清雍正元年(1723)进士,入翰林,以诸生跻侍从之职。散馆后,曾任左庶子,督学山西。乾隆十六年(1745)任巡台御史兼理学政。在台期间与六十七共同编纂《重修台湾府志》。著有《婆娑洋集》《浣浦诗钞》。

黎妇春耕①

[清]范　咸

绕篱刺竹插天青,小草幽花未有名。②
冷食裸人占夏雨,水田黎妇尽春耕。③
(社番祈雨,则不举火),(番人惟妇耕,男子则馌)。

插秧鸟语知声吉,悬穗禾间编室盈。④
(听鸟音吉,方插秧),(社番别筑室悬稻,名曰禾间)。

风起箫声缘底急,破瓜娇女倍多情。⑤
(鼻箫、口琴,番未娶者吹之;女悦,引之同处)。

注释

①黎妇:土著妇女。

②插天青:插入青天,比喻青葱的刺竹很高。

③裸人:即裸民。不穿衣服之人。指台湾原住民。占夏雨:即预测夏天的雨量。社番:原住民。社,即原住民之部落。番,以往汉人对原住民之称呼。馌:此处指送饭给耕作的人。《诗经·豳风·七月》:"同我妇子,馌彼南亩。"

④禾间:清代台湾高山族平埔人所建贮藏谷物之小屋。多建于居

室之外,小屋内竹木交加,叠空而起,离地数尺,禾谷贮于其上,以防蒸烫霉腐。

⑤缘底:因何,为什么。破瓜:旧称女子 16 岁为破瓜。瓜字拆开为两个八字,即女子二八之年(16 岁)亦称"破瓜之年"。

赏析

汉官范咸与他的满族同僚六十七一样,对当时台湾的风土人情甚为关注,两人用一年时间合作主编了《重修台湾府志》,诚如福建布政司高山在《序》中所谓:"则瀛洲岛屿,搜罗摭拾之无遗也;田赋,则纳总纳穗,供输经费之毕存也;风俗,则居处习尚、番社语言之悉载也;其奇节瑰行、风流俊雅者,录之'人物'之中;水陆戎行、班戍优卹之典,具于'武备'之内;若夫物产,则嘉谷花卉、珍禽怪兽之并呈;而诗文词赋,则天章云汉、光怪陆离之炫目;他如规制、典礼、职官、学校,则又事核而该、体严而备。"不仅如此,他们还将对台湾民风物产的关切倾注于诗歌创作之中,《黎妇春耕》就是这样的作品。

早期台湾之原住民,不懂耕种,主要靠狩猎为生。汉人入台后,渐学汉人垦殖。后平地之原住民已完全汉化,懂得耕种。台湾四季如春,气候温和,一年种稻可以三熟。此诗是作者在春天看到原住民妇女耕田之即事诗。首联歌咏台湾农村之景色,农家往往于门前围筑篱笆及种植刺竹,门庭则种植花草。颔联写原住民的奇特风俗,先写大家不起火作饭只吃冷食,是为了祈雨。再写妇女趁着春天气候温和,尽力耕田;男子则送饭给耕田的妇女。突出了台湾原住民女系社会的特点。颈联写原住民的农俗:农人听到鸟儿吉利的叫声，才开始插秧；将饱满的稻穗悬挂在"禾间"，将来丰收的稻谷必然会堆满粮仓。末联写原住民的别样婚俗，谓远处突然传来一阵鼻箫声，少女知道情郎来了。如果喜欢他，就可以带他回家。这首诗所包涵的信息量非常大：户有篱，庭有花；裸人冷食，虔诚占雨；女性耕田，男人送饭；插秧听鸟音，悬穗乞丰收；箫声传情，悦则同处……通篇洋溢着一种纯朴平和的幸福感。

《黎妇春耕》是范咸的组诗《台江杂咏》十二首中的第七首，诗题"黎妇春耕"是后人选诗时所加。范咸一共写有三组《台江杂咏》，共计三十六首，对台湾风物民情多有涉及。连横《台湾诗乘》收其"再叠"者，评曰："范九池侍御有再叠台江杂咏，为《婆娑洋集》中之佳构。"范咸的这些诗，多为写景及咏台湾风俗和花鸟虫鱼之作，且于诗中多有夹注，对于名物加以考证，保留了许多难得的资料，可以补史之遗。

（李宏健、姚泉名注评）

秦士望(生卒年不详),号挹溪,江南宿州人。雍正七年(1729)拔贡出仕,雍正十二年(1734)调任彰化知县。彰化县城城壕的建置为其重要宦绩。

肚山樵歌^①

[清]秦士望

山高树老与云齐,一径斜穿步欲迷。

人踪贪随岩隐鹿,^②歌声喜和野禽啼。

悠扬入谷音偏远,缭绕因风韵不低。^③

刈得荆薪偿酒债,^④归来半在日沉西。^⑤

注释

①肚山:台湾山名,即大肚山,在台中市境内。樵歌:樵夫唱的歌。

②人踪:人的踪迹。

③缭绕:回环盘旋。

④刈:砍。荆薪:柴草。酒债:因赊饮所负的债。

⑤半在:多半是的意思。

赏析

肚山,台湾岛上的一个山名,通过诗人的描写,我仿佛已经有了身临其境的感觉——似乎肚山就在我眼前的书桌上,似乎我和肚山早已经是老相识了。

秦士望的这首诗,描写的正是台湾肚山山区的一位樵农悠闲自在的快乐生活。诗中既有明快谐和的山光水色,又有散淡悠然的生动形象,还有悠扬飘渺的动人樵歌。读者朋友们可以从樵夫的轻快谣曲,细腻体会和感受这位樵夫发自内心的愉悦和逍遥,同时也能深刻感悟到陶然物外、不同流俗的那种清高格致。

首句"山高树老与云齐"渲染樵夫的生活环境,点明了肚山的高峻和树木的参天之势。因为山高林密,所以才引出了下一句"一径斜穿步欲迷"。背景是高山密林,任务是樵夫一人。诗人用了林木的繁密,树龄的古老和白云的飘逸,巧妙衬托出了樵夫令人艳羡的出世情怀。

"人踪贪随岩隐鹿,歌声喜和野禽啼",则是对樵夫心理的细腻描状,岩鹿野禽,都是闲适自由的意象,侧面烘托了樵夫的自在情态和生活情趣。因为有了歌声,所以枯寂的山林生活,平添了一份活泼和暖色。

"悠扬入谷音偏远,缭绕因风韵不低",是对樵夫歌声的直接白描。这歌声远远飘荡在山谷之间,因为风声的吹送,声音并没有因为距离变微弱,也就是说传得很远。

"刈得荆薪偿酒债,归来半在日沉西",这两句忽然荡开一笔,不再承接上句继续描写歌声,而是铺叙樵夫的实际生活细节。设色朴素,情趣活泼,波澜起伏,妙笔天成,生动地表现了樵夫隐逸悠闲的情怀。尤其是出现了酒债这两个字,使孤零零的山野生活添了一缕人气,不再是单调枯寂的情调,而有了人间烟火的感觉。

《肚山樵歌》声韵铿锵,节奏鲜明,意象活泼,构思巧妙,是一首令人喜爱的佳作。诗人巧妙营造了孤而不独的意境氛围,用一往情深、步步深入的笔触巧妙表达了自得其乐、独中有乐、独外有群、曲尽情浓的美妙生活情景。在优美静寂的山乡风光背景之下,樵夫生涯被作者进行了理想化的柔和细致的精心描绘,同时也寄托了作者高远、冲澹、自由、洒脱的平和心境和无为意趣。

歌声本是虚无飘渺、难以捕捉的,而诗人却把这歌声描写得真实贴切,如在耳边,体现了极高的艺术技巧。明代著名的诗人、书画家董其昌在称赞唐代张志和的《渔歌子》时曾经说过:"昔人以逸品置神品之上,历代唯张志和可无愧色。"以笔者的个人阅读体验而言,这首《肚山樵歌》情景交融,和谐圆转,空灵秀逸,清新美妙,也可称为"逸品",比之张志和之作,亦"可无愧色"了。

(高　昌注评)

钱琦(1704—?),字相人,又字湘纯,号屿沙,又号述堂。晚号耕石老人。浙江仁和人。清乾隆二年(1717)进士,改庶吉士,授编修,历官河南道御史、江苏按察使、福建布政使。十六年(1751)任巡台御史。十七年(1752)因案交部议处。三十二年(1767)复任福建布政使。四十五年刊《澄碧斋诗钞》。

赤嵌夕照^①

[清]钱　琦

孤城百尺压层波,一抹斜阳傍晚过。^②
急浪声中翻石壁,寒烟影里照铜驼。^③
珊瑚篱落迷红雾,珠斗阑干出绛河。^④
指点荷兰遗迹在,月明芳草思谁多?

注释

①赤嵌:古城名。在今台湾省台南市。明天启四年(1624)荷兰人占领台南一带,在外海七鲲身屿北一鲲身上建砂土城,叫奥伦治(Orange)城。天启七年(1627)后改名热兰遮(Zeclandia)城,崇祯六年(1633)改建完成砖石堡。汉人称赤嵌城、红毛城或安平城。清顺治十八年(1661)郑成功围此城达九个月,清康熙元年(1662)二月攻克,改为承天府,六月成功死在城内。清初倒塌失修,今只留砖砌土台和古炮(非原物),称为安平古堡。

②孤城:指赤嵌。一抹:一条,一片。

③铜驼:铜制的骆驼。多置于宫门寝殿之前。后多喻亡国。语出《晋书·索靖传》:"靖有先识远量,知天下将乱,指洛阳宫门铜

79

驼,叹曰:'会见汝在荆棘中耳!'"

④珊瑚:即绿珊瑚,树名。树多桠枝,而无花叶,色绿可爱。台湾
沿海植以为篱,或云种自吕宋。篱落:即篱笆。珠斗:指北斗七
星,因斗星相贯如珠,故名。阑干:横斜貌。三国魏·曹植《善
哉行》:"月没参横,北斗阑干。"宋赵福元《沁园春·寿黄虚
庵》:"珠斗阑干,银河清浅,梦籁帝关。"有时也指栏杆。绛河:
即银河。古代观天象者以北极为基准,天河在北极之南,南方
属火,尚赤,因借南方之色称之。

赏析

乾隆十六年(1751)冬,台湾知县鲁鼎梅"集二三寅好
暨邑之绅士耆硕,聚而商之",决定重修台湾县志,遂"延鸠
剞劂之资,举博士弟子洁士侯生世辉司其出纳,孝廉明之
陈君辉、博士弟子纫达卢生九围、博士弟子醇夫方生达圣
专司编纂,……分司采辑","设馆于邑庠,继晷纂之,越数
月而书成"。

这次修志评出了"台阳八景",好几个人都以此为题赋
了诗,时任巡台御史钱琦更是逐一赋诗品题。这"八景"
是:鹿耳连帆、鲲身集网、赤嵌夕照、金鸡晓霞、鲫潭霁月、
雁门烟雨、香洋春耨、旗尾秋收。

《重修台湾县志》卷十五·杂记·古迹载"赤嵌楼"曰:
"赤嵌楼在镇北坊,……因先是潮水直达楼下,闽人谓水涯
高处为墈,讹作嵌,而台地所用砖瓦皆赤色,朝曦夕照,若
虹吐,若霞蒸,故与安平城俱称赤嵌。"《赤嵌夕照》一诗描
绘了赤嵌城落日的壮美画面,写得气象万千,表现了诗人
的对此景的由衷赞美。

首联破题,出句点"赤嵌",对句点"夕照"。谓濒临海岸的赤嵌城高达百尺,压制住了一层层汹涌而来的海浪;傍晚时分,一抹斜阳缓缓抹过。颔联承接,围绕"一抹斜阳傍晚过"的"过"字做文章,似乎电影"蒙太奇"的技法:在海潮击石声中,斜阳缓缓翻过赤嵌城外的石壁;在清寒的暮烟影里,夕阳幽幽地照亮赤嵌楼前的铜驼。此联从两个角度表现"赤嵌夕照"的不同意趣:以声音烘托赤嵌城的险峻地势,以色彩烘托赤嵌城的厚重历史。颈联转笔,描写随着时间推移,"夕照"之景的变化。谓海畔珊瑚树如篱笆,笼罩着它们的暮气也被夕阳染红。渐渐地,天空中的银河似乎也是被夕阳照亮,隐隐泛着绛红色的星光,北斗如栏杆,横斜其外。末联扣合"赤嵌",谓有人对游客指点荷兰人遗迹之所在,但夕阳已黯,在明月垂辉的芳草地上,谁还在怀念那些屈辱的往事呢?

钱琦写过好几首与赤嵌城有关的诗作,如抵台之初的《登赤嵌城》,稍后的《登赤嵌楼》《秋日重登赤嵌楼》等,可见他在台期间经常去赤嵌城登览。这首《赤嵌夕照》应该是在乾隆十七年(1752)重修台湾县志期间,特地为"台阳八景"赶制的。为何说是赶制呢?除了修志时命题索诗或许会有时限外,更因为时隔近三十年后,钱琦在乾隆四十五年(1780)付梓的《澄碧斋诗钞》中,此诗已作了很大的修改。现录于兹,存以备查。诗曰:"孤留残堞压层波,坐对斜阳寂寂过。急浪声中翻石壁,断烽影里照铜驼。珊瑚篱落迷红雾,珠斗阑干出绛河。指点荷兰遗迹在,冷烟荒草晚风多。"改动这么多,可见对前作匆匆卒篇,是颇不满意的。因最早刊载《赤嵌夕照》一诗的《重修台湾县志》比《澄碧斋诗钞》流传广,影响大,我们遂选取了《县志》的版本。

但话说回来,改作虽圆融一些,但似也多了点暮气,如首联、尾联;此外尾联"冷烟荒草晚风多",岂比"月明芳草思谁多"之别饶风致? 袁枚《随园诗话》云:"诗不可不改,不可多改。不改,则心浮;多改,则机窒。……扶南(方世举)与方敏恪公(方观承)为族兄,敏恪寄信,苦劝其勿改少作,而扶南不从。方知存几句好诗,亦须福分。"这确实是值得注意的问题。

钱琦与袁枚相交甚笃,袁枚为《澄碧斋诗钞》作序时说,钱琦"雅好为诗,其神清,其韵幽,曲致而不晦于深,直言而不坠于浅",从这首《赤嵌夕照》来看,两个版本都有此特色。

(李宏健注、姚泉名评)

陈辉(生卒年不详),字旭初,号明之。台湾县(即今之台南市)人。乾隆三年(1738)举人。擅文工诗,巡抚刘良璧续修《台湾府志》时,聘为分辑,又应台湾知县鲁鼎梅之邀,与方达圣、卢九围等人纂修《续台湾府志》。

赤嵌城①

[清]陈　辉

鹿耳鲲身翠屿连,云光海色雨晴天。②
江帆晓渡波间影,市宅寒炊竹外烟。
山似画屏时染黛,水如冰镜日磨鲜。③
凭高得趣闲瞻眺,万里乡关一望悬。④

注释

①赤嵌城:台湾古城名。参见第80页"赤嵌"注。

②鹿耳:即鹿耳门,参见第44页"鹿耳"注。

③画屏:有彩色图画的屏风。黛,青黑色。

④凭高:临据高处。瞻眺:即观望。乡关:故乡。望悬:即悬望。挂心系念。

赏析

陈辉存诗不多,在乾隆六年(1741)参加了巡抚刘良璧主持的《台湾府志》的续修,所以该《府志》中收录了他一些诗,但以连横《台湾诗乘》所收最全,"余从各处撷之,计得三十有七首,大都闲居游览之作"。

陈辉的《赤嵌城》选自《续修台湾府志》,一名《登赤嵌城远眺》,是一首登临赤嵌城眺远,即景抒怀之作。

首联总写登临赤嵌城之所见。谓雨过天晴,云光海色之间,鹿耳门、七鲲身等七个碧玉般的岛屿首尾相连。拈出这些景物来写,是为了说明本诗所咏乃赤嵌城,而非其他地方,读诗者不可不识也。

颔联承写台江(即内港)两岸居民的生活景象。谓一大早就有帆船在台江两岸往来,船影落入水波中。市里人家则炊烟袅袅,吹向竹林外。这是一派安居乐业、宁静祥和的海畔市井图,意在表现清政府对台湾实施着有效的治理。

颈联转写登临所见山水之景致。谓海畔连山像一架画屏,隐约之间,仿佛时时有人泼墨作画;海水像一面月亮般的铜镜,每天都有人将它打磨得晶莹鲜亮。此联以"画屏""冰镜"这两样美好的事物极写赤嵌城外山明水秀,风光绮丽。

尾联点题,谓遐时登高远眺,心旷神怡,但心中也挂念着万里外之故乡,暗寓"江南虽好是他乡"之感。陈辉中举前为台湾增生,台南本地人,但早期台民大多是康乾间自大陆迁来,此处万里所思之乡,或指原籍之所在也。

考连横《台湾诗乘》所收陈辉之《赤嵌楼》字句略有不同,现亦抄之,以备勘阅:"鹿耳鲲身岛屿连,云光海色雨晴天。江帆晓渡波中影,市井寒炊竹外烟。山似画屏常染黛,水如冰镜日磨鲜。凭高得趣闲瞻眺,万里乡关一望悬。"

(李宏健、姚泉名注评)

谭垣(1718—1794)，又名谭庄，字牧亭，号桂峤，江西龙南人。清乾隆十三年(1748)进士，是年即授福建政和县令，清正廉明，得"谭菩萨"雅号；二十九年(1764)五月任台湾凤山知县，缉盗安民，尤重建设。秩满接旨调任他处后，台匪黄教作乱，乾隆又急调谭垣回台平定匪乱。"后全台悉平，大宪上其功，升上洋通判，历署延平、邵武、建宁、福州知府兼摄清军同知"，年迈后告老还乡，潜心治学著述，著有《敬直郡文稿》。五十九年(1794)卒于家乡。

搭楼社①

[清]谭　垣

凫驾淡溪东，②遥指搭楼路。

曲涧架小桥，红英冒绿树。③

社屋隐云林，④篱笆深深护。

堂中列图鼎，典则犹可数。⑤

帝德浃雕题，覆育时煦妪。⑥

番黎沾化久，爱戴深且固。⑦

童子四五人，能诵诗书句。⑧

咨询实可欣，奖劝不妨屡。⑨

番众亦欣然，笑请轩车驻。⑩

注释

①搭楼社：台湾高山族的某个原始部落。社，高山族的基层社会组织，相当于氏族部落。每社有数户至数百户不等。土地、猎场、渔区公有，以个体家庭为单位进行生产。社与社之间地界

分明。社既是群落单位，又是军事单位。首领一般由社内公众推选，任期一般有限制，也有首领为世袭者。

②凤驾:早起驾车出行。淡溪:即淡水河。参见第51页"淡水溪"注。

③红英:红花。冒:覆盖。

④社屋:部落集会的公用房屋。

⑤图鼎句:泛指文物。典则:典章法制。

⑥帝德句:皇上的恩德。浃:润泽。雕题:指在额头上刺花纹的南方少数民族。覆育:抚育。煦妪:温暖。

⑦番黎:少数民族百姓。沾化:浸染教化。爱戴:指对皇上的敬爱与拥护。

⑧童子四五人:《论语·先进》:"童子六七人。"明杨士奇《游东山记》:"携童子四五人。"能诵句:《汉书·贾谊传》:"年十八,以能诵诗书属文称于郡中。"

⑨咨询:访问,征求意见。可欣:可喜。奖劝:褒奖鼓励。屡:指次数多一些,频率高一些。

⑩番众句:宋赵善璙《自警编·操修类·定力》:"众亦欣然。"番众,少数民族的民众。轩车驻:唐权德舆《九华观宴钱崔十七叔判官赴义武幕兼呈书记萧校书》诗:"靡靡轩车驻。"轩车,有屏障的车。古代较高级别官员所乘。这里即指自己所乘之车。

赏析

1764—1767年,诗人在台湾凤山任知县,这首五言古诗当作于此期间。诗中记录了他视察当地一个名叫搭楼社的原住民部落的过程及感受。

"凤驾淡溪东,遥指搭楼路",起二句,交代此番视察的时间和地点。"曲涧架小桥,红英冒绿树",次二句,略点途中风景:曲折的山涧上架着小木桥,树上开满了红花。这景色朴素而优美,反映了诗人愉悦的心情。

"社屋隐云林,篱笆深深护",又次二句,叙述此行的目的地即将到达:该部落的公用建筑已隐隐在望,山间的云雾与树林遮蔽着它,四周有竹篱笆环绕。"堂中列图鼎,典则犹可数",又次二句,写自己已到达社屋的中堂,看到那里陈列着诸如图画、鼎彝之类的文物,见出该部落自有其历史与文明。字里行间,可以看到诗人对原住民部落的尊重。

"帝德浃雕题,覆育时煦妪。番黎沾化久,爱戴深且固",又次四句,开始抒发自己的视察感想:本朝皇恩浩荡,对台湾的少数民族像对汉族的子民那样温暖地抚育;而台湾的少数民族呢,浸染教化的时间长了,对皇上的爱戴也深切而牢固。作为大清朝的官员,时不时对皇上歌功颂德一番,当然是免不了的。不过,康乾时期总还是太平盛世,清王朝对偏远而生产力水平相对较低的台湾少数民族,并无意压榨,仍以抚慰为主,故中央王朝与台湾少数民族之间的关系,宏观来说较为融洽,也是事实。

"童子四五人,能诵诗书句",又次二句,特别举出一个具体例证,强调台湾原住民之"沾化":此部落中,竟有几个孩子能够诵读汉文化的经典!可不要小看这件事,它标志着台湾少数民族对中国主流政治暨文化的认同,同时也标志着台湾少数民族已开始融入祖国多民族的大家庭。

"咨询实可欣,奖劝不妨屡",又次二句,总结此番视察的效果与心得体会:对该部落的访问,真令人欣喜。今后还应该常来,对台湾少数民族多加褒奖、鼓励!"番众亦欣然,笑请轩车驻",最后两句,以原住民部落民众对自己此番视察的态度收束全篇:部落民众也都满心欢喜,笑逐颜开地挽留我多住几天。

五言古诗兴起于汉代,篇幅没有严格的限制,较适合于叙事、议论,风格也多自然质朴。谭氏此作,直陈其事,从容不迫,夹叙夹议,有条有理,语言洗练而不施藻采,洵为当行本色之作。

(钟振振注评)

杨廷理（1747—1813），字清和，号双梧，又号半缘，苏斋，更生。马平（今广西柳州）人。出身行武世家，其父杨刚曾任广西左江镇总兵。杨本人于清乾隆四十二年（1777）考选拔贡，次年朝考获一等一名。先后历官福建归化、宁化、侯官知县。五十一年八月，擢台湾府同知。天地会林爽文反清事起，杨廷理以坚守府城有功而任台湾知府，之后，又以政绩显著而任台湾道兼提督学政，加按察使衔，六十年，因清查库款案被诬控而革职。嘉庆元年（1796）流放新疆伊犁。戍满返回后，于十一年九月，重任台湾知府，赴任前向嘉庆帝面奏"噶玛兰当开"。他在任台湾知府期间，把工作重点放在办理开发噶玛兰（今宜兰）事务，先后五次深入噶玛兰，勘察丈量土地，调查民番疾苦，设计开办章程，十七年九月，摄任噶玛兰通判，十二月卸任。十八年九月二十九日，病卒于台湾府署中，三年后亲属将其灵柩返葬回柳。著有《知还书屋诗钞》《东瀛纪事》《议开噶玛兰节略》《东游诗草》等。噶玛兰百姓称杨廷理为"开兰名宦"，并立"杨公祠"纪念。杨廷理长生禄位至今供奉在宜兰头城镇吴沙祠，木像奉祀于宜兰市昭应宫。

复位噶玛兰全图偶成^①二首其一

[清]杨廷理

尺幅图成噶玛兰，旁观慎勿薄弹丸。
一关横锁炊烟壮，两港平铺海若宽。^②
金面翠开云吐纳，玉山白映雪迷漫。^③
筹边久已承天语，贾傅频频策治安。^④

注释

①噶玛兰:噶玛兰是台湾原住民的一支,主要分布于今台湾的宜
兰、罗东、苏澳一带,以及花莲县丰滨乡、台东县长滨乡等地。
噶玛兰今名宜兰。

②若:海若,海神名。《庄子·秋水》:"于是焉河伯始旋其面目,
望洋向若而叹。"

③玉山,为台湾最高峰,最高峰海拔 3 952 米,终年积雪,故称
玉山。

④贾傅指贾谊,他向汉文帝献治安策,蒙宣室召对的典故为人熟
知,杜牧诗曰:"宣室求贤访逐臣,贾生才调更无伦。可怜夜半
虚前席,不问苍生问鬼神。"

赏析

郑成功击退荷兰人,收复台湾,他作为明末遗民,孤悬
海外。清康熙帝钦命姚启圣、施琅等平定台湾后,康熙、雍
正、乾隆、嘉庆几位皇帝都很重视开发和经营台湾,派遣能
员进行治理。杨廷理便是治理台湾的官员中政绩较为卓
著的一位。他在任职台湾知府期间,于清嘉庆后期写过
《复位噶玛兰全图》组诗。

此诗为组诗中的一首,是对宝岛台湾壮丽风光的赞
诗,又因诗中"筹边久已承天语"的说法,表现了清廷官员
开发台湾的史实,从这个意义上说,这又是表现开发台湾
的一首史诗。诗以"尺幅图成噶玛兰,旁观幸勿薄弹丸"开
门见山。诗人作为台湾知府,不辞辛劳,先后五次深入实
地,勘察丈量,终于绘制成了噶玛兰的山川村寨全图,使之
尽归掌握,既可治兵,亦资治政,一个"成"字,道出了制图

过程中的艰辛,终于绘制成功的欣喜,他又郑重的告诫人们,请不要轻视噶玛兰是弹丸之地,所谓当局者迷,旁观者清,噶玛兰虽小,但地居要冲,是海防前哨;此地物产富饶,"资其粟足食数郡,其泽尤可百世也",这对于和平时期的民生,战争时期的兵食,都是极其重要的,千万不能忽视而薄之。

颔联"一关横锁炊烟壮,两港平铺海若宽",其中若,海神名。一关两港,均为噶玛兰当时的地形地物,一座雄伟的关隘保卫(横锁)着这里安居乐业的人民,村寨参差错落,炊烟袅袅升起,好一派和平生活的景象。诗人站在两港的岸上,望着浩瀚连天的大海,烟波平铺,视野宽,心胸也宽,此联一"壮",一"宽"两个字,应细味之,炊烟在雄关中袅袅,炊烟岂有壮乎,而益显关之雄壮;两港平铺,相对于大海,港与海不足比也,而益显心胸之宽,故此两字具有强烈的艺术通感。

颈联"金面翠开云吐纳,玉山白映雪迷漫",诗人眼中的山海,雄浑鲜活。金面即指海面,谓太阳照射在海面上浮光跃金,金波荡漾。翠开,海的主要色调为苍翠深黛,开则谓风之吹籁也,云在苍茫浩瀚的海面上变幻万千,吞吐翻卷。诗人转眼仰视玉山,峰顶在阳光的映照下更加洁白如银。台湾虽少雪,但诗人不乏游历,对风雪迷漫的北国风光也应有亲身体验,今观玉山而生发风雪迷漫的联想,在诗中以雪迷漫对云吐纳,自然贴切,工整稳健。

尾联收束拓境,借古人之酒杯,浇自己胸中之块垒,亦老杜"独使至尊忧社稷,诸君何以答升平"(杜甫《诸将》其二)之流亚也。承天语乃实写,历代封建帝王对封疆大吏、府县行政长官极为重视,其行政能力和廉贪与老百姓息息相关。嘉庆帝任杨廷理为台湾知府,已先御览了他"噶玛兰当开"的奏章,对其执政能力与人品有较深的认知,故接见他时,对他提出要求,面授机宜,臣子能当面聆听天子的"天语"自是荣耀之至了。贾傅即贾谊,杨廷理在此自比贾谊,认为自己比贾谊幸运,贾谊虽蒙汉文帝宣室召见,帝只问鬼神之事而不及苍生,不能施展抱负,而自己面见嘉庆,却能陈奏"噶玛兰当开"。又将嘉庆帝与汉文帝相比,认为嘉庆更英明,嘉庆为太子多年,历练了朝政,有识任用才之明,那么,杨廷理就觉得自己幸逢明主,委以重任,则又在台湾有所建树,上答天子圣恩,下报台湾百姓。

此诗写景抒情议论相兼,写景雄浑处浩瀚壮阔,细腻处浑成妙合,抒情则委婉深沉,不作酸腐肉麻语,议论置于首尾,糅合于叙事抒情中,一般来说,律诗中表现议论有两方面的困难,一是议论费词,容易破坏诗的凝练;二是议论主理,容易破坏诗的抒情性。而在本诗中都被诗人灵活恰当地处理得十分妥善,故使此诗质实而不板滞,灵动而不空虚。

(李真龙注评)

庄天锡(生卒年不详),凤山县(今高雄市)人。清乾隆三十九年(1774)贡生,工诗文经史。

莲潭雨后①

[清]庄天锡

云卷西风一抹浮,潭空霁景涨悠悠。

红蕖花谢蛙声晚,白鹭舟摇雨后秋。②

薄霭藏阴归绝岛,轻鸥晒日卧荒洲。③

凭临如许堪惆怅,剩水残烟望未收。④

注释

①莲潭:即莲花潭,在高雄市半屏山南麓,荷花盛开时,香闻数里。
  参见 54 页"莲潭"注。

②红蕖花:红荷花。

③绝岛:孤岛;极远之岛。

④剩水残山:指雨后湖面的轻烟。

赏析

　　台湾早期诗人的作品大多湮没无存,连横在《台湾诗乘》中叹息说:"台湾三百年间,能诗之士后先蔚起,而稿多失传。则以僻处重洋,剞劂未便,采诗者复多遗佚,故余不得不急为搜罗,以存文献。"但以一己之力罗网全岛,亦难免遗珠之憾,像贡生庄天锡就在《台湾诗乘》中难觅踪迹。庄天锡的这首《莲潭雨后》留存于清王瑛曾编纂的《重修凤山县志》。

莲潭,也称作莲池潭、莲陂潭,是高雄市的著名湖泊。清卢德嘉《凤山县采访册》载:康熙四十四年(1705),凤山知县宋永清为之浚淤塞,建文庙,"中有活泉,为圣庙泮池;每逢荷花盛开,香闻数里。昔人目为八景之一",名曰"泮水荷香"。又注曰:"或云每日晨起,则潭水空明,草山倒影,连学宫楼阁俱入画图,亦奇景也。"其后莲潭屡淤屡浚,一直是凤山县的名胜之地,文人墨客题咏之作,亦复甚夥。

《莲潭雨后》是作者在雨后游览莲潭之即兴诗,通过对一场秋雨后,莲池潭上自然景物的描写,表现对自然美景的喜爱之情。

首联谓风卷残云,莲潭之上空放晴,池水上升了。这是紧扣着"莲潭雨后"四字做文章,从天上的云,到潭中的水,重点写雨后莲潭的全景,也是整幅画面的大背景。

颔联和颈联则由整体到部分,以"红蕖花""白鹭舟""薄霭""轻鸥"等四个主要景物来对雨后的莲潭进行细节刻画。颔联谓红色之荷花凋谢,青蛙叫着。雨后荡舟,一群白鹭飞来。颈联谓微薄之云气吹回岛上,沙鸥躺在荒凉之沙洲上晒太阳。有声有色、有静有动,构成一幅人与自然和谐相处的立体画面。作者尤其注重动词的运用,如"谢""摇""藏""归""晒""卧",使得画面生机勃勃,动感十足,就连"绝岛""荒洲"也似乎充满了原生态的活力。

律诗写到末联,一般是要升华一下诗意,扣合一下主题的,而此诗所写纯属莲潭之景,如何升华呢?作者很有技巧,他制造了一种"惆怅"——雨后的莲潭上尚有轻烟薄霭,致使登上潭边的小山,远处的景物不能一望而收。这也值得"惆怅"么？当然值得,因为登高望远对于古人而言是有寓意的,荀子曰:"登高而招,臂非加长也,而见者远。"《吕氏春秋》曰:"顺风而呼,声不加疾也,际高而望,目不加明也,所因便也。"登高望远,象征的是眼光之远大,境界之高深。现在"浮云遮望眼",致使"望未收",作者怎么不能"惆怅"呢？当然,你说这是"为赋新词强说愁",有一种"做"诗的故意,也是可以的。

（李宏健、姚泉名注评）

章甫(1755—?)。字申友,号半崧,台南人。嘉庆四年(1799)岁贡生。早年曾三次赴考,三十二岁后不再西渡,在乡里设帐授徒。著有《半崧集》。

沙鲲渔火①

[清]章 甫

沙鲲七线锁台湾,②天险东南设此关。

无数渔舟连海岸,几家烟火出江间。

风摇萤点参差碎,浪拍星光错落圜。③

夜半烹鱼眠醉梦,不知身在水中山。

注释

①沙鲲渔火:"台湾八景"之一。由高拱乾所纂写的第一部《台湾府志》选定的"台湾八景"是:安平晚渡、沙鲲渔火、鹿耳春潮、鸡笼积雪、东澳晓日、西屿落霞、斐亭听涛、澄台观海。

②沙鲲七线:沙鲲指原凤山县境内,台江内海上的七个海上沙洲,分别称为"一鲲鯓"至"七鲲鯓",即今台南市安平区与南区的海岸地带,参见第44页"鹿耳"注。

③圜:此处读 huán 绕,围。

赏析

沙鲲渔火为台湾八景之一。据台湾县志载:"鲲身屿,在邑西南海上,脉自东南海中,西转下海,联结七屿,相距各里许,接续不断,势若贯珠。自南以北,而终于安平镇,与南

96

北汕,参差斜对,为邑之关镇。地皆沙土,风涛鼓荡,不崩不蚀。多产林茶,桄榔,望之郁然苍翠,泉尤甘美。一鲲身地最广,即安平镇红毛旧城在焉,今水师营驻于此,有居民街市。二鲲身至七鲲身,居者多渔户,每斜阳晒网笭箵,家家烟月苍茫,渔灯明灭,佳景如披图画。"而时移世改,日往月来,昔日渔火,已不复见,但各鲲鯥仍在,赏之则风光不老,景色依然。

此诗即写诗人当年登岛情境。鲲鯥七点如七星在户,排列于台岛内海,成拱卫之状,如左右屏障。险同天设,很是壮观。诗人到此应是暮色时分,外出渔舟已尽数归来,或抛锚洲头、或泊于矶岸。水村烟火亦冉冉升起,家家渔户正烧火蒸煮,安享余闲,清景无限也。此时清风徐来,水波不兴,飞萤三两正于风中参差起舞,天上星光万点落于海面之上,在浪花间错落摇荡。此等景象最是惝恍迷离,动人心魄。诗人陶醉于眼前风景,尽管夜色已深,犹觉意兴阑珊,直欲烹鱼暖酒,一醉方休。此时之诗人已不知今夕何夕,更不知身在何处了。

如此结句最是留有余味,引人遐想也!诗中语言凝练,对仗工稳,想象丰富,意境浑然。一如台湾县学教谕梁上春所云:"性嗜古,天分最高;凡经书子史百家,无不采其精华而酝酿之,而于诗学之源流正变间,尤必极心研究,辨其锱、渑;故不特工于文,而尤工于诗。"而章甫自己亦曾道:"诗,缘情起也。余少耽诗歌,长多题咏,老不废吟;六十年来,不知何以一往情深也。"由此可见章甫其人对诗骚之钟爱,已无以复加也。

(林　峰注评)

郑兼才(1757—1821),字文化,号六亭,福建永春德化南乡人。乾隆五十四年(1789)拔贡生,充正蓝旗官学教习,游京九年。嘉庆三年(1798)铨授闽清教谕,并举乡试第一,历任安溪、建宁教谕。九年(1804)三月,赴台任台湾县教谕。十二年(1807)蔡牵乱平,以功授江西长宁知县,请辞,改教谕会试;同年,与谢金銮合纂《台湾县志》。二十五年(1820),再任台湾县教谕,力主设官噶玛兰。道光元年(1821)举孝廉方正,但赴任前卒,被推升为泉州府教授。著有《六亭文集》。

罗汉门庄①

[清]郑兼才

土墙茅屋护篱笆,②户内书声得几家?③
流水故将村路断,远山都受竹围遮。④
深藏地势当城郭,⑤团练乡兵作爪牙。⑥
战后时平生计足,⑦绿畴春雨长禾麻。⑧

注释

①罗汉门:即今台湾高雄内门地区之古称。

②土墙茅屋:明杨士奇《涿州行》诗:"土墙茅屋尽耕屯。"护篱笆:护以篱笆。

③得几家:元方回《鄱阳分水岭》诗:"中产得几家?"

④竹围:指围有竹篱的民居。

⑤深藏句:谓地势隐蔽,不需要城郭来保卫。

⑥团练乡兵:《旧唐书·李福传》:"福团练乡兵,屯集要路,贼不

敢犯。"团练,古代地方民兵制度。乡兵,乡里的民兵。作爪牙:唐李邕《左羽林大将军臧公神道碑》:"入为心膂,出作爪牙。"爪牙,喻指战士。

⑦时平:时世太平。生计足:白居易《偶吟》诗:"便得一年生计足。"

⑧绿畴:绿色的田野。畴,耕地。

赏析

1804年,诗人赴台湾县(在今台南市南部)任教谕。次年,海盗蔡牵聚战船百余艘,攻占台湾淡水、凤山(今高雄)等地,部众发展至两万余人,乃自称"镇海王",进围台湾府城(今台南)。清王朝急调水师精锐入台镇压。经过两年激战,1807年,蔡军主力被清军歼灭殆尽,余部遁往远海,其乱基本平息。这首七言律诗当即作于此时,歌颂了凤山境内一个在此次战乱中得以自保的村庄。

"土墙茅屋护篱笆,户内书声得几家",首联自庄内人家写起。房舍是再普通不过的典型农家建筑,也没有几户人家门里有读书声。言此地文风不盛,言外之意是说它"尚武",这就为下文埋下了伏笔。

"流水故将村路断,远山都受竹围遮",颔联不承上说此庄尚武,却宕开一笔,由庄内写到庄外,章法甚是别致。而写庄外山水,所取视角仍在庄内,故脉络仍与上联紧密相连。自庄内往外看,庄外有河水环绕,似乎故意要隔断进村的道路;而远山则被高大的竹篱笆围挡住,看不见全貌。这两句不是为写景而写景,它是有目的之选择。目的何在?请看下文颈联:

"深藏地势当城郭,团练乡兵作爪牙。"上句总结上联:这隐蔽的地理形势,比县里的城郭还管用。县里有城郭护卫,不还是被海盗攻占了吗？言下之意,此庄当此危乱,却因其特别的地理形势而得以保全。当然,天时不如地利,地利不如人和。此庄的保全,地理形势固然重要,但人的因素更为重要。如果没有本地的民兵武装,就等于没有利爪和尖牙,遇到敌人就无法自卫,只好任人宰割了。这层意思,见于此联的下句。兜了个圈子,盘旋了半天,终于遥接首联的下句,将那不"好文",却"尚武"的话说完全了。章法之灵活与奇变,尤当瞩目。

"战后时平生计足,绿畴春雨长禾麻",全诗的赞美与歌颂,尽在尾联和盘托出。由于此庄在战乱中能够自保,生产力没有遭到破坏,故一旦战乱结束,时世太平,村民便恢复了正常的生活与生产,春风化雨,田野一片绿油油,禾苗麻秆,一个劲地往上窜,好一派生机勃勃、欣欣向荣的景象！这最后一笔,浓墨重彩,以景句结束全篇,而诗人的欣喜之情,亦跃然纸上。

（钟振振注评）

蔡廷兰(1801—1859),字香祖,号郁圆,学者称为秋园先生,澎湖双头乡(今属马公市)人。事载《台湾通史》,有传。自幼聪颖异常,十三岁补弟子员,屡试皆第一,深得澎湖蒋镛欣赏。清道光二十四年(1844)中进士,人称"开澎进士"。道光十二年(1832)澎湖遭受大饥荒,他曾作《请急赈歌》,上呈兴泉永道周凯,而大受赏识。十四年(1834)主讲台湾引心书院,十六年(1836)乡试毕返乡时,在海上遭遇飓风,飘流到越南。步行四个月,历经万余里,返回福建后,将所见所闻撰成《海南杂著》;上卷分沧溟纪险、炎荒纪程、越南纪略三篇,久已刻行于世,当阳周凯为之序,徐松龛《瀛寰志略》尝称引之,亦可聊备海南的掌故。廷兰自谓下卷皆途次倡酬之诗,尚未刻行。

道光十七年(1837),周凯任职台湾道,延揽廷兰主讲崇文书院,兼引心、文石两书院。进士及第后,历官峡江知县、南昌水利同知、丰城知县等职,颇有政声。复因抗太平军有功,擢升赣州同知。廷兰问业周凯芸皋先生之门,渊源甚正。于文工骈体,于诗尤工古体,才力雄健,卓然自成家数,海外诗人殆未有能胜之者。曾佐澎湖通判蒋镛纂《澎湖续编》。《澎湖厅志·艺文下》卷一四谓著有《愓园遗诗》四卷、《遗文》一卷、《骈体文》二卷、《尺牍》六卷,《海南杂著》二卷。光绪四年(1878)金门文人林豪曾将其遗稿编成《愓园古近体诗》二卷,骈体文、杂着各若干卷。

请急赈歌

[清]蔡廷兰

炊烟卓午飞,乞火闻邻妇。①
涕泪谓余言,②恨死乃独后。

101

居有屋数椽,种无田半亩。③
夫婿去年秋,东渡糊其口。④
高堂留衰翁,穷饿苦相守。⑤
夫亡讣忽传,⑥翁老愁难受。
一夕归黄泉,半文索乌有。⑦
嫁女来丧夫,鬟儿来葬舅。⑧
家口余零丁,幼儿尚襁负。⑨
吞声抚遗孤,饮泣谋升斗。⑩
朝朝掇海菜,采采不盈手。⑪
菜少煮加汤,菜熟儿呼母。
儿饱母忍饥,母死儿不久。
尔惨竟至斯,谁为任其咎。
可怜一方民,如此十八九。
恩赈曾几多,可能活命否!⑫

注释

① 卓午:正午。唐李白《戏赠杜甫》:"饭颗山头逢杜甫,顶戴笠子日卓午。"乞火:索取火种。《淮南子·览冥训》:"乞火不若取燧,寄汲不若凿井。"唐杜牧《寄崔钧》:"自愧扫门士,谁为乞火人。"

② 涕泪:涕泪俱下,哭泣,亦专指眼泪。唐杜甫《公安送韦二少府匡赞》:"古往今来皆涕泪,断肠分手各风烟。"

③ 椽:古代建筑用以支撑屋顶与屋瓦的木条。唐杜甫《陈拾遗故宅》:"拾遗平昔居,大屋尚修椽。"

④ 东渡:渡向东岸,此指东渡到台湾以谋生。

⑤ 高堂:指父母。唐李白《送萧三十一之鲁中兼问稚子伯禽》:

"高堂倚门望伯鱼,鲁中正是趋庭处。"衰翁:老翁。此系称夫之父。

⑥讣:告丧的文书。唐韩愈《感春》五首之四:"音容不接祇隔夜,凶讣讵可相寻来。"

⑦黄泉:指人死后埋葬的地方,阴间。唐王建《寒食行》:"三日无火烧纸钱,纸钱那得到黄泉。"乌有:没有;不存在。元袁桷《次韵陈海阴》:"梦当好处成乌有,歌到狂时近自然。"半文索乌有,谓连求取半文钱也没有。索,求取。

⑧丧夫:办理丈夫的后事。丧,在此作动词使用。鬻儿:卖掉孩子。鬻,贩卖。葬舅:埋葬公公。舅,指丈夫之父。

⑨襁负:用布幅包裹小儿而负于背后。北魏郦道元《水经注·鲍丘水》:"诸部王侯,不召而自至,襁负而事者,盖数千人。"

⑩饮泣:泪流满面,进入口中。形容极度悲痛。升斗:借指少量的米粮、口粮。唐韩愈《论盐法事宜状》:"或从赊贷升斗,约以时熟填还。"

⑪掇海菜:拾取海菜。海菜,指近海出产可供食用的植物。在澎湖地区,寒冬海滨会漂流来海中植物,当地人称为海菜。采采:犹言采了又采。晋陆机《拟涉江采芙蓉诗》:"采采不盈掬。悠悠怀所欢。"

⑫恩赈:朝廷的赈济。曾几多:曾,相当于"何"。几多,犹言几许。

赏析

本组诗有四首,皆为五言古诗,写作于清道光十二年(1832)。收录于蒋镛《澎湖续编·艺文》,又载林豪《澎湖厅志·艺文》、连横《台湾诗乘》、陈汉光《台湾诗录》、许成章《高雄市古今诗词选》、《全台诗》第肆册。

道光十二年澎湖大饥荒,当时担任兴泉永道的周凯奉檄前往勘灾。澎湖青年蔡廷兰撰写《请急赈歌》四首,备陈灾黎穷困之状,上呈周凯。周凯大为感动且大大赞赏,立即有《抚恤六首答蔡生廷兰》及《再答蔡生》一长篇回应,均见《全台诗》第肆册。日后周凯有《送蔡生台湾小试》七律二首,赠诗云:"海外英才今见之,如君始可与言诗。"蔡廷兰受其器重也如此。

本书选四首中的第二首,诗人以邻妇的口吻叙述澎湖荒年带来的重大灾厄:丈夫不得已东渡到台湾求糊口,却不幸身死异乡;高堂老翁思子悲伤过度而身亡,妇人求助无门只好嫁女卖儿来筹措丧葬的费用。但作为"后死者"所承受的痛苦与折磨,在荒年的澎湖地区并不只这一桩,十之八九都面临同样的悲惨困境。蔡廷兰以贴近民众苦难的心情,急急为民请命的用心,展现出书生悲天悯人的情怀,令人动容。第四首诗中更以"救荒如救焚"的譬喻,呼吁官方能尽速解救民众的饥荒。目前的赈济如杯水车薪,难以纾困;民众因乏粮食引发的病苦,如大火燎原,势必要打破官方稽查往复、关卡重重的限制,才能有效地达到赈灾的目的。因此,蔡廷兰殷切期盼父母官周凯能开仓赈灾、救助孤苦无依的灾民,书写力道深刻感人,故能获得周凯赞允。于是蔡廷兰又撰《观察周公有社仓之议,言事者虑格于旧例,公慨然力任其成,立赋抚恤歌六章,发明天道人心之应,淋漓凄恻,情见乎词,因述其意,更为推衍言之,续成长歌一篇》,见《全台诗》第肆册。

此长篇开头,借正午炊烟升起,欲向邻妇乞火,听闻邻妇流泪泣诉,拉开故事的序幕。故事虽是描述妇人一家的悲惨遭遇,其实也折射了荒年中澎湖地区多数家庭的困境。蔡廷兰创作此诗似乎有意仿效杜甫"三别"的新题乐府,为生民请命。故事真实,叙述井然,字字血泪,句句心酸,十分感人。全诗押上声二十五"有"韵,一韵到底。分成三个段落,开头四句是一段,最后四句又是一段,中间叙述归为一段。

邻妇一出场即涕泪纵横、泪流满面,向诗人哭诉,怨恨死亡的为什么不是自己。"恨死乃独后"一句,很能引起读者的注意。接着的二十四句一大段,就是诗人记录邻妇泣诉的内容,也是故事的菁华。她说家中虽有住屋数椽,但实在贫困到连半亩地都没有。因此夫婿去年秋天离乡,东渡到台湾谋生以求养家糊口。高堂中留下衰老的公公,穷困饥饿仍苦苦相守。今年丈夫忽然死亡,年老的公公难以忍受丧子之痛,一夕之间,命魂归了黄泉。家庭原本赤贫,现在连半文钱都索取不到。不得已只好嫁女儿拿聘金来安葬夫婿,卖儿子筹措费用来埋葬公公。家中人口仅存了孤儿寡妇。幼小儿子还在襁褓中,也就吞声饮泣抚养这留下来的遗孤,辛辛苦苦谋求升斗的口粮。朝朝到海边拾取海菜,但太多人也来拾取海菜,采了又采总是采不满一捧。回到家只好多加汤来煮菜,菜煮熟了幼儿哭啼呼唤母亲。母亲自己忍受着饥饿先让幼儿吃饱,但母亲如果饿死幼儿也不能活长久。悲惨命运竟然到了这等地步,谁人能够承受得了这样的灾祸呢!

听罢邻妇的泣诉,诗人感叹,可怜啊!在荒年里的澎湖一方人民,生活在这样的困境,十家中有八家、九家。而朝廷的赈济能够有多少?苦难的老百姓还能够存活了性命吗！这最后的四句，就是蔡廷兰所生发的议论，但真正的献策则尚未提出来。赈灾要如何做才能够达到有效目的呢？《请急赈歌》一组共有四首，在第四首诗中蔡廷兰就提出了个人的看法，殷切期盼周凯能开仓赈灾、救助孤苦无依的灾民。因为言之有物，言之有理，深刻感人，故能获得周凯的赞允。

（许清云注评）

刘家谋(1814—1853),字仲为,一字芑川。福建侯官人。清道光十二年(1832)中举,二十六年(1846)以大挑初任宁德训导。二十九年(1849)调台湾府学任训导。著有《外丁卯桥居士初稿》《东洋小草》《斫剑词》《开天宫词》《操风琐录》《鹤场漫志》《海音诗》《观海集》。内容多关注台湾风土民情之作。

台海竹枝词十首其一

[清]刘家谋

台牛澎女总劳躬,^①八罩何须羡妈宫。
至竟好公谁嫁得?^②年年元夜学偷葱。^③

(澎地一切种植俱男女并力,然女更劳于男,谚云"澎湖女人台湾牛",言劳苦过甚也。八罩、妈宫,并澎湖地名,八罩人极贫,妈宫稍豪富,谚云:"命低嫁八罩,命好嫁妈宫。"元宵未字之女必偷人葱菜,谚云:"偷得葱,嫁好公;偷得菜,嫁好婿。")

注释

①台牛澎女:台湾之耕牛及澎湖之女人。劳躬:亲自参加劳动。

②至竟:究竟。好公:家境好的男人。

③未字之女:旧指女子尚未许配。

赏析

竹枝词具有独树一帜的纪事功能,举凡风土民情、社会百业、历史纪变等皆可入之。在经历了元明时期的创作繁荣之后,竹枝词在清代迎来了鼎盛时期,其流行区域空前广泛。乾嘉以降,台湾竹枝词的创作也形成一股潮流,陈庆元《台湾〈竹枝词〉散论》说,"描写台湾风土民俗的《竹枝词》数十种","范围比较广泛,近代著名的台湾诗人丘逢甲,大陆杰出的诗人梁启超也都写有《台湾竹枝词》。"

刘家谋在台湾时著诗甚多,而内容多关注台湾风土民情。他每到一处,即留心文献与地方掌故,尽力以诗纪之。其特色为七言绝句,不另题名。每首诗末加注,以诗证事。引注证诗,对台湾政治、社会与文化有深刻的观察与叙述,历来为文人所重视。其《观海集》中所收的《台海竹枝词》十首再现了台湾早期的风俗民情、地理气候,充满了迷人的乡土气息及浓郁的海岛风情。此处所选为其第一首。

此诗继承了汉乐府"感于哀乐,缘事而发"的传统,关注下层人民的生活,谓台湾之耕牛及澎湖之妇女最为辛苦,因须劳苦耕种。将"澎女"与"台牛"并举,令人震惊。澎湖之八罩人最贫穷,常常羡慕妈宫人富有。要想嫁得好丈夫,只要元宵节去偷人家之葱菜即可得。将未来的命运寄托于"元夜偷葱",这种对穷苦的无奈,甚至是绝望,实在教人同情。

这首竹枝词所记录早期澎湖地区居民生活状况的信息量比较大,如妇女在农业劳作中的强度大于男性;如八罩、妈宫两地的贫富差距;如"未字之女"元宵节之夜"偷葱"的习俗等等。若不是这首竹枝词的记载,台澎先民的这些生活细节或许早就湮没于历史的尘埃之中了。

语言通俗自然、明白易懂,清新活泼是竹枝词的共性,此首也不例外。尤其是将澎湖一代的民间谚语杂糅成诗语,成为它的一个特色。如将"澎湖女人台湾牛",归纳为"台牛澎女";将"命低嫁八罩,命好嫁妈宫"糅合成"八罩何须羡妈宫";将"偷得葱,嫁好公;偷得菜,嫁好婿"转化为"元夜学偷葱"。这些口语、俚语、谚语,甚至是地方乡音的加入,读起来能体会到浓厚的乡土风味和生活气息。清郎廷槐《师友诗传录》曰:"竹枝稍以文语缘诸俚俗,若太加文藻,则非本色矣。"此首可谓得竹枝本色矣。

（李宏健、姚泉名注评）

　　施琼芳(1815—1868 年)一名龙文,字见田,一字星阶,号珠垣,清台湾县治(今台南市)人,祖籍福建省惠安县。清道光二十五年(1845)进士,任江苏知县,升任六部主事。请求养亲回乡,在台湾海东书院授徒,与诗友结社吟哦。著有《石兰山馆遗稿》等诗文集多种。

安平晚渡①

[清]施琼芳

漫唱"风波不可行",②限兹衣带隔安平。
寒沙航泊新潮岸,落日人归古戍城。
来往蒲帆随鹭影,呼招匏叶杂渔声。
海滨邹鲁风偏朴,不似秦淮艳送迎。

注释

①安平晚渡:位于"台湾县"(属今台南),"台湾八景"之一。最早出现的文献资料是 1694 年修辑、1696 年付刊、由高拱乾所编纂的《台湾府志》。参见第 97 页"沙鲲渔火"注。

②漫唱"风波不可行":李白《横江词六首》中有"郎今欲渡缘何事? 如此风波不可行"的句子。

赏析

　　诗题"安平",指安平城,位于今台南市,为古渡。这首诗写古渡码头的所见所闻:晚风掀浪,两岸相望,寒沙拍岸,日落古城,鸟随蒲帆,渔港杂声,风土人情,更惹人思绪起伏。作者捕捉这一幅如画的景象注入诗篇,便觉神韵天然。

首句借古人诗意起兴。唐李白《横江词六首》中有:"郎今欲渡缘何事,如此风波不可行。"意为横江地势险恶,风势猛烈,回风撼浪,船行艰阻。展示诗人面对险恶环境时的自信和勇气。"限兹",此处可作限界理解。"衣带隔"意为衣带那么宽的江水,形容水面狭窄,彼此邻近。这两句的意思是,不要说安平港傍晚风大浪急,此时此刻却阻挡不了我战胜风浪,横渡衣带相隔的江水,到达彼岸的决心。成功的写出为江风浪急阻留之后重登旅途的惬意,语调充满着自豪。

颔联展开来写晚渡时的景象。"寒沙",雪一样的沙子,唐刘禹锡《出鄂州界怀表臣》诗中有:"不见黄鹤楼,寒沙雪相似。"此处借喻古渡之苍茫。"古戍城"指安平古堡,最早建于1624年,是台湾地区最古老的城堡。放眼望去,寒风凛冽,寒沙似雪,新潮拍岸,不禁心潮翻涌。太阳将要落山,急切的行人将要载渡抵达安平古城。这使人想到唐孟浩然的诗句:"日暮征帆何处泊,天涯一望断人肠。"表现出对历史遗迹的留恋。一个"归"字,呼应诗题,表现出诗人此时的心情。

颈联与上一联相呼应,进一步描写古渡的晚景,使人们更加直观地了解古渡的历史和现状。"蒲帆"指用蒲草编织的帆。陆游《明日复理梦中作》诗:"高挂蒲帆上黄鹤,独吹铜笛过垂虹。"梅尧臣《使风》诗:"跨下桥南逆水风,十幅蒲帆弯若弓。""匏叶"草本植物,果实称匏瓜。夕阳西下,蒲帆往来,鹭影相随,港口的叫卖声夹杂着渔声,好不热闹,一派繁忙景象。这两句的渲染,将诗中的气氛达到了高潮。

尾联是抒情,也是全诗的主题句。经过前面全景式的渲染烘托,作者将壮阔悲凉的大写意落笔在情感的抒发上。"邹鲁"指孔子(鲁国)和孟子(邹国)的故乡,"海滨邹鲁"引申指沿海文化昌盛之地。安平古城,民风朴实,这里不是秦淮河畔那番香艳送迎、轻歌曼舞、软玉温香、夜夜笙歌的逍遥场地。全诗措辞精当,情理致深。反映出作者质朴的生活态度。通观全篇,作者以景开笔,以情作结,收束自然。用典浑融,含而不露。

（沈华维注评）

陈定宪(生卒年不详),嘉庆八年(1803)任澎湖通判,十年卸任。工诗。

澎湖杂诗二十首其七

[清]陈定宪

岛屿平铺几点沙,人从鳌背立生涯。^①

烟波万顷天连水,得见青山才是家。

注释

①鳌背:此处泛指大海。

赏析

碧波万顷,空阔无涯。于无尽汪洋之中散落的几点岛屿如星沙一般铺开,何其渺小,又何其飘浮。待观其形态又如巨鳌出水,驭风走浪,裂岸崩山。"人从鳌背立生涯"一句极为形象,是诗中最光彩处。诗人将岛上渔民出没浪尖之沧海生涯比作鳌背求生一般凶险,可见渔民之寻常生计是何等艰难。从中可看到诗人急百姓所急、想百姓所想的大爱情怀,从中亦可感知诗人对黎民百姓的体恤与同情。

陈定宪曾任澎湖通判十年,在任期间,诗人宽廉平正,秉公执法,深得百姓称颂,此诗即作于澎湖任上。诗后小注云:"澎无高山,秋来风起,衰草黄落,四山皆赤,绝少苍翠。"可见此诗作于秋末冬初。其时西风渐紧,洪波涌起;黄叶翻飞,万山萧瑟。诗人远离大陆,寄身台澎;羁旅清冷,举目无亲。
故工余闲暇,故里风物,桑梓亲人便纷来眼底。诗人驻足岛
上,纵目骋怀;思乡念远,唏嘘不已。那烟波尽头,海天连处,
便是诗人日想夜思之青山老宅,只是限于职责在身,便纵有
千般眷恋、万种牵挂,此时却不得归去。

　　诗读至此,竟被诗人之桑梓情怀所感染。"得见青山
才是家"。梦里青山即心头父老也。如此结拍,最是奇崛。
看似寻常,其实中间暗寓递进之法,逐层深入。一如近人
俞阶青所云:"此与'却望并州是故乡'(刘皂)诗句,'行人
更在春山外'(欧阳修)词句,皆有'更行更远'之意"也。
慢品细嚼,真有甘饴之美哉。诗人旅澎十载,时间不可谓
不长,加之天高海阔,千里万里,远离家乡,内心之苦闷与
客舍之孤寂均可想而知。但诗人于字里行间并不见半点
颓废,信笔写来极其悠然自得,从容平淡。显示出诗人深
中隐厚,丹心如故之磊落胸襟。

(林　峰注评)

丁日昌(1823—1882),字持静,别字雨生。清广东丰顺人。成丰四年(1854),以廪贡生出办乡团,剿潮州土匪。咸丰七年(1857)授琼州府学训导,九年(1859),任江西万安知县。同治二年(1863),筹办上海机械局。历任苏松太道、两淮盐运使、江苏布政使、巡抚,七年(1868),建议设立轮船水师,将沿海分为北洋、中洋、南洋三军区,其中南洋军区即以台湾为基地。曾奏议台湾设省。光绪元年(1875)四月担任福建巡抚,兼船政大臣。福建巡抚任内,曾驻台五个月(1876—1877年间),期间整饬吏治,绥抚生番,并鼓励内地居民来台垦殖,在北部试行茶业栽种,鼓励开采煤铁及石油,完成台湾府城到安平与旗后间的电线建设,又筹划建筑台南到高雄的铁路。曾豁免十余种苛捐杂税,对台湾贡献颇大。生平雅好藏书,多得宋元旧本,编有《百兰山馆诗》《抚吴公牍》《牧令书纪要》《百将图传》等。

恒春题壁[①]二首其一

丁日昌

东瀛已是天将尽,况值东瀛最尽头。[②]
海水自来还自去,罡风时发复时收。[③]
卧薪尝胆知谁共?衔石移山且自谋。[④]
饱听怒涛三百里,何人赤手掣蛟虬[⑤]?

注释

①恒春:地名。为台湾省最南端的市镇,属屏东县。题壁:将诗文题写于墙壁上。

②东瀛:瀛,指海上仙山瀛洲。此处借指台湾。

③罡风:道家称天空极高处的风。后亦泛指劲风。

④卧薪尝胆:春秋时,"越王句践反国,乃苦身焦思,置胆于坐,坐卧即仰胆,饮食亦尝胆也。"(《史记·越王句践世家》)"吴伐越、阖庐伤而死。子夫差立。子胥复事之。夫差志复雠、朝夕卧薪中、出入使人呼曰:'夫差而忘越人之杀而父邪。'"(《十八史略》)后以卧薪示不敢自安、尝胆示不求美味,以喻刻苦自励,奋发图强。衔石移山:衔石,相传炎帝之女溺死,化作精卫(一种鸟名),常衔石以填海。移山,即将山移开。本《列子》愚公移山的故事。后用来比喻有志者事竟成。

⑤怒涛:汹涌的波涛。赤手:空手。掣:抽取,拔取。蛟虬:蛟与虬。蛟,一种龙类动物。虬,有角的小龙。

赏析

恒春位于恒春半岛之南端。半岛像一条鱼尾巴伸入大海,四季如春,每逢冬季,台湾北部陷入连绵阴雨之际,恒春半岛依然沐浴在温暖冬阳中,浪花、阳光与蔚蓝之天空,构成一幅美丽的图画。

清同治十年(1871),琉球向日本朝贡,船只在归途中遇到暴风雨,漂流到琅峤(即今之恒春),因语言不通,被当地原住民牡丹社人误认为海盗,使得54人遭到杀害,日本借故向清廷提出抗议。同时派遣军队,登陆琅峤,进攻牡丹社,牡丹社头目和20多名原住民战死。之后,日军三路围攻,纵火焚烧,大肆屠杀。后经英国之调停,清廷作了赔偿,才告平息,称为牡丹社事件。

事件后,福建船政大臣沈葆桢亲自视察恒春半岛,发现此地毫无防备,怪不得日军轻易登陆,清廷亦了解防御台湾南端之重要性,于光绪元年(1875)设县筑城,命名"恒春"。时担福建巡抚兼台湾学政的丁日昌充分认识到台湾战略位置的重要性,吁请国人认清形势,救亡图存。指出"台湾为东南七省之尾闾,上达津沽,下连闽浙",故"目前防务仍以台湾为第一要紧。倭无举动则已,若有举动,必先图台湾,然后得寸进寸、得尺进尺。"若"台防有磐石之安,即沿海无风鹤之恐"。他力主以台湾为统筹海防的战略基地,以御外侮。

《恒春题壁》系丁日昌驻台期间,至恒春半岛巡视防务时所作。考其写作时间,据《恒春题壁》其二之首联"人日题诗寄几人,春风吹我到恒春",这首诗当作于光绪三年正月初七,即"人日",公历是1877年2月19日。

诗的前半部歌咏其在恒春极目所见之景色。首联用一组递进句来说明恒春的地理位置,谓台湾岛本已地处天之尽头,更何况恒春还凸出于台湾岛的最南部。颔联写恒春半岛的独特地势,谓汹涌的海浪自来自去,强劲的海风时发时收,均非人力所能遏制。

诗的后半部则转向恒春的海防建设的思考。作者对台湾之防务不足,而外强虎视眈眈深感忧虑,乃直抒胸臆,表达其内心之感慨及愿望。"卧薪尝胆知谁共?衔石移山且自谋"是互文,意谓大家要立下卧薪尝胆、奋发图强的志向,付出填海移山、自力更生行动来建设恒春海岸防卫措施。尾联进一步吁请:在广阔的海洋上波涛汹涌,有谁能赤手空拳擒获蛟龙呢?意谓日本虎视眈眈,随时可能来侵袭台湾,我们应该巩固海防,阻遏其贪欲。也表达了他关心国家安危、保卫和建设台湾的决心。

《恒春题壁》由两首七律构成,为览全貌,现抄存其二,曰:"人日题诗寄几人,春风吹我到恒春。君门万里行何远,乡梦千重境未真。瘴雨蛮烟供笑傲,奇峰怪石亦精神。欲书千本回心曲,遍付穿珠贯耳民。"尾联道出诗旨:希望有力回心,教化台湾土著,使他们心向祖国,同心巩固海防。

丁日昌在逝世前的《临危口授遗折》中仍陈词呼吁"举国上下同心合力,迅图自强之实","勿分畛域,勿惮浮言"。他这种维护国家主权、领土的统一,保卫台湾免受侵略的爱国精神,对于完成祖国和平统一大业仍有现实意义。

(李宏健、姚泉名注评)

张景祁(1827—?),原名祖钺,字蘩甫、韵梅,号新蘅主人。浙江钱塘人。为薛时雨(咸丰三年癸丑科进士)门下士。同治十三年(1874)甲戌科进士。官福建连江知县。晚岁渡台,官淡水、基隆等地。工诗词,历经世变,多感伤之音。著有《蘩圃集》《掌雅堂诗文集》及《新蘅词》,并传于世。诗词作品反映光绪十年(1884)中法战争北台战事及光绪二十年(1894)中日甲午战争之时势。

丙申早春感兴①

[清]张景祁

衰病经年霜鬓稀,又春新柳带烟肥。
花前扫径非缘客,②梦里还乡也当归。
徙燕尘梁空阅世,③驯鸥沧海久忘机。④
不愁寒雨连江暗,⑤准备轻蓑向钓矶。⑥

注释

①丙申:即光绪二十二年(1896)。

②花前扫径非缘客:扫径,即清洁路径。杜甫《客至》诗:"花径不曾缘客扫,蓬门今始为君开。"

③阅世:经历时世。

④忘机:涤静与人计较或巧诈虚伪的心机。比喻心地纯朴,不与人争。

⑤寒雨连江:王昌龄《芙蓉楼送辛渐》诗:"寒雨连江夜入吴,平明送客楚山孤。"

⑥钓矶:钓鱼时所坐岩石。

赏析

此篇为作者新春的感兴诗。

首联谓作者多年来身体欠佳,鬓发苍白又变稀少。而又一个春天来了,新抽的柳条,微风吹拂,如烟般飘忽、绿意朦胧,正是"杨柳堆烟"、春景肥美之时。可是春肥"鬓稀",前后两句形成鲜明的对比,不无感伤。

颔联谓作者去打扫种花的小径,不是为了客人的来到。与杜甫的"花径不曾缘客扫"异曲同工,都是"门前冷落车马稀"啊!夜里作了还乡梦,而今年也该是返乡的时候;此句也可以理解为:游子思乡,却回不了家(也无家可归),梦里还乡,也就当作是回到家了吧。

颈联谓多年来身世飘零,有如梁上的燕子,飞来飞去,只是白忙。内心有如驯良的沙鸥,在大海中飞翔,淡泊清净,早已忘却世俗烦庸之事,没有任何机巧之心,与世无争了。

末联谓虽然天不停地下着寒雨,江面又冷又阴暗,但我并不发愁,我早已备妥蓑衣,准备钓鱼去。

诗题为"早春感兴",但是诗人身处异乡,并没有因春天来临,看到生机蓬勃的景象而感到高兴。相反,他感觉到的是"寒雨连江暗",通篇充溢无可奈何之语和感伤之音。诗人晚年历经世变,身逢家国危亡之乱世,正如他在《一枝春·落梅》一词中写的:"生涯惯冷""谁会得、千种飘零",心中悲苦唯自知也。

（李宏健注评）

望海潮

〔清〕张景祁

基隆为全台锁钥,春初海警狎至,上游拨重兵堵守。突有法兰西兵轮一艘入口游弋,①传是越南奔北亡师,意存窥伺,越三日始扬帆去,我军亦不之诘也。

插天翠壁,排山雪浪,雄关险扼东溟。②沙屿布棋,飚轮测浅,龙骧万斛难经。③笳鼓正连营。④听回潮夜半,添助军声。尚有楼船,鲨帆影里危旌。⑤　追思燕颔勋名,问谁投笔健,更请长缨⑥?警鹤唳空,狂鱼舞月,边愁暗入春城,玉帐坐谈兵。⑦有獐花压酒,引剑风生。甚日炎洲洗甲,沧海浊波倾?⑧

注释

①锁钥:军事重镇,出入要道。春初海警狎至:春初,即光绪十年(1884)年春天。海警,即海上之警报。狎至,擅自进入。上游拨重兵堵守:上游,指台湾北部。重兵,即大军、众多之军队。堵守,即阻守。入口游弋:口,即港口,指基隆港。游弋,指法国军舰巡逻海面。

②插天:耸入云宵。形容高峻。排山雪浪:排山,即排山倒海。极言声势浩大。雪浪,即白浪。雄关险扼东溟:雄关,即形势险要,足以控制四方之关隘。扼,即据守、控制。东溟,即东海。

③布棋:棋布。形容数量众多,如棋子般紧密之分布。飚轮测浅:飚轮,即御风而行之车。形容快速。测浅,即测量海水之深浅。龙骧万斛:龙骧,指大船。晋龙骧将军王浚受命伐吴,预修舟舰,一舟可载两千余人,后人遂用龙骧称大船。万斛,即万艘。

121

斛,为量词。

④笳歌正连营:笳歌,即胡笳之声音,指法国之军歌。连营,即营
　寨相连。

⑤回潮:退潮。楼船:有层楼之大船,古代多用于作战。鲎帆影里
　危旌:鲎帆:指船帆。参见第7页"鲎"注。矗,即耸立貌。危
　旌,即高挂之旗帜。

⑥燕颔勋名:燕颔即燕颔虎颈。形容王公将侯之贵相。《后汉
　书·班超传》:"相者指曰:'生燕颔虎颈,飞而肉食,此万里侯
　相也。'"勋名,即功名。投笔健:投笔从戎。比喻弃文就武。
　笔健,即健笔,雄健之笔,谓善于为文。请长缨:请缨杀敌,自请
　从军报国。《汉书·终军传》:"军自请,愿受长缨,必羁南越王
　而致之阙下。"

⑦警鹤唳空:警鹤,即遇到非常事故时,会发声警告之鹤。唳空,
　在空中鸣叫。狂鱼舞月:喻指百姓受到来犯之敌的惊吓。边愁
　入春城:边愁,即对边地之忧虑。春城,指春明城,唐代京都长
　安东城门之一。引申代称京城。玉帐坐谈兵:玉帐,为出征时
　主将所居之军帐。谈兵,即议论军事,谈论用兵。

⑧獞花压酒:獞,旧时典籍中称壮族。清陆次云《峒溪纤志·卷上
　獞人》:"獞人,居五岭之南,冬缀鹅毛,木叶为衣。能用毒矢,
　中之者肌骨立尽,虽猛人亦且畏之。"獞,亦作僮。獞花,借指当
　地土著少女。压酒,即压榨滤取即将酿熟之米酒。唐李白《金
　陵酒肆留别》诗:"风吹柳花满店香,吴姬压酒劝客尝。"引剑:
　挥剑。炎洲洗兵:炎洲,为传说南海中之洲名。后也泛指岭南
　一带。此处喻指台湾。洗甲,即洗兵。洗涤兵器,收藏起来,即
　停止战事。沧海浊波倾:沧海,即大海。浊波,即浊流,用以比
　喻品格卑劣之小人,喻指法国军队。倾,即倾覆。

赏析

这首《望海潮》写于基隆未失守前。在词序中,作者将时间、地点以及所遇之事都交代得很清楚:"基隆为全台锁钥,春初海警狎至,上游拨重兵堵守。突有法兰西兵轮一艘入口游弋,传是越南奔北亡师,意存窥伺,越三日始扬帆去,我军亦不之诘也。"作者写此词时,中法还主要是在越南打仗,且法军大败,故有"越南奔北亡师",即"法兰西兵轮一艘入口游弋"。

基隆南临狮球岭,峭壁千仞,北临大海,浅滩密布,形势险要,为台北的门户。此词上半阕从首句"插天翠壁"到"添助军声",就抓住了山势"插天"、海涛"排山"、沙屿布棋、飚轮测浅、龙骧难经的特点,运用赋的铺陈手法,在海、屿、山、天之间描述和刻画出一个"上游拨重兵堵守""雄关险扼东溟"、易守难攻的形势,令人振奋激动。以上是水上的防守,而陆上"箫鼓正连营",也是阵营密布,夜半回潮助军声之威,充满肃杀之气。应该说这基隆似有固若金汤之势了,所以诗人说哪怕你是"龙骧万斛"即万吨巨舰也休想经此险关入侵台湾。但是,上片最后一句来了个急转弯,"尚有"二句,笔触一转,写敌人楼船入侵("突有法兰西兵轮一艘入口游弋……意存窥伺,越三日始扬帆去"),在以上如此壁垒森严的海陆防卫之间,怎么能"尚有楼船"闯入基隆海面呢? 其中的无限隐忧不言而喻。末句所言事态,与前面严整的铺陈适成对比,反差很大,将"我军亦不之诘也"的松懈情形或托大、掉以轻心以至麻痹状态充分揭露出来。

　　下片首先是感慨主帅权臣中没有真正能"投笔健，更请长缨"赤胆忠心报国之人。所以诗人怀念东汉的那位燕颔虎须、投笔从戎的班超，并大声发问：今天有谁愿效汉朝之终军请缨杀敌？同时，以揭露的手法来回答造成"尚有楼船""鲨帆影里"高矗"危旌"的种种原因：或春城玉帐、"獐花压酒"，美姬伴饮；或"引剑风生"、纸上谈兵；"警鹤唳空，狂鱼舞月"，作者敏锐地预感到局势危急，而那些腐败无能的清廷大吏竟然沉缅于歌舞声色，不问边事。"玉帐"三句，讽刺入骨，全词所表现出的清代台湾战备松弛、文恬武嬉的腐败状况以及作者的忧愤悲慨情怀都极其真实，其抑塞不平之气表露无遗。结句以疑问句式来表现，诗人慨叹万里神州何日战火结束，驱除外侮，四海真正清平？

　　中法战争期间，法国海军侵犯台湾基隆、淡水一带，张景祁当时正在台湾做官，他是中法战事身历目击者，因此忧时感事，借填词以抒愤，充满爱国主义精神。他的《甲申志愤》《甲申乙酉纪事诗》以及《新蘅词》中一组纪事词（包括这首词）就是这次战争的写实力作，堪称"词史"。

（李宏健、李辉耀注评）

李逢时(1829—1876),字泰阶,宜兰人。同治间举人,素好吟咏,有《泰阶诗稿》一卷,计古近体诗一百四十首,殁后遗失。

泖鼻

[清]李逢时

海上横拖泖鼻长,①下临无际气汪洋。
鱼龙任纵潮伸缩,船楫无虞石隐藏。
喷薄风云营惨澹,吹嘘日月焕光芒。
东瀛别有饶名胜,②鹿耳鲲身水一方。③

注释

①泖鼻:即泖鼻山,位于台湾宜兰东北,形如象鼻,横拖海上,长数十丈。

②东瀛:指东海。南朝齐王融《净行颂·回向佛道篇颂》:"咄嗟失道尔回驾,沔彼流水趣东瀛。"唐刘禹锡《汉寿城春望》诗:"不知何日东瀛变,此地还成要路津。"此处也可代指台湾。

③鹿耳:即鹿耳门,参见第44页"鹿耳"注。

赏析

这首诗收录在《台湾诗乘》卷四。作者写自己家乡美丽的湖光山色,夹叙夹议,抒发心中感慨,情景交融,诗味浓厚。

首联起句实景托出泖鼻的自然地理特点,给人形象直观的感觉,赞许家乡的美景。一个"拖"字用的极妙,形容泖鼻山孤峰横入水中,逼真而传神,有无限延伸之意,展开了一幅优美的画卷,也给下句留下拓展空间。"下临无际气汪洋"意象阔大,山临水色,烟波浩淼,一望无际,气象万千,读来心旷神怡,令人想到唐张说《送梁六自洞庭山作》诗:"巴陵一望洞庭秋,日见孤峰水上浮。"泖鼻山横拖海上可与"孤峰水上浮"并美。清王夫之《姜斋诗话》曰:"兴在有意无意之间,比亦不容雕刻。关情者景,自与情相为珀芥也。情景虽有在心在物之分,而景生情,情生景,哀乐之触,荣悴之迎,互藏其宅。"此句写景不加雕刻,而气势磅礴,情景油然而生。

　　第二联紧接上联,继续展开实景描述。目光由远及近,回到脚下,此间真的是海阔凭鱼跃,天高任鸟飞。汹涌澎湃、波浪滔滔的大潮后浪推前浪,奔流不息。写得神思飞跃。此句可与杜甫《秋兴八首》诗并读:"鱼龙寂寞秋江冷,故国平居有所思。"也可与宋释道颜《颂古》诗并读:"海水翻空滚底流,鱼龙虾蟹信沉浮"联想,更激起诗人的好奇与猜想。后句状远行的船只已安全靠港,依山而泊。"无虞"意为没有忧患,太平无事,语出《尚书·周书·毕命》:"四方无虞,予一人以宁。"这一联表现鱼龙、波涛的动态和船楫、山石的静态,动静相宜,展示了壮阔的海港风光。

　　第三联,可视为作者经历及其心理的抒发,含蓄地表达出怀才不遇的惆怅。元张养浩《登岳》诗:"风云一举到天关,快意平生有此观",轻松洒脱。而作者"喷薄风云营惨澹"之句,与张诗的愉悦情绪显然不同,情绪抑郁,似有伤感之事,时光荏苒,又无力挽回,暗含落魄之意,委婉曲折地道出作者的境遇及心理状态,自己平生的理想抱负未得实现,只能发出无可奈何的感叹。下一句"吹嘘日月焕光芒",是说自己以往做出的成绩和优点,值不得宣扬,来日方长,还得继续努力,虽说经营"惨澹",但还未完全心灰意冷,仍未放弃,相信仍有光明前景。人生就是在不断的回顾展望中走向未来。

尾联,作者走出低落的情绪,表达了内心的希冀,希望出现命运和前途的转机,对远方和未来充满期待。"东瀛"指东海。"鹿耳"即鹿耳门,"鲲身"是台湾岛西南方的海口,自南而北,绵亘七屿,号七鲲身,都是台湾的风景名胜之区。诗人的思绪飞向远方,但未能明言理由,转结委曲、含蓄,给人留下无穷的想象空间。整首诗作者对情景和心理的描写很精彩,特别是对情绪的把控,非常准确到位,不怒不怨,不温不火,读来具有感染力。

(沈华维注评)

李望洋(1829—1903),字子观,号静斋。清朝噶玛兰厅头围堡(今台湾宜兰县头城镇)人。咸丰九年(1859)举人。以父母丧,居家守制,并倡修仰山书院,创建五夫子祠、孔圣庙。同治十年(1871),入都会试,考取大挑一等,分甘肃试用知县,曾官游鄂、豫、陕、甘,凡十三载。光绪十年(1884)辞官,翌年回籍,协助刘铭传抗法,并兼掌仰山书院。著有《西行吟草》。

基隆有警①

[清]李望洋

海外音书断几年,天南又报起烽烟。
彼苍偏抑英雄志,②吾道难期遇合缘。
北斗七星光渐动,东瀛一岛势孤悬。③
自来中外皆遵约,何意西人启衅先。④

注释

①基隆有警:基隆,地名,位于台湾省东北部,大商港。有警,即危机的消息。指光绪十年(1884)四月法军进犯基隆。

②彼苍:苍天。

③东瀛一岛势孤悬:东瀛,指台湾。孤悬,即孤立,无所依靠。

④启衅:引发嫌隙;挑起争端。

赏析

基隆本名鸡笼,位于台湾省东北部。光绪元年(1875)改名为基隆,取"基地昌隆"之意。刘铭传来台接任台湾巡

128

抚后,为加强台湾之防务,拟在基隆外海口两岸增筑炮台两座,但建造尚未竣工,即已爆发中法战争。光绪十年(1884)八月,法军由海军中将李士卑斯(Lespes)率舰四艘直逼基隆,刘铭传亲至前线督战,设指挥所于狮球岭,以大砂湾炮台为基地,开炮命中法巡洋舰,又大破李士卑斯之旗舰。法军见正面攻击失效,乃改采侧击方式,将大砂湾炮台及邻近之大小炮台击毁。八月底,法军又来犯,以孤拔(Anatole P. Coufbet)为元帅,李士卑斯为副帅,率领"远东舰队"远征军,猛轰基隆二日,清军奋力反击,由于清军以山为屏障,法军久战后不支,乃退出基隆港。法军久攻基隆不下,乃转攻淡水,淡水河口三座炮台被摧毁。随后法军准备登陆,却遭清军挫败。

中法战争中,基隆以北地区虽然失陷,但法军亦付出惨痛代价,最终签订和约作结。

首联谓作者离台久居内陆,却听到法军侵犯基隆消息,忧心忡忡。

颔联谓苍天未鼓舞英雄好汉,使他失去为国效忠之机会,空怀报国之心。

颈联谓天上之北斗七星不停地转动,而台湾岛却孤悬海外,势单力薄,情况危急。

末联愤怒谴责法国等帝国主义的侵略行径,谓世界各国都应遵守公约,西方强盗岂能挑起战端,犯我中华?

全诗叙述诗人听说法军侵台的强盗行径后忧愤难平,充满爱国情怀。

(李宏健注评)

　　林豪(1831—1918)，字嘉卓，一字卓人，号次逋。清福建金门人。幼承家学，兼以天资聪颖，十余岁即通经史。道光二十九年(1849)中秀才，咸丰九年(1859)中举。同治元年(1862)东渡来台，于艋舺(今台北市万华区)巧遇奉檄办团练的林占梅(新竹人，字雪邨，号鹤山，工诗书，精音乐，尤善琴，乐善好施，著有《潜园琴余简编》)，应邀担任潜园之西席。同治六年(1867)，应邀担任《淡水厅志》之编撰，事成，获聘澎湖文石书院教席。光绪四年(1878)，主草《澎湖厅志》。光绪八年返回故里，重修《金门志》，光绪十八年(1892)，重修《澎湖厅志》。著有《诵清堂诗集》《诵清堂文集》《瀛海客谈》《潜园诗选》等。

台湾尚书亭梅花①三首其一

[清]林　豪

一树梅花几度开，尚书亭下此徘徊。
种花人去春光老，无数寒潮卷地来。

注释

①尚书亭：亭名。为陈璸(1656—1718)所筑，故址在台南市朱文公祠。陈璸，字文焕，号眉川。广东海康县人。清康熙三十三年(1694)进士，授福建古田知县。四十一年(1702)调知台湾县(即今台南市)事，清廉自守，慈惠爱民，公暇引诸生考课，敦品励学。夜躬自巡行诸民疾苦。四十二年(1703)出任四川提学道。四十九年(1710)调任台湾厦门道学理学政。五十三年(1714)调福建巡抚。五十五年(1716)兼摄闽浙总督。五十六年(1717)奉命巡

海至台,被列为治台第一良吏。五十七年(1718)以病乞休。未几卒于官。追赠礼部尚书,谥清端。著有《陈清端公文集》。

赏析

陈瑸于康熙五十三年(1714)至北京入觐,圣祖目之曰:"此苦行老僧也!"圣祖并有《赠闽抚陈瑸》诗一首,诗云:"留犊从来汉史传,建牙分阃赖官贤。宽严驭吏须交勉,教养宜民务使全,岭海屏藩消蜃气,关山保障息烽烟。迎年节近新春至,援笔枫宸钱别篇。"

陈瑸在朱文公祠植梅时,曾作《手植文公祠梅花》诗一首:"赏遍花丛爱老梅,贤祠左右手亲栽。写真旧有广平赋,入妙诗称和靖才。风送清香迷瀚海,月移孤影出澄台。应知雨露深无限,独步初春傲雪开。"

此篇之作者林豪在尚书亭下流连徘徊,见景抒怀,对亭中梅花之玉洁冰清,深表赞赏,且意在言外,对陈尚书一生之廉洁清高,亦表达内心之崇敬及怀念。

(李宏健注评)

131

刘铭传(1837—1896),字省三,安徽合肥人。光绪十年(1884),以巡抚衔督军务奉派入台,来年台湾建省,遂成为首任台湾巡抚。在台期间,积极从事"洋务运动",诸如开山抚番、办理邮传、开筑铁路、购置轮船、筹备边防等,为台湾奠定现代化的基础。死后追赠太子太保,谥号壮肃。著有《大潜山房诗钞》。

游古奇峰垂钓寒溪^①

[清]刘铭传

山泉脉脉透寒溪,^②溪上垂杨拂水低。^③
钓罢秋光闲觅句,^④竹竿轻放断桥西。

注释

①古奇峰:在今台湾新竹。

②山泉脉脉:明丘云霄《括苍道中》诗三首其二:"山泉脉脉野田平。"脉脉,形容连绵不断。

③溪上垂杨:明龚诩《柳塘春水》诗:"溪上垂杨夹岸栽。"

④闲觅句:宋李光《和胡德晖增明轩诗》:"从此闭门闲觅句。"觅句,谓作诗。

赏析

1884—1891 年,诗人先后在台湾任主帅与封疆大吏,这首七言绝句,当作于此期间,具体年份待考。其间 1884 年秋至 1885 年春,他的官职是督办台湾军务,主要精力在领导台湾军民抗击法帝国主义的军事入侵。多事之秋,军书旁午,日理戎机,恐无优游山水、垂钓寒溪的闲情逸致。迨战事平息,他被任命为大清朝的首任台湾巡抚,工作重心转为主持台湾的和平建设,这时方有可能轻裘缓带,好整以暇。此诗作于1886年或稍后三四年间,似较近是。

"山泉脉脉透寒溪",起句缴题中之"峰"与"溪",而以"溪"为主,"峰"则只于"山泉"二字中带过。问溪哪得寒如许?为有山泉冷水来。"脉脉"字,"透"字,都下得精练。

"溪上垂杨拂水低",次句用顶针格,首字重复上句末字"溪",有语意连贯、联翩而来之妙。溪畔杨柳长条低拂水面,一"拂"字写出动感,隐然有微风蕴含其中,于姿态之优美外,更见得天气之宜人。而柳条既能低垂以至于拂水,则其树大而荫浓,不问可知。这是垂钓者最惬意的首选位置。于是乃逗出下文的垂钓者——我。

"钓罢秋光闲觅句",第三句缴题中"钓"字。却不按部就班地写如何"垂钓",一笔跳到"钓罢"。也不按物理老老实实说钓"鱼",却说钓的是"秋光"。"秋光"如何可钓?正因其不可钓,此句方显得新奇美妙;如实说"钓罢鱼儿",则淡乎寡味,呆若木鸡了。"闲觅句"三字转出新意——老夫钓的本来就不是"鱼",钓的是一份"闲"!"觅句"即作诗,那也只是"闲"的附加值或曰副产品而已。

"竹竿轻放断桥西",结句收得从容而平和。一心不能二用,既要作诗,就不能分神去注目有没有鱼儿咬钩。于是索性放下鱼竿。此意用不满七字,乃顺手补出垂钓的地点——"断桥西"。可见诗人精于此道,游刃有余。

在晚清政坛上,刘铭传是一位能吏与干才。他主政台湾,刚毅果决,于其政治稳定与经济发展,建树甚多,居功至伟。历史对此,早有定论。而其温文尔雅、词采风流的另一面相,人或不之知。读此诗,虽不可得其文学才华之全豹,但管中窥之,也能略见一斑。

（钟振振注评）

唐景崧（1841—1903），字维卿，号南注，又号请缨客，清广西省桂林府灌阳县人。同治四年（1865）进士，选翰林院庶吉士，散馆改吏部主事。光绪十三年（1887），唐景崧正式到台任职。他颇好文事，聘请施士洁主讲海东书院，对庠生颇为礼遇。还修葺道台官署内旧有的斐亭，组成"斐亭吟社"，闲暇时邀请同僚、下属举行诗文酒会。光绪十七年（1891），唐景崧升任台湾布政使，改驻台北。又时邀名士吟咏于官署，诗会时曾由海上运来数十盆牡丹，遂名为"牡丹诗社"，多作诗钟。光绪十九年（1893），遂取历年唱稿，分门编辑，录佳作十卷，命名《诗畸》，为台湾诗钟选集的滥觞。光绪二十年（1894）十月三十一日署理台湾巡抚，正式当上了包揽行政、军事、监察等大权的省长。

梦蝶园①

[清]唐景崧

劫运河山毕凤阳，②朱家一梦醒蒙庄。③
孝廉涕泪园林冷，④经卷生涯海国荒。⑤
残粉近邻妃子墓，⑥化身犹傍法王堂。⑦
谁从穷岛寻仙蜕，⑧赤嵌城南吊佛场。⑨

注释

①梦蝶园：故址在台南市东区开山路六巷10号，此园是李茂春于明朝末年从原籍避居台南所筑，友人咨议参军陈永华所命名。李茂春，字正青，漳州府龙溪县岱南人。从年轻时便跟随郑成功，时常往来厦门，任职参军。明永历十五年（1661），厦门、金

135

门相继被清军攻下,遂随郑经来台。来台后无意功名,于东宁
州治之东,伐芋辟圃,并建竹篱茅舍于其中,每日勤诵佛经,时
人称为"李菩萨"。宅第又被称为"李氏园",康熙二十二年
(1683)改为"准提庵",后来被改建成"法华寺"。

②劫运:灾难,厄运。明沈璟《题情》套曲:"玉销香断,花残月孤,
这的是五行劫运,合受催促。"清黄钧宰《金壶七墨·鬼劫》:
"俗以水火刀兵为生人劫运。"此则指明朝灭亡一事。凤阳:指
凤阳府。安徽凤阳,为明开国皇帝朱元璋起事地。洪武七年
(1374),明太祖朱元璋改中立府为凤阳府,同年府治由古濠州
城前往新建的明中都城。凤阳是朱元璋出生并生长的地方,凤
阳府治今凤阳县城。

③朱家:指郑成功。明朝皇室赐郑成功国姓,因此又名朱成功。
蒙庄:庄子为蒙人,故称庄子为蒙庄。这里则指喜好研读《庄
子》的李茂春。

④孝廉:明清两代对举人的称呼。此指李茂春,茂春于明隆武二
年(1646)丙戌乡榜中举。涕泪:鼻涕和眼泪,指眼泪。园林:此
指故乡。南唐徐铉《自题山亭》三首之一:"簪组非无累,园林
未是归。"

⑤经卷:此指佛教经典。生涯:语本《庄子·养生主》:"吾生也有
涯,而知也无涯。"原谓生命有边际、限度。后亦指生命、人生。
海国:近海地域,此指台湾。唐张籍《送南迁客》:"海国战骑
象,蛮州市用银。"

⑥妃子墓:此指五妃墓。是郑氏时期宁靖王朱术桂从死姬妾袁
氏、王氏、秀姑、梅姐、荷姐等五人的墓茔。五妃墓原是一座不
封不树的墓茔,清乾隆十三年(1748)巡台御史六十七和范咸,
命海防同知方邦基修坟,并在墓前建庙祭祀,所以后人多称"五
妃庙"。现在墓茔与墓庙同处,在台南市中西区五妃街201号。

⑦化身：借指人或事物所转化的种种形象。唐贾岛《题戴胜》："星点花冠道士衣，紫阳宫女化身飞。"法王：佛教对释迦牟尼的尊称，亦借指高僧。《法华经·譬喻品》："我为法王，于法自在。"

⑧仙蜕：道教称人升仙后留下的遗体，引申谓仙人的遗物。明谢肇淛《五杂俎·人部四》："至于仙蜕，余在武夷，见其二齿、发、手指，宛然如故，但枯槁耳。"

⑨赤嵌城：又作赤嵌楼，参见第80页"赤嵌城"注。佛场：做佛事的场所，此指法华寺，该寺位于赤嵌城南数百步。

赏析

　　此诗大约是清光绪十八年（1892）所作，收录于唐景崧《诗畸》中，又载于王松《台阳诗话》、郑鹏云《师友风义录附编·击钵吟续集》、连横《台湾诗乘》、赖鹤洲《斐亭吟会·牡丹诗社》。

　　梦蝶园故址即今法华寺，后经多次天灾及第二次世界大战时美军轰炸，法华寺已毁大半，如今虽已不复当年盛况，但因其建筑历史意义深远，著名的府城八景之一"法华梦蝶"就位于此处。寺中另有彩绘大师潘丽水的许多作品，如天王殿门神，寺外山墙上的"庄周梦蝶""达摩九年面壁"等作品，寺内殿宇连栋肃穆庄严，庭园造景宁静雅致，漫步其中，能体会到传统建筑之美与时光倒流的感觉。

　　唐景崧《梦蝶园》写的是游览古迹，实有怀古意味。首联点题即以李茂春的亡国之恨和逃禅心理叙起，述说清军入关，明室南渡，唐王败亡的劫运之后，大明江山从此就结束了。李茂春追随郑氏父子反清复明志业破灭，犹如庄周梦蝶般乍醒。颔联承接首联，上句写李孝廉因此不得回归故园而涕泪纵横，下句写李菩萨从此在荒远海岛以读经念佛渡其余生；两句应是悬想梦蝶园主人思乡心理与平居茹素生活，设想十分贴切，倒也是合情合理。这两句点景几笔，都未有抽象而乏味的议论，只将感悟、意兴与真切情怀，直接倾诉于字里行间，故具有生动的意象与感染力，达到感人的意境。颈联推开转写梦蝶园周围景物，而寓情于景内；宁靖王五妃殉节的墓茔就在附近，而沿着五妃墓与庙直走，绕个弯也会来到法王梵刹，所以说"残粉近邻""化身犹傍"。尾联归结到怀古之意，有谁能在穷荒海岛寻找到梦蝶园主人升仙后留下的遗体、遗物呢，赤嵌城南数百步外就是供世人做佛事的场所"法华寺"了。

　　从各种文献看来，李茂春应该是个虔诚的佛教徒，只是对庄老之学仍抱持着喜好的心理。其"逃禅"似乎与政治无关，却和陶渊明《桃花源记》中那群为了"避秦时乱"，而隐居桃花源里，"不知有汉，无论魏、晋"的秦人相似。唐景崧虽说是清朝官员，但《梦蝶园》诗以明朝灭亡后，李茂春来台筑梦蝶园的历史故事为轴心，诗中"孝廉涕泪园林冷，经卷生涯海国荒"，乃至"谁从穷岛寻仙蜕，赤嵌城南吊佛场"等句，都阐释出李茂春的亡国之恨和逃禅心理，情绪确实有点低沉而感伤。同时的诗人施士洁《梦蝶园》诗，读来有同感同叹："宁靖东来故国亡，先生招隐托蒙庄。孝廉旧迹留鲲岛，遗老回头望凤阳。竹沪藩王悲片壤，丛祠妃子吊斜阳。法华妙有南华旨，蝴蝶曾经梦一场。"世间的繁华竟如梦境，一觉醒来，发现一切皆是虚幻，岂能无些许慨叹吗!

　　唐景崧这首览古兴怀的诗作。乍读起来,全篇既没有精雕细琢的警句,也很少重笔浓抹作环境氛围的艺术描绘,似乎是语不惊人,实际上诗人率然成章,言近旨远,颇发人深省,别具一种隽永的诗趣。

(许清云注评)

林大业(生卒年不详),彰化县沙连堡人,清同治年间生员。在坪顶庄开馆授徒,馆曰"青云斋"。

崊顶山①

[清]林大业

群山罗列独森然,②高踞茅庐在涧巅。
树色高低青覆水,岚光隐约碧连天。③
几些花果几多竹,半倚人家半著仙。
酒力醒时茶气歇,清风明月共安眠。

注释

①崊顶山:今名冻顶山,属南投县,产茶。

②森然:茂密貌,丰厚貌。南朝齐王琰《冥祥记》:"道路修平,而两边棘刺森然,略不容足。"

③岚光:山间雾气经日光照射而发出的光彩。唐李绅《若耶溪》:"岚光花影绕山阴,山转花稀到碧浔。"

赏析

本诗于自然之中极见清空之韵。作者居住在山巅之茅庐,山水相伴,绿色相依。花果,竹子点缀左右,喝酒品茶,与清风明月共眠,沉醉于山水之乐。

首联"群山罗列独森然,高踞茅庐在涧巅",提纲挈领,写出崊顶山在众山的包围当中,独具一格。"独"字写出此山的与众不同,林木更加茂盛。自己居住在山间之茅庐,享受自然风光。

额联"树色高低青覆水,岚光隐约碧连天",写山上的环境。树木参差不齐,茂盛的树叶覆盖着水面,隐隐约约可以看到山间雾气经日光照射而发出的光彩。

颈联"几些花果几多竹,半倚人家半著仙",着重写自己居住的环境,花果和竹子陪伴着自己。竹子在中国传统文化当中象征着气节、刚直不阿,正如苏轼在《於潜僧绿筠轩》所说:"宁可食无肉,不可使居无竹。无肉令人瘦,无竹令人俗。""半倚人家半著仙"也营造出离俗出世的氛围。

尾联"酒力醒时茶气歇,清风明月共安眠",写居住山中的生活状态。喝酒品茶是人生常态,还可以与清风明月共安眠,岂不乐哉。这样的环境将诗人的思神,也带向了无垢的清气里、深远的缈冥中。自然无拘的状态,一切世间的烦恼在山水之中都已无影无踪。

情由景生,景因情转,景愈清而思愈深,本诗遂于自然宽舒中呈现清澄悠远之思。另外,这首诗也可看作是对时局失望的逃世者之歌。

(曹辛华注评)

林鹤年(1846—1901),字氅云,又字谦章,号铁林,晚号怡园老人,福建安溪人,出生在广东。清光绪八年(1882)中举,翌年应礼部试,充国史誊录,旋授予工部虞衡司郎中职。1892年承办台湾茶税和船捐,被保举以道台加按察使衔。甲午战争后,台湾割让给日本,他毁家助饷,入唐景崧幕,参赞军机。义军失败后,退居厦门鼓浪屿,主讲东亚书院。擅画兰,《清画家诗史》有传。喜吟咏,唐景崧在台湾创立"牡丹诗社",林鹤年为重要成员之一。著有《福雅堂诗钞》,其中《东海集》为专咏在台之作,其他各集,亦间有及于台湾人物与史事者。

丁酉四月初七日厦口东望台澎泣而有赋^①

[清]林鹤年

(乙未四月初八日订和约,^②准两年后改隶日本)

海上燕云涕泪多,擎天无力奈天何。
仓皇赤壁谁诸葛?^③还我珠崖望伏波。^④
祖逖临江空击楫,^⑤鲁阳挥日竟沉戈。^⑥
鲲身鹿耳屠龙会,^⑦匹马中原志未磨。

注释

①丁酉:即光绪二十三年(1897)。厦口:即厦门。

②乙未:即光绪二十一年(1895),是年清廷割让台湾予日本。

③仓皇:匆促貌。

④还我珠崖望伏波:珠崖,地名,在今海南岛琼山县东南。汉文帝时珠崖数反,贾捐之上书请罢弃之,帝从之。此处喻指台澎。

伏波,为将军的名号。汉武帝以路博德为伏波将军,征南越。东汉马援也曾被封为伏波将军。

⑤祖逖:东晋名将。与刘琨俱为司州主簿时,半夜闻荒鸡鸣,即起床舞剑,时晋室大乱,逖率部曲百余家渡江,中流击楫曰:"祖逖不能清中原而复济者,有如大江。"

⑥鲁阳:春秋时楚国人。《淮南子·览冥训》:"鲁阳公与韩构难,战酣,日暮,援戈而挥之,日为之反三舍。"

⑦鲲身鹿耳:鲲身,即七鲲身。原为台南市西南海中的古岛屿,自南而北绵延七岛。十七世纪荷兰在此建热兰遮城,郑成功收复台湾后改城名为安平城,俗称赤嵌城。鹿耳,为岛名。即鹿耳门。原在台湾七鲲身屿及北线尾屿以北。1661年4月郑成功率军最先登陆台湾岛的地点。后西海岸泥沙淤积,已与台湾本岛相接。屠龙:杀龙,《庄子·列御寇》:"朱泙漫学屠龙于支离益,单千金之家,三年技成,而无所用其巧。"

赏析

光绪十六年(1890)庚寅科状元吴鲁(福建晋江人),曾称赞林鹤年:"公早岁所履,皆顺豪情逸概。其发为诗者,绝少角徵音。中年之后,身世之感,多伤于哀乐,而年以不永,亦遭际使然矣!"

光绪二十年(1894,甲午年)至二十一年(1895,即乙未年),中国与日本因朝鲜东学党作乱,均派兵平乱,乱平后,日本不撤兵,又乘清廷不备,击败清兵,清廷乃派李鸿章于光绪二十一年三月二十三日(1895年4月17日)与日本签订《马关条约》,两国约定台湾"永远让予日本""本约批准互换之后,限二年之内,日本准让与地方人民,愿迁居让与地方之外者,任便变卖所有财产,退出界外,但限满之后,尚未迁徙者,酌宜视为日本臣民"。又"台湾省,应于本约批准互换后,两国立即派大员至台湾,交换清楚。"

马关条约于1895年5月8日换文生效,因此1897年5月8日,即为台澎住民决定当清国人或日本人的选择期限。

1895年6月2日,清廷代表李经芳与日本代表在基隆外海三貂岭附近进行海上交割仪式。台澎即正式归日本统治。

此诗系作者于《马关条约》签订之后二年,于厦门东望台澎时,感慨国土沦丧所作之诗,沉郁浑厚,苍凉悲壮。

首联谓海上看到北方吹来之云雾,对割让台澎予日本感到痛心流泪。此时中国缺少擎天之力,无力回天,徒呼奈何。其中故实:中日甲午战争爆发后,林鹤年曾入唐景崧幕,参赞军机,抗日失败,割台后被召回大陆,定居于厦门鼓浪屿。当时台湾人民和官兵拒绝割台,总兵刘永福等率领黑旗军进行反抗,林鹤年暗中给予支持。但由于外援断绝,黑旗军只坚持了4个月就败退回大陆。林鹤年闻讯后痛心疾首,专程到南安孔庙前的"郑成功焚青衣处"痛哭,并赋诗八首。两年后的4月7日,林鹤年再次登上鼓浪屿日光岩,面对台湾方向赋这首诗:"海上烟云涕泪多……"吟毕,仰天长叹,泪面饮泣,奔下山去!

颔联谓当年赤壁之战,打败曹军,使曹操仓皇遁走,是诸葛亮之功劳,而此时这种人何在?要把弃地台澎收回,只能仰望智勇双全、能征善战之将领。

颈联谓祖逖为清中原,在中流击楫,壮志竟然落空。

而鲁阳挥戈可使日退回三舍,戈竟然沉入水中。寓意作者"少有大志,好谈兵,时人比之杜牧、陈亮。"诗人曾经积极抗御日寇,终至失败,慷慨悲凉,遗恨不已。

末联之"鲲身鹿耳",代指台湾;谓作者盼望在台湾共同杀敌,驰马中原之雄心壮志并未销磨。

(李宏健注评)

寄刘渊亭副师兼呈灌阳中丞①

[清]林鹤年

牖户绸缪未雨阴,东山瓜苦独行吟。②
头颅拼以传关塞,肝胆终当照古今。③
黑海旌旗星斗上,红河壁垒雾云深。④
金牌反报黄龙捷,杯酒重开万古心。⑤

注释

①刘渊亭,即刘永福(1837—1917),渊亭是其字,他祖籍广西博白,出生于广东钦州。早年参加天地会,创建黑旗军。1873和1883年两度受越南政府之邀,协助打败法军,后归顺清朝。甲午之役,曾率军固守台湾南部,使日军一度不能得逞。副师,甲午战争爆发后,清政府任命刘永福为帮办,协理台湾防务,故以"副师"尊称之。灌阳中丞,即唐景崧(1841—1903),他是广西灌阳人。中丞,汉代官职,明清时用作对巡抚的代称。

②牖户绸缪未雨阴,即未雨绸缪,意思是在未下雨前将窗户缠缚关紧。常用来比喻提前做好准备。出自《诗经·豳风·鸱鸮》:"迨天之未阴雨,彻彼桑土,绸缪牖户。"瓜苦,犹言瓜瓠,瓠瓜,一种葫芦。出自《诗经·豳风·东山》:"我徂东山,慆慆

145

不归。……有敦瓜苦,烝在栗薪。"此句意在突出刘永福筹划军务之劳顿。

③关塞,关口上的要塞。此句实指刘永福当年冒死出镇南关参加抗法援越战争。肝胆,喻刘永福对国家的忠贞之心。

④黑海,犹玄海,泛指深海。此句特隐"黑旗"二字,刘永福"黑旗军"的军旗就是黑底黄牙北斗七星。红河,越南北部最大河流。源于中国,经河内注入北部湾。壁垒,古时军营的围墙,泛指防御工事。

⑤金牌,宋代驿传之"急脚递",日行五百余里,最为快速,以木牌朱漆金字,若有前线军机要事,则自御前发下,称为金牌。黄龙,府名,位于今吉林长春农安县,为辽金两代军事、政治重镇,宋代名将岳飞尝云"直抵黄龙府,与诸军痛饮耳",即此。反报,旧传宋高宗以十二道金牌令岳飞收兵返京,此反其意曰,勒令刘永福弃台的金牌使者,反将打败日寇的捷报传回朝廷。

赏析

《寄刘渊亭副师兼呈灌阳中丞》一诗收在林鹤年所著《福雅堂诗钞》之《东海集》中,当在 1895 年六七月之交作于厦门。《东海集》中的作品大体按创作时间排序,《寄刘渊亭副师兼呈灌阳中丞》列在《五月十三日台北激于和议,兵民交变,偕家太仆遵旨全渡,仓皇炮燹,巨浪孤舟,濒于危者屡矣,虎口余生诗以志痛》和《寄挽台北刘履尘通守鼎》之后,《偕家时帅内渡留别板桥园五绝五首》之前。前一首的"五月十三日"即 1895 年 6 月 5 日;后一首提到的刘履尘逝于"闰五月初六日"(见李禧《紫燕金鱼室笔记》),即 1895 年 6 月 28 日。据此推测,《寄刘渊亭副师兼呈灌阳中丞》应作于 6 月 28 日左右。此时林鹤年已与"家太仆"——即时任太仆寺正卿、全台团防大臣督办林维源——内渡厦门。至于《偕家时帅内渡留别板桥园五绝五首》，也应该是这期间在厦门补作的。"家时帅"，亦指林维源（字时甫）。"家"者，林氏本家之简称也。当是时也，台湾处惨变之中（参见第 143 页相关介绍）。1895 年 6 月 26 日，义勇军余众在台南拥立刘永福为"民主国"第二任"总统"。林鹤年的《寄刘渊亭副师兼呈灌阳中丞》应当是在获悉此事之后所作，他支持刘永福的英勇抗日之举，在诗题上仍以清廷旧职称之，是比较得体的。

在护台抗日的"乙未战争"中，黑旗军领袖刘永福可谓功勋卓著。《寄刘渊亭副师兼呈灌阳中丞》一诗表达了林鹤年对刘永福及其领导的黑旗军的赞许与钦佩，也对保台战事予以期待和祝福。首联通过借用《诗经》中"牖户绸缪"和"东山瓜苦"的典故，展示了刘永福在大敌当前，独当保家卫国重任的爱国形象。颔联进一步展示其不惜马革裹尸、肝胆照人的豪迈气概。颈联回忆刘永福当年率领黑旗军两次帮助越南打败法国侵略者的往事，暗示此次抗日护台的战事也一样会取得胜利。尾联展望黑旗军护台之役获胜后庆功的情景。这一时期，林鹤年的诗作大多悲愤顿挫，如《寄刘渊亭副师兼呈灌阳中丞》这样气势昂扬之作比较少见，这也可鉴其对刘永福孤军抗战的壮举是深为欣慰和敬佩的。

虽然有人把林鹤年与黄遵宪、丘逢甲并称为晚清闽粤诗坛三大家,但其综合成就与影响均稍逊二人。就诗作而言,林鹤年似可与二公相颉颃。民国徐世昌的门客们编纂的《晚晴簃诗汇》(即《清诗汇》)评曰:"诗雄深沉郁,兼有清丽之辞,是从玉溪得力而不模仿宋体,于闽派中自成一格者也。"潘飞声《在山泉诗话》也赞曰:"以悲愤雄壮之诗传台事,又何减杜陵诗史也。"

(姚泉名注评)

林启东(1850—1892),字乙垣,号蓼阁、亦园、罗峰,嘉义人。清光绪十二年(1886)进士,时年三十七。钦点主事,签分工部屯田司,曾掌教台南崇文、嘉义罗山两书院。十八年(1892)卒,年四十二,参见《嘉义县志》。存诗三首。

北湖荷香①

[清]林启东

十里荷香五里堤,②湖光深处漾玻璃。③
水环近郭通南岸,④花拥孤村向北溪。
凉雨注秋低覆鹭,⑤淡烟吹午远闻鸡。⑥
此间不唱田田曲,⑦送尽行人月渐西。⑧

注释

①北湖荷香:康熙时台湾诸罗(今嘉义市)八景之一。北湖,即北香湖。康熙时期,水面广阔。后渐趋萎缩,乃至干涸。现经当地政府按1945年样貌重新打造,辟为香湖公园。

②十里荷香:宋喻良能《六月晦日同楼少府由钱塘门至上竺遂游下中竺憩冷泉亭途中记所历》诗:"十里荷香杂稻香。"

③湖光深处:宋吴芾《陈子厚送韶鸭将以七绝因次其韵》诗七首其三:"湖光深处恣沉浮。"漾玻璃:形容湖水平静澄明。宋刘宰《漫塘赋》:"风平而月漾玻璃。"

④水环近郭:宋文彦博《汝州端明仲仪寄示竹亭诗二十章披玩叹赏不已辄成四十言仰答来意》诗:"汝水环近郭。"近郭,城郭附近。

149

⑤注秋：谓秋雨如注。低覆鹭：谓荷叶低低地遮蔽着白鹭。

⑥淡烟吹午：谓中午时分村野人家的烟囱里飘出淡淡的炊烟。

⑦此间：此时。田田曲：谓《采莲曲》。汉乐府《江南曲》："江南可采莲，莲叶何田田。"田田，形容荷叶茂盛。

⑧送尽行人：欧阳修《雨中花》（千古都门行路）："送尽行人，花残春晚，又到君东去。"月渐西：元宋褧《夜下新安驿寄家》诗："星汉垂光月渐西。"

赏析

俗语有云："美不美，故乡水。亲不亲，故乡人。"读着这首七言律诗的清词丽句，我们真切地感受到了诗人对家乡美景的由衷热爱。

"十里荷香五里堤，湖光深处漾玻璃"，首联直奔主题，径言"北湖荷香"。若湖面狭小，湖水不深，则荷花可以覆盖整个湖面；今乃言荷花虽盛而只在近堤，湖光深处仍澄明如镜，可见湖面之大，湖水之深。二句语言浅近，风格明快，而境界开阔，气度雍容。

"水环近郭通南岸，花拥孤村向北溪"，前一联上句"花"，下句"水"；此联则上句"水"，下句"花"。双起，故双承；而第三句承第二句，第四句承第一句，章法错综灵活，并不呆板。

首联两句皆写湖中，颔联两句皆写湖外，至颈联笔法又有变化：上句"凉雨注秋低覆鹭"写湖中，下句"淡烟吹午远闻鸡"写湖外。而上句暗写荷叶，与前两联之明写荷花形成关照；下句写炊烟与鸡鸣，与上一联之"孤村"亦遥相呼应；又上句写"雨"，下句写"晴"（若"雨"则炊烟不起），对举成文,相映成趣:凡此也都见出作者文心之细,针缕之密。

前三联皆写白天,至尾联则转写夜晚:"此间不唱田田曲,送尽行人月渐西"。移步换形,笔意总不单调重复。又,前三联皆直说,明白如话。明白如话固然有明白如话的好处,读者一读便懂,没有语言障碍。然而句句明白如话,一读便懂,也有它的遗憾:读者的文化与智商被剥夺了用武之地,阅读与审美的快感也大大降低。诗人在这一点上拿捏得恰到好处,至此联忽然改用曲笔,给读者设置了一定的阅读难度。什么是"田田曲"? 为什么"不唱"它? 诗人这里到底在说什么? 原来,"田田曲"便是"采莲曲"。"不唱"它,是委婉的说法,即此时莲蓬尚小,还未到采莲的时候。反言之,则是说此时荷花正在盛开。盛开的荷花送尽行人,直至夜深月落。诗人将荷花拟人化,将她们写得那样多情,如此结尾,则缠绵悱恻,余韵袅袅,"北湖荷香"的审美效应也因此而达到了峰值。

(钟振振注评)

戴希朱(1850—1918),原名凤仪,一号敬斋。福建南安县人。清光绪十八年(1892)举人。入内阁中书,授奉政大夫。著有《松村诗草》,晚年曾纂修《南安县志》。

伤台湾 光绪乙未

[清]戴希朱

东南屏障委灰尘,谁鼓风波入海滨。
髀肉无端供虎口,①城门有火及鲲身。
雷轰燕市天皆黑,血战台瀛草不春。
阁部诸公犹记否? 当年一岛费千辛。

注:1895年4月6日割台湾与日本。用御墨时,晴明忽变阴雾,不雨而雷声震。台民不服,血战死者甚多。

注释

①髀肉:指大腿内侧靠近大腿根的地方的肉。《三国演义》第三十四回:刘备"因见己身髀肉复生,亦不觉潸然泪下。"

赏析

《伤台湾》这首诗是戴希朱在1895年清政府把台湾割让给日本之后所写的,诗人从台湾重要的地理位置和与祖国骨肉相连的关系入笔,既写出了台湾民众与侵略者血战到底的民族精神,又表达出诗人愤怒慷慨的爱国之心。原诗有两首,这是第一首,其二为:

鹿港鹭门一线通,唇亡齿冷古今同。蓬瀛已历尘埃劫,桑土宜资补葺功。怕听刘琨回马首,空教孙策望鸡笼。何时涤得尘氛尽? 海国重清万里风。

台湾是中国固有的领土,它不但是中国东南沿海最重要的天然屏障和中国海防最关键之所在,也是中国经济发展的海上生命线和兴衰晴雨表,地缘战略价值十分重要。甲午战败后的 1895 年 4 月,清政府被迫签订了《马关条约》,将台湾、澎湖割让给日本,一场英勇悲壮的反割台斗争在台湾展开了。在这场反割台斗争中,从官绅到民众,台湾的各阶层人士均发挥了不同的作用,在清宫甲午档案里记载了这段可歌可泣的历史。

"东南屏障委灰尘,谁鼓风波入海滨。""东南屏障"指的就是台湾,"委灰尘"有蒙羞之意,就是失去了台湾,也就失去了东南屏障;失去台湾,我们的船怎么能够扬风鼓帆驶入大海呢? 泉州晋江人施琅面对清朝众臣在台湾弃留问题上的意见分歧,决意主留,并上疏全面陈述其意见,描述了台湾的地理及现实情况,指出"台湾一地,虽属外岛,实关四省之要害。勿谓彼中耕种,尤能少资兵食,固当议留;即为不毛荒壤,必藉内地挽运,亦断断乎其不可弃。"从这段话中可以看出台湾地理位置是多么重要。

"髀肉无端供虎口,城门有火及鲲身。"是讲台湾与大陆骨肉相连,现在把她送入虎口,将来"城门失火"一定会殃及整个中华。这种认识,当时普遍存在于台湾民众和泉州的士绅阶层。甲午战败,清政府决定割台议和,时在京城准备科考的台湾安平县举人汪春源,嘉义县举人罗秀蕙,淡水县举人黄宗鼎,联合当时在京为官的户部主事叶题雁、翰林庶吉士李清琦,向朝廷呈奏折,反对割台。他们在奏书中追溯台湾的历史,分析台湾的重要性,表达"但求朝廷勿弃以予敌,则台地军民必能舍生忘死为国家效命"的决心。虽然这封奏折未能为清政府所接受,也改变不了台湾被割据的事实,但奏折中所表现出来的民族大义及台湾同胞对祖国的深厚感情,至今读来依然令人唏嘘不已。

"雷轰燕市天皆黑,血战台瀛草不春。"写 1895 年 4 月 6 日割台湾与日本正要签字之时,北京晴朗的天空忽然变得阴云密布,没有下雨但雷声震天,这种屈辱就连老天爷都震怒了,真是天怒人怨!台湾民众不屈服,有那么多人血战而死。道出了台湾军民誓死保卫台湾的家国精神。

"阁部诸公犹记否? 当年一岛费千辛。"戴希朱于光绪二十年(1894)选入内阁,二十四年又入值中书,兼派颐和园领事,诰受奉政大夫。诗人通过这句诗直接发出了呼喊:和我同朝的诸公阁老们还记得吗? 当年为了收复台湾岛,多少人费尽了千辛万苦啊。明万历三十年,在明朝大将军沈有容的指挥下,明军在台湾近海一举歼灭大部倭寇,台湾百姓热烈欢迎登陆的明军,这也是中国军队第一次从外国侵略者手中收复台湾;永历十五年,和戴希朱同为泉州南安的民族英雄郑成功驱逐了荷兰殖民者收复了台湾;清康熙二十年,康熙派施琅大将收复台湾,后在台湾设县、府、巡道,派军驻守,加强统治。在台湾被割据前后,以戴希朱为代表的泉州文人,写了许多以"伤台湾"为主题的诗词作品,表达出他们对台湾的重要战略地位的认识和对台湾之失的切肤之痛，彰显出当时文人"何时涤得尘氛尽？海国重清万里风"的爱国之情。

（沈华维注评）

　　陈季同(1851—1907)清末外交官。字敬如,一作镜如,号三乘槎客,福建侯官(今属福州)人。早年入福州船政局,后去法国学习法学、政治学,历任中国驻法、德、意公使馆参赞,刘铭传赴台湾,陈季同为其幕僚、副将,《马关条约》签定与台湾割让之讯传出后,台湾民怨沸腾。日本表示将实行"武装接收"。这时,受署理台湾巡抚唐景崧邀请来台的陈季同想出了一条巧妙的策略。《国际公法》有规定:"割地须问居民能顺从与否","民必须从,方得视为易主"。陈季同提出,援引国际公法的有关规定,以台民"不服割地"而宣布"自主",再以"自主"的名义抗拒日本的"武装接收"。事败后,他曾满怀悲愤写下《吊台湾四律》,传诵一时。他是一位忧国忧民的诗人和诗歌翻译者,著有《三乘槎客诗文集》《卢沟吟》和《黔游集》等诗集,为杰出外交人才,从清光绪元年(1875)始,前后派驻欧洲十六年,官至英、法、意、比、德、奥诸国公使衔参赞,他写了许多介绍中国现状和中国文学的法文作品,将《红楼梦》等中国文学著作译成法文,并译介《聊斋志异》,在法国刊行,在法国文坛上享有盛名。

吊台湾四律 其四

[清]陈季同

台阳非复旧衣冠,①从此威仪失汉官。②
壶峤而今成弱水,③海天何计挽狂澜。④
谁云名下无虚士,⑤不信军中有一韩。⑥
绝好湖山今已矣,故乡遥望泪阑干。⑦

注释

①台阳:台湾旧称。衣冠:衣冠本指衣服和礼帽,又指绅士,借指

礼教、斯文之意。

②威仪:庄严可畏的容貌举止。《左传》:"有威而可畏,谓之威;有仪而可象,谓之仪。"《毛诗传》:"君子,望之俨然可畏,礼容俯仰,各有威仪耳。"

③壶峤:传说中的神山方壶、员峤并称。清赵翼《题吴并山中翰青崖放鹿图》:"从此相随戏壶峤,君骑白鹿我青牛。"弱水:古人称水浅或不通舟楫的水道为弱水,意谓浅水浮力小,不能负芥或不胜鸿毛。

④海天:台湾环海,水天一体,故以海天代指。狂澜:巨浪,比喻危险的局势。唐韩愈《进学解》:"障百川而东之,回狂澜于既倒。"

⑤名下无虚士:语出《陈书·姚察传》"名下定无虚士",意谓负有盛名的人必有真才实学,名实相副,名不虚传。

⑥一韩:宋朝韩琦,历事仁宗、英宗、神宗三朝。仁宗时西夏反,韩琦率兵拒战,与范仲淹两人同心协力镇守边疆时间最长,名重一时,人心归服,朝廷倚为长城,故天下人称为"韩、范"。边塞上传诵这样的歌谣:"军中有一韩,西夏闻之心骨寒。军中有一范,西夏闻之惊破胆。"成为宋夏交兵最后的佳话。

⑦阑干:纵横错落。汉蔡琰《胡笳十八拍》之十七:"岂知重得兮入长安,叹息欲绝兮泪阑干。"

赏析

1894年7月,日本发动侵华战争,1895年4月,强迫清廷签订了丧权辱国的《马关条约》,由清廷全权大臣李鸿章与日本首相伊藤博文在日本马关春帆楼签约。其中规定:中国割让台湾全岛及所有附属各岛屿、澎湖列岛和辽东半岛给日本。割地消息不胫而走,举国悲愤,全台震骇。曾任大清国驻法国参赞的陈季同,应台湾巡抚唐景崧之请,赴台协助筹划外交。根据《国际公法》第286章"割地须问居民能顺从否""民必顺从,方得视为易主"(张海鹏、陶文钊《台湾史稿》上卷)的规定,陈季同提出"以民政独立、遥奉正朔、以拒敌人"的策略,支持台湾民众自发组织抗日团体(例如"敢字营"等),抗击日寇侵占台湾。孰料列强早已暗中勾结,正待瓜分中国,岂肯出面相助?由于日寇的"武装接收",台湾民众的抗日运动失败,外交官兼诗人的陈季同痛心疾首,悲愤万分,挥笔写下了《吊台湾四律》,此诗为其中第四首。

祭奠、哀悼死者谓之"吊"。诗题用"吊"哀悼台湾被割让史实。诗人极度悲伤,为诗以吊,抒发诗人的、也是国人的无限哀痛。"台阳非复旧衣冠,从此威仪失汉官",台湾原本穿着汉服,属于中国,由于甲午战败而割台,也就是被人扒掉汉服、强穿和服了,中国汉官俨然可畏的威风、礼仪黯然失去。首联即显露诗人对割台之哀情。"壶峤而今成弱水,海天何计挽狂澜",原来如同方壶、员峤仙境般的神山圣水,如今反倒成了不能载舟负芥的土丘弱水,台湾还有什么锦囊妙计能挽狂澜于既倒、扶危局于衰颓呢?诗人对割台之伤痛,至颔联又加深一层。

"谁云名下无虚士,不信军中有一韩",原先谁说将才济济、名不虚传?哪里想到,清廷软弱,将帅无能,军中哪有像韩琦那样令"西夏闻之心骨寒"的将帅啊!堂堂中国,竟然败于蕞尔小国、区区日寇。诗人对割台之悲愤,到颈联再沉重一步。

尾联则将丧台辱国、不能保家的亡国之痛推向高潮:

"绝好湖山今已矣,故乡遥望泪阑干",仙境似的大好河山,如今沦入敌手,诗人遥望故国家山,唯有悲泪纵横,痛悼台湾而已!此诗抒发了诗人极其强烈、异常浓重的爱国情怀,真是一字一血,声泪俱下,真挚高尚,感人至深。

诗人运用拟人手法,将台湾比作亲人,恰如其分。失亲之痛,人皆知晓,故而容易理解,便于读者接受。然后,再用层层推进的方式,遂将诗人对于丧土、割地,不能自保的极度悲伤,步步加深地展现出来,真切自然,水到渠成,作品因而具有震撼人心的艺术魅力。

(丁国成注评)

谢道隆(1852—1915),字颂臣,又作颂丞,台中人。因排行第四,故称谢四。诸生。入广东寓台文人吴子光门下。博学工诗,且精岐黄术。1895年,清廷将台湾割让予日本,激于义愤,曾有"刺血三上书"壮举,旋从丘逢甲倡组义军,事败,走闽粤,后遁归台湾,隐于医。与台湾诗人林朝崧、连横等人过从甚密。四十岁时,筑生圹于台湾中部之大甲溪侧,另于林壑深处构草堂,署名"小东山"。春秋佳日,招引良朋,作文酒之会。著有《小东山诗存》,1945年始由其后人付梓传世。

归台寄仙根^①

[清]谢道隆

烽火归来尚未休,海天愁思正悠悠。
缄情远寄丘工部,^②书到蕉岭恰暮秋。^③

注释

① 清廷割让台湾后,作者曾至广东蕉岭探访丘逢甲。仙根,即台湾爱国诗人丘逢甲,字仙根,又字仲阏,号蛰仙、蛰庵。著有《柏庄诗草》《岭云海日楼诗钞》。这首七绝写于作者东渡又返回台湾之后,抒发了诗人爱国保台之情,有亲情,有窗谊,更有战友心。

② 缄情远寄丘工部:缄情,即写信给人,倾诉相思之情。丘工部,即丘逢甲。丘逢甲于光绪十五年(1889)中进士,被授予"工部虞衡司主事"之职。

③ 蕉岭:地名。在广东省东北角,韩江流域上游,东北与福建省接界。1895年割台之后,丘逢甲即离台内渡,定居蕉岭。

赏析

谢道隆为丘逢甲之表兄,有亲情,并同为抗日之志士,志同道合。乙未割台之后,他内渡探访逢甲,于返台之后作此诗。

首句谓作者间关万里远赴广东蕉岭拜会表弟逢甲之后返台,此时祖国大陆仍然烽火连天,饱受列强之欺凌;"尚未休"还可以理解为虽然台湾人民的抗日斗争失败,但是,抗日志士的抗日意志和行动"尚未休",因而抗日的烽火也"尚未休"。第二句化用柳宗元《登柳州城楼寄漳汀封连四州》中的诗句"城上高楼接大荒,海天愁思正茫茫",写诗人内渡探访丘逢甲回台湾后,追昔抚今,悠悠愁思(sì)正与茫茫大海和悠悠长天一样,充盈海天,无边无际。这是由实而虚的写法。第三句谓诗人满含感情地再作此诗远寄表弟丘逢甲,以示离别后忧愁不已的心绪;末句谓此诗到达蕉岭约计要到暮秋时节了。在身处"烽火连三月"的战乱中写这首诗,实有杜少陵《月夜忆舍弟》中"有弟皆分散,无家问死生。寄书长不达,况乃未休兵"的悲情,作者将那无尽的忧愤情怀和乡愁渲染开来,意境悠远,令人唏嘘!

丘逢甲得颂臣之诗后,随即作《得颂臣台湾书却寄》二首如下,可与此诗参读:

其一

同洲况复是同文,太息鸿沟地竟分。

尺籍已成新国土,短衣谁忆故将军?

161

刀环空约天边月,尊酒愁吟日暮云。

犹喜强亚近开会,不须异域怅离群。

其二

故人消息隔乡关,花发春城客思闲。

一纸平安天外信,三年梦寐海中山。

波涛道险鱼难寄,城郭人非鹤未还。

去日儿童今渐长,灯前都解问台湾。

(李宏健注评)

割台书感

[清]谢道隆

和约书成走达官,①中原王气已凋残。②

牛皮地割毛难属,③虎尾溪流血未干。④

傍釜游鱼愁火热,⑤惊弓归鸟怯巢寒。⑥

仓皇故国施新政,⑦挟策何人上治安。⑧

注释

①和约:亦作"和议",指《马关条约》。"走达官":达官,即显贵官吏。杜甫《哀王孙》:"又向人家啄大屋,屋底达官走避胡。"《马关条约》甫一签订,清廷即下旨"署台湾巡抚唐景崧着即开缺,来京陛见,所有文武大小官员,着即陆续内渡"(戚嘉林《台湾史·增订版》)。署名"思痛子"的《台湾思痛录》载:"旋奉旨,令在台大小官员陆续内渡。自藩司顾肇熙以次遵旨去位。(福建水师提督)杨歧珍亦率所部径回厦门,巨绅(道员)林维源挟重赀回漳州原籍,其不忍恝去者数人而已。"

②中原:狭义指今河南一带;广义指黄河流域。温庭筠《过五丈原》:"下国卧龙空寤主,中原得鹿不由人。"这里借指中国。王气:旧指帝王气象,此指清王朝的气运。庾信《哀江南赋序》:"将非江表王气,终于三百年乎?"

③牛皮地:《台湾府志·封域》载,荷兰船遭飓风飘至台湾,"爱其地,借居于土番,不可。乃绐之曰:'得一牛皮地足矣,多金不惜!'遂许之。红毛剪牛皮如缕,周围圈匝已数十丈,筑台湾城居之……"借指割台。毛难属:《左传·僖公十四年》:"皮之不存,毛将安傅。"借以表达台湾民众在割台之后无处存身的艰难境况。

④虎尾溪:源出日月潭,与其他溪流合为浊水溪,是台湾最长河流。

⑤傍釜游鱼:《后汉书·张纲传》:"若鱼游釜中,喘息须臾间耳。"比喻不能久存,也作"鼎鱼"。杜甫《喜闻官军正临贼境二十韵》诗:"鼎鱼犹假息,穴蚁欲何逃。"

⑥惊弓归鸟:《战国策·楚策四》有伤弓之鸟,"闻弦音而高飞,故疮陨也。"《晋书·王鉴传》:"黩武之众易动,惊弓之鸟难安。"

⑦仓皇:亦作"仓黄""仓惶""苍黄""苍皇",匆忙而慌张。南唐李煜《破阵子》:"最是仓皇辞庙日,教坊犹奏别离歌。"新政:清康有为《请告天祖誓群臣以变法定国是折》有言:"新政之行,当如流水。"

⑧治安:即《治安策》。西汉贾谊曾向汉文帝上《陈政事疏》,又称《治安策》,痛陈形势,谏言长治久安之策。

赏析

　　1895 年割地赔款的《马关条约》签订,消息传来,群情激愤。诗人正在天津,先后三次血书,呈报清廷当局,强烈要求抗日。不久，又毅然决然地回到故乡台中，参加保台武装斗争，并且亲任义军"壮字营"统领。因为清廷胆小如鼠，腐败投降，非但不敢正面抵抗，反而多方限制、阻扰抗日行动；谢道隆的积极抗战最终失利，曾遭日军追捕，不得已潜回大陆，避居福建、广东一带。1896年再次回台，隐居台中老家，并以行医为生，终日佯狂，以抵日统。《割台书感》大概写于这段时间。

此诗起笔即写当时乱象："和约书成走达官"，"走"即逃跑，写实。《马关条约》签订后，清王朝的达官显宦便纷纷逃离台湾，内渡大陆。"台湾士民，义不臣倭"（《台湾史》（增订版）），迅速成立抗日组织，阻止倭寇侵台，受到全国人民的高度赞扬。由于清廷下旨台官内渡，"反而掀起了一场内渡潮：道、府、县各官相继纳印去"，甚至连"一些比较精锐的部队"，"也任其全部内渡"（田珏、傅玉能主编《台湾史纲要》）。"中原王气已凋残"——中国王朝的气运已经衰落殆尽。此诗如实叙事，饱含作者的悲哀。紧承开头两句的写实，接连四句虚拟，用以表现割地后的台岛境况——"牛皮地割毛难属"。早期荷兰殖民者曾以欺诈手段，骗租所谓牛皮大小地块，如今台湾全岛都已寸土无存！平民百姓何处寄身？"台湾属倭，万民不服……如赤子之失父母，悲惨何极"（《台湾简史》）。真的是"无天可吁，无主可依"（唐景崧布告语）。只是哪里有侵略，哪里必有反抗。"虎尾溪流血未干"，台湾义军曾同日军多次血战于浊水溪一带，表现出台民"愿人人战死而失台，决不愿拱手而让台"（张海鸥、陶文钊《台湾史稿》上卷）的精神，英勇壮烈,动人心魄。"傍釜游鱼愁火热,惊弓归鸟怯巢寒",日寇倚其枪炮和刺刀,不仅强占台湾,而且实行血腥的武装镇压、残酷的殖民统治,以致台民犹如釜中之鱼、惊弓之鸟,陷入水深火热之中。"仓皇故国施新政,挟策何人上治安",甲午战败,清廷朝野要求革新变法的呼声不断高涨。康有为、梁启超策动的一千多位应试举人联名签署的"公车上书"中,就包括了变法图强的主张。光绪帝此后也颁布《明定国是》诏,宣布变法革新。然而,何人能像汉代贾谊那样,才调无伦,能上治安之策,扶助清廷从此强大呢?诗人于割台危殆之中呼唤新政,瓜分豆剖之际寄望图强,却又倍感渺茫,慷慨悲壮,一如其人。

此诗在艺术上的特色,一是虚实相间。首尾两联写实,却又实中有虚。中间两联为虚,但虚中有实。虚实结合,相映成趣,诗味因此而浓。二是用典恰当。台湾当时乱象环生,难以一时一事概而述之,借用语典事典,以喻台岛境况,堪称传神写照,且又含义深邃,耐人寻味。而且所用皆系熟典,几乎人尽皆知。诗中书写的家国情怀,既是诗人的个人独特感受,又是国人普遍共有的心声,运用熟典,不致妨碍读者接受,容易引起广泛共鸣。

（丁国成注评）

165

徐德钦(1853—1889),字仞千,号辉石,祖籍广东东嘉应州镇平。祖耀中移民台湾,寄籍云林。光绪年间,因避戴春潮之乱,移居嘉义县。父台麟生有五子,德钦为季子。徐德钦于光绪十一年(1885)中举,十二年(1886)中进士。补用工部屯田司主事。十月回籍,受聘为玉峰书院主讲。玉峰书院位于台湾嘉义,创立于清乾隆十八年(1753),乾隆五十一年毁于地震,道光六年(1826)重建。光绪年间,徐德钦主讲玉峰书院期间,进行改建。同时积极兴办县学,于台湾教育推动颇力。办理嘉南清赋总局,丈量事宜。兼办团防局教练事宜。因获匪出力,由刘铭传力荐,赏加五品衔并赏戴花翎。著有《荆花书屋诗文集》,佚失不传。

牛溪晚岚①

[清]徐德钦

牛椆溪畔晚风轻,得得渔歌互送迎。②
烟树苍茫平野异,云岚掩映夕阳晴。
两三茅屋炊烟直,屈曲村桥石径平。
况值暮秋好天气,有人策马趁归程。③

注释

①牛溪:牛椆溪,即今嘉义县北朴子溪。清高拱乾《台湾府志》卷一:"牛椆溪自鹿子埔山西发源,西过覆鼎山南,又西过诸罗县山之北、打猫社之南,至南世竹西入龟子港,同猴树港而入于海。"

②得得:犹言频频,频仍。

③策马:用马鞭驱马、使马快跑。

赏析

首联上句扣题而生发,点出地点时辰。傍晚在牛椆溪畔,感受微微的风吹来。下句写听到送往迎来的渔歌频频互答声,即此便知江面渔船往来之多、渔民相互之友好。颔联紧承首联。顺着渔船出没的视野向远方眺望,江岸那边,开阔平坦的平原上,迤逦一带绿树林,如苍苍茫茫的云烟。在岚云掩映中的平川上,夕阳映照晴光,也呈现出不同的景色。

颈联别开一面,勾勒眼前的小景。一处小村庄,只有两三椽茅屋,暮色中也升腾起了炊烟。用一"直"字,间接呼应了第四句的"晴"字,见此时天晴无风。村边小石桥屈曲转折,通往石砌的平坦道路。末联"况值"上句转为作者的议论,况且恰逢晚秋好天气,总括前六句,天朗气清,正因是好天气,可以望见在外的游子,驱赶着马,急急奔走在归乡的路上。着一"趁"字,仿佛可见其急切盼望见到亲人的欢快心情。

作者在选景取象时无疑有主观的意向,浸润了他对故乡的挚爱之情。写到有人归乡,何尝不是因其本人思乡而择取的镜头,从而寄托其思乡之情。诗风淡雅清奇,自然流转,不雕琢,于点染中蕴深情,诗中展现的仿佛一幅家乡风情水墨图。

(胡迎建注评)

黄家鼎(1854—?),字骏孙,室名补不足斋,浙江鄞县(今宁波)人。监生,以父荫,初官福建布政使司理问所理问,习吏治,为进身计。光绪六年(1880),受大府令赴河南收豫灾借赈银两。七年(1881),监汀州税务。委托上海的点石斋刊刻《皇朝沿海图说》。十年(1884)代理台湾凤山知县,十一年四月卸任。十四年(1888)督福宁税务。十七年,二度任凤山知县。任台时,正逢编修《台湾通志》,遂参与编辑采访。十九年(1893)任马巷厅(金门县以外的翔安区)通判,补刊《马巷厅志》。二十年(1894)任福建安溪知县。擅诗文。著有《补不足斋诗钞》,另有《西征日记》《归程纪略》《西征诗略》《西征文存》各一卷,合刊为《补不足斋杂著》(光绪六年,鄞县黄氏刻本),又有《补不足斋文》一卷,与黄崇惺《二江草堂文》合刊为《二黄合稿》(光绪八年刊本)。

球屿晓霞①

[清]黄家鼎

鲲南天设小琉球,一屿千家水上浮。
灿烂晴霞明海市,迷离晓月现蜃楼。
绮横平旦飞还驻,②名类藩封禁又收。
散锦焕文开盛运,孤悬片土亦瀛洲。

注释

①球屿:指琉球屿,俗称"小琉球"。面积6.8平方公里,位于屏东县东港西南方,是台湾属岛中唯一的一个珊瑚礁岛屿,属于台湾大鹏湾风景区的一部分,凤山八景之一。

②平旦:清晨,平明,指天亮的时间。语出《孟子·告子上》"平旦
之气"。骆宾王《帝京篇》:"三条九陌丽城隈,万户千门平旦
开。"也释为"平日,平时"。

赏析

    台湾四面环水,自然风光独秀,历史上多有文人墨客
歌咏赞叹。这首七律是赞美海岛风光的佳构,情景相生,
意境开阔。

    首联"鲲南天设小琉球"起笔即交代了作者所处的特
定环境:台湾南部的琉球屿。勾勒出壮阔的景色,烘染出
苍茫无际的气势。"天设"二字用得极妙,含意十分丰富,
寓为上苍赐予的美景。第二句即写一屿突入,生活在岛屿
上的万千人家犹如漂浮在水面上,"浮"字有漂浮不定之
意,凸显水上人家的独特画面。其中以《庄子·逍遥游》的
典故入诗,增加了作品的厚重感。就文势看,这一句格调
高昂,引人入胜,为后面的描写拓开了天地。

    第二联两句大笔书写琉球屿的壮丽雄浑。琉球屿虽
小,但开发较早,岛上名胜古迹很多。登上岛中最高的尖
山向四周眺望,但见重岩叠翠,碧海萦绕,白浪滔滔,无边
无际。尤其是在早晨,太阳初升时,彩霞如锦绣,掩映海
波,"海市蜃楼"若隐若现,瞬息万变。古人诗句中多有描
写"海市蜃楼"的句子,如白居易《长恨歌》中有两句:"忽
闻海上有仙山,山在虚无缥缈间。"作者在此处借用,极为
恰当。"琉屿晓霞"为台湾南部的八景之一。联语之中写
尽球屿之景,绘出了雄奇壮美的图画,内心充满着灿烂阳
光和自豪感。

第三联着重于抒情。作者的思绪从晴霞、晓日、海市、蜃楼拉回到眼前,不禁触景生情,频生感慨。沧桑变幻,物是人非,往复交替,时过境迁。人世间的事物,无论是平常不起眼的山水草木、花鸟鱼虫,抑或是"藩封"出身的名流显贵,还不都是过眼烟云,来了又走,"飞""驻"无定无序,"禁"了又放,放了又"收"。上联写万里江天,极其阔大,这一联写眼底事物,互为映衬,激发起无限联想,诗句在不经意间道出了人事的演进变化规律。

末联以景结情。面对如此壮丽的景致,作者似乎觉得此处缺少些文化气息,诗人幻想也是希望能以优美的景色,唤醒锦绣的文化,必将使"孤悬"海外的这片热土,这块东海世外桃源,迎来盛运,开创盛世,其中寄托了诗人的远大理想和抱负。

全诗语言清润平淡,毫无忧郁之气,诗中描述了琉球屿的壮阔,抒发了作者流连美景的闲适自乐,创造了一种高远的意境,蕴含着诗人昂扬向上的情绪和追求。首尾一贯,处处扣题,很有特色。

(沈华维注评)

吴汤兴(1860—1895),苗栗铜锣湾人,祖籍广东嘉应州(今梅州)。秀才出身。1895 年 5 月,愤清政府割让台湾于日本,在台湾聚合粤籍(客家)乡人,盟誓抗日。得台湾巡抚唐景崧支持,奉命统领台湾义民队伍。6 月中旬,日军进犯新竹时,与徐骧、姜绍祖等义军奋勇抵抗,屡败日军。7 月上旬,会各路义军反攻新竹,与日军反复搏杀。8 月中旬,与敌苦战于苗栗。8 月下旬在彰化保卫战中,率义军与日军激战于八卦山,中炮牺牲,时年 35 岁。其妻闻报,亦投水死。

闻　道

[清]吴汤兴

闻道神龙片甲残,^①海天北望泪潸潸。
书生杀敌浑无事,^②再与倭儿战一番。

注释

①神龙:此处指中华民族。

②浑:简直,完全。杜甫《春望》诗:"白头搔更短,浑欲不胜簪。"

赏析

　　1895 年 4 月 17 日,腐败无能的清政府被迫与日本签署丧权辱国的《马关条约》,把台湾岛及所属澎湖列岛等地的主权割让与日本,激起全国人民尤其是台湾同胞的坚决抵抗。许多台湾同胞为了反抗日本的殖民统治,争取身份和权利的平等,进行了殊死斗争。此诗作者吴汤兴既是清政府割让台湾历史的亲历者,更是率领客家人反抗日本殖民统治的领导者,他为此献出了年轻而宝贵的生命。

这首小诗,笔法简洁而明快,铿锵有力,凸显血性男儿本色,充满着英雄主义气概和爱国主义的壮志豪情。开篇作者以"闻道神龙片甲残"起句,触及了一段沉重而又令人伤心的事件。这里的"神龙"借指中华民族;"片甲残"指甲午中日战争中国战败事,寥寥几字便叙述了事件的起因和结果。甲午中日战争以 1894 年 7 月 25 日丰岛海战的爆发为开端,至 1895 年 4 月 17 日《马关条约》签订结束。这场战争以中国战败、北洋水师全军覆没告终。甲午战争的结果给中华民族带来了空前严重的民族危机,大大加深了中国社会半殖民地化的程度。接下来的第二句"海天北望泪潸潸",是写民众对事件的反应。听说中国战败了,清政府将台湾岛及其所属澎湖列岛割让给了日本,作者隔海仰望北方,泪流满面,是无奈的泪水,也是愤恨的怒火,一腔爱国热忱自然显现。

前两句作者渲染家国之恨,民族灾难,第三句转写,抒发自己的理想抱负。在倭寇入侵、强敌当前的危急时刻,谁说"百无一用是书生"?(清黄景仁《杂感》诗)作者以秀才之身,毫无畏惧,挺身而出,率领乡民,提刀杀贼,保卫家园。"书生杀敌浑无事"便是他的真实写照。"书生杀敌"且不算什么事,表现出对战胜敌人的勇气,又暗含对侵略者的轻蔑,这是何等的悲壮!结句"再与倭儿战一番",一个"再"字,体现了不气馁、不服输、不退缩的坚定决心。

　　这首诗篇幅虽短,但感慨于现实,直抒孤愤,豪放悲壮,字里行间充满着正义与正气,读来令人血脉贲张,对作者肃然起敬。此诗有以诗证史的作用。

(沈华维注评)

许剑渔（1870—1904），字炳如、荆石，泮名梦青，号剑渔、云客、高阳酒徒，彰化鹿港人。光绪十七年（1891）入泮，与同乡洪弃生皆以诗闻名。日据台后，拒绝日方提供的公学校教职，自行在和美设帐课徒，并与洪弃生、施梅樵等共创鹿苑吟社。其诗以长篇歌行的体例较多，内容不离国事民生。著有《鸣剑斋诗草》《听花山房诗草》等，但多散佚，现存其孙整理的《鸣剑斋遗草》。

感　怀

[清] 许剑渔

不堪回首旧山河，瀛海滔滔付逝波。

万户有烟皆劫火，三台无地不干戈。①

故交饮恨埋芳草，新鬼含冤啸女萝。②

莫道英雄心便死，满腔热血此时多。

注释

①三台：这里泛指台湾。因台湾有台北、台中、台南，故称台湾为"三台"。

②女萝：又名松萝，是一种地衣类植物，全体为无数细枝，状如线，长数尺，靠依附他物生长。

赏析

作者出生并成长于台湾，对台湾的自然环境、风土人情非常熟悉，且亲身经历了日本对台湾的殖民统治给人民带来的深重灾难，一宗宗严酷的事实，汇聚到诗人胸中，他沉思、悲愤,内心的感慨呼喊倾泻而出,表现在这首诗中,就显得苍劲沉郁,雄奇奔放。

前两句"不堪回首旧山河,瀛海滔滔付逝波",面对台湾被倭寇霸占蹂躏,山河破碎,家园被毁,原本美好的一切都"不堪回首",如滔滔海水,一去不返。此处借用唐贾岛《送玄岩上人归西蜀》诗:"去腊催今夏,流光等逝波。"宋苏舜钦《游洛中内》诗:"洛阳宫阙郁嵯峨,千古荣华逐逝波。"对殖民统治造成的生灵涂炭、民生凋敝的残酷现实,心生愤恨与伤怀。这深沉的叹息映射出鲜明的时代背景。

第二联叙事带情,事与情交织成一片,使读者的心灵受到极大的震撼。"万户有烟皆劫火,三台无地不干戈",指台湾万家"劫火"、遍地"干戈",渲染出一派肃杀之气,着重描写日本殖民统治下台湾社会的凄惨景象和悲凉气氛,确为生民凋敝、千里荒烟的大动乱时代的严酷写照。倭寇所到之处,大量残杀人民,毁灭城市,全台遍地烽烟,无所不在的战乱,致使百姓流离失所,处于水深火热之中,浓墨重彩的画面,深刻揭露了殖民统治的罪恶。这一联对仗工稳,用语精当,使全诗意旨豁然。

第三联虚实结合,围绕诗题"感怀"二字展开描写,把眼前物与心中情融为一体,抒发自己的惆怅心绪。"故交饮恨埋芳草,新鬼含冤啸女萝。"无人幸免于战乱,新朋老友皆饮恨含冤而去,再也见不到了,只见芳草依然,松萝摇曳。友人远去,自己还留在世上,更感到孤凄。这一联将诗人的心志刻画得如此真切,仿佛听到诗人对残酷现实的强烈控诉。在回曲跌宕之中,烘托出诗人此时空虚寂寞的心境,也见出诗人借景抒情的功力。

尾联收束全诗,写得跌宕起伏,壮怀激烈。"莫道英雄心便死,满腔热血此时多","劫火""干戈"等艰难困苦吓不倒英雄汉,台湾人民争取自由反抗殖民统治的坚定决心从未死去。作者虽回天乏术,但"满腔热血"却与日俱增。抒发了自己渴求建功立业的远大抱负,不失奋发进取的英雄本色。

这首即景抒情的诗篇,蕴含着深沉的叹喟,寂寥悲凉与忧国忧民,情在景中,兴在象外,意绪不尽,令人沉思。

(沈华维注评)

　　黄遵宪(1848—1905),字公度。清末维新派活动家、外交家、诗人,广东嘉应(今梅州)人。出身于官僚家庭,29 岁中举,历任驻日本、英国参赞及旧金山、新加坡总领事。他被誉为近代"诗界革命"的一面旗帜。外交官生涯对其诗歌创作有很大的影响。在文学上,主张"我手写我口",力求表现"古人未有之物""未解之境",并提出了"诗之外有事,诗之中有人"的观点。其诗歌具有强烈的爱国主义精神,一方面表现了他对国事的忧虑,如《书愤》;另一方面也叙写了中国近代一系列的重大事件,如其诗作有《哀旅顺》《哭威海》《度辽将军歌》《逐客篇》《台湾行》等,因此他的诗有"诗史"之称。此外,他还有一些描写异国风情的作品,别开生面,令人有耳目一新的感觉。其代表作品是《日本国志》《人境庐诗草》《日本杂事诗》等。

台湾行

[清]黄遵宪

城头逢逢擂大鼓,苍天苍天泪如雨,倭人竟割台湾去。①
当初版图入天府,天威远及日出处。②
我高我曾我祖父,刈杀蓬蒿来此土。③
糖霜茗雪千亿树,岁课金钱无万数。④
天胡弃我天何怒,取我脂膏供仇虏。⑤
眈眈无厌彼硕鼠,民则何辜罹此苦?⑥
亡秦者谁三户楚,何况闽粤百万户。⑦
成败利钝非所睹,人人效死誓死拒。

177

万众一心谁敢侮,一声拔剑起击柱。

今日之事无他语,有不从者手刃汝。⑧

堂堂蓝旗立黄虎,倾城拥观空巷舞。⑨

黄金斗大印系组,直将总统呼巡抚。⑩

今日之政民为主,台南台北固吾圉,不许雷池越一步。⑪

海城五月风怒号,飞来金翅三百艘,追逐巨舰来如潮。⑫

前者上岸雄虎彪,后者夺关飞猿猱。⑬

村田之铳备前刀,当辄披靡血杵漂。⑭

神焦鬼烂城门烧,谁与战守谁能逃?⑮

一轮红日当空高,千家白旗随风飘。⑯

搢绅耆老相招邀,夹跪道旁俯折腰。⑰

红缨竹冠盘锦绦,青丝辫发垂云髻。⑱

跪捧银盘茶与糕,绿沉之瓜紫蒲桃。⑲

将军远来无乃劳?降民敬为将军导。⑳

将军曰来呼汝曹,汝我黄种原同胞。

延平郡王人中豪,实辟此土来分茅。㉑

今日还我天所教,国家仁圣如唐尧。

抚汝育汝殊黎苗,安汝家室毋譊譊。㉒

将军徐行尘不嚣,万马入城风萧萧。

呜呼将军非天骄,王师威德无不包。㉓

我辈生死将军操,敢不归依明圣朝。

噫嚱吁,悲乎哉!汝全台!㉔

昨何忠勇今何怯,万事反覆随转睫。㉕

平时战守无豫备,曰忠曰义何所恃?

注释

①逢逢:象声词,鼓声。倭人:指日寇。

②天府:富庶强盛之地,指中国。天威:指祖国的恩威。日出处:指日本。《隋书·倭国传》载,隋朝大业三年(607),日本遣使到中国朝贡,其国书称:"日出处天子致书日没处天子无恙。""帝览之不悦,谓鸿胪卿曰:'蛮夷书有无礼者,勿复以闻。'"

③高:高祖,即曾祖之父。曾:曾祖,即祖父之父。刈杀:谓芟割草木,开垦土地。

④糖霜:精制白糖。此处代指榨糖的甘蔗。茗雪:带有白色茸毛的嫩茶。此处代指茶树。岁课:一年的收入。

⑤脂膏:比喻人民用血汗换来的财富。仇虏:敌人。

⑥眈眈:形容注视的样子。硕鼠:偷粮的大老鼠。此指贪得无厌的日寇。

⑦三户:三户人家。极言人数之少。语出《史记·项羽本纪》:"自怀王入秦不反,楚人怜之至今,故楚南公曰:'楚虽三户,亡秦必楚也。'"

⑧手刃:亲手杀掉。

⑨蓝旗立黄虎:即黄虎旗。为抵抗日寇占台,丘逢甲制定了"蓝地黄虎文,长方五幅,虎首内向,尾高其下"的旗帜。

⑩直将总统呼巡抚:倒装句,意为将巡抚呼为"总统"。巡抚:一省的行政总管。

⑪圉:边陲。雷池:古水名,在今安徽望江。语出《晋书·庾亮传》:"足下无过雷池一步。""不敢越雷池一步",比喻不敢越出一定的范围。

⑫海城:海边的城市,此指台北市。五月:指1895年5月日军占据台湾。金翅:古代战船名。语出《南史·任忠传》:"精兵一万,金翅三百艘。"艘:此处音 sāo。

⑬虎彪:虎。多形容勇猛之士。彪,小虎。猿猱:泛指猿猴。

⑭村田之铳:指日寇的步枪。黄遵宪《日本国志·兵志》:"有炮兵大佐村田某,以新法制铳,经炮兵会议所议,用名为村田铳,工厂中遂摩造施用。"备前刀:指日寇的战刀。《日本国志·工艺志》:"一条帝时,曾召备前友成造刀。"这里村田铳、备前刀,泛指日寇的兵器。披靡:草木随风倒伏。此处比喻军民溃逃。血杵漂:杵,捣物的棒槌。血流成河,舂米的木槌都漂了起来。形容死的人很多。

⑮神焦鬼烂:形容战争引发的火灾异常惨烈,很多人被烧死。语出韩愈《陆浑山火和皇甫湜用其韵》:"截然高周烧四垣,神焦鬼烂无逃门。"

⑯一轮红日句:指日寇占领台北。

⑰搢绅:同"缙绅"。古称有官职的或做过官的人。耆老:指年老而有地位的士绅。

⑱红缨竹冠:清代礼帽上披有红缨,若夏季用者,则用竹丝作胎,故称"红缨竹冠"。此代指投降的清政府在台官员。锦绦:同"锦绦"。礼帽上的丝带。云鬓:辫发梢。

⑲绿沉之瓜:一种深绿色的瓜,或曰即西瓜。语出《南史·任昉传》:"任彦升卒,武帝方食西苑绿沉瓜。"紫蒲桃:紫葡萄。

⑳将军:指日酋。

㉑延平郡王:为中国南明永历帝敕封郑成功的爵位。因郑成功母为日本人,故日酋借此来笼络台民之心,将郑成功为明抗清,说成是为日守台。实在是颠倒黑白之辞。分茅:也叫"授茅土"或"分茅裂土"。帝王用茅包土分封诸侯的仪式。即分封之意。

㉒殊黎苗:待遇超过了九黎与三苗。此乃日酋欺骗台民将不受歧视。譊譊:喧嚷,争辩。语出《庄子·至乐》:"彼唯人言之恶闻,奚以夫譊譊为乎?"

㉓天骄:"天之骄子"的省略语。语出《汉书·匈奴传》:"胡者,天之骄子也。"非天骄:这是投降者阿谀日寇不是残暴野蛮的胡人。

㉔噫嚱吁:同"噫吁嚱",叹词。表示惊异或慨叹。

㉕转睫:眨眼。喻时间短促。

赏析

黄遵宪的《台湾行》作于光绪二十一年(1895),记述了中日甲午战争后,日本借马关条约的签订,武力侵占台湾这一史实。当时清政府想要加强长江下游防务,把湖广总督(驻武昌)张之洞调为两江总督,驻江宁(今南京)。张之洞奏请将黄遵宪从新加坡总领事的职务上调出,安置在江宁洋务局,办理五省教案。1895年4月,《马关条约》签订。5月,黄遵宪到武昌办理教案。6月,听闻台湾人民反对割让的斗争失败,台北失守,黄遵宪遂作了这首反对投降卖国的《台湾行》,揭露了清政府的腐败无能和台湾士绅投降卖国的丑态,并揭示了日本侵略者的伪善面目,表现了诗人深沉的爱国情怀。

全诗可分为三个段落。从开头到"不许雷池越一步",是第一个段落。主要写闻知清政府签署了《马关条约》,将台湾割让给日本后,台湾民众的激烈反映。这一段在写作上最大的特色,就是层层转折、层层深入。诗以台湾民众愤怒地在城头擂鼓,将此噩耗广为宣传为发端,奠定了本诗激越悲壮的基调。接着作者以台湾民众的语气,义正辞严地阐明台湾是中国固有领土,筚路蓝缕的先民们早就在宝岛上生息繁衍,创造财富。此为一转也。然后,作者代台湾民众质问:"天"——即清政府为什么抛弃我们这些子民?"民则何辜罹此苦?"此为二转也。天即弃我,我不自弃!民众们开始相互鼓励,同仇敌忾,拔剑击柱,"誓死"抗击倭寇,而且警告:"有不从者手刃汝"。此为三转也。最后,民众们推举台湾巡抚唐景崧为"总统",领导全台齐力御寇,坚决不让侵略者踏上台湾的土地。此为四转也。悲愤——陈情——质问——盟誓——备战,逐层转进,表现护台战事前台湾民众意志统一,具有抵抗侵略的有利条件。

自"海城五月风怒号"至"敢不归依明圣朝",是第二个段落。主要讲述了台北陷落的经过及投降者的丑态。首先写日寇自海上来,飞金翅、逐巨舰,雄虎彪、飞猿猱,村田铳、备前刀,气势汹汹,训练有素,装备精良。战争的形势是一边倒的,台北城很快就被日寇攻陷。"谁与战守谁能逃?"这一问,只怕会问破唐景崧之流的良心哟!有没有"逃"的呢?当然有!开战不久,唐景崧等人就已经化妆离台了。接着写入城式上,台北的"搢绅耆老"跪迎日寇的丑态。他们夹跪道旁,衣冠楚楚,手捧银盘,跪献茶果,口中还高喊着:"将军远来辛苦!降民愿为将军作向导!"如此奴态,着实令人作呕!接下来写日酋篡改历史,粉饰侵略的谎言。什么"黄种原同胞",什么"此土来分茅",什么"还我天所教",什么"仁圣如唐尧",什么"殊黎苗",什么"安家室",无一字可当真!最后写"搢绅耆老"们卑躬屈膝的无耻表白:"日军比成吉思汗仁慈,日军有威也有德……"汉奸们从来也不缺乏有创意的谀词。此段最突出的写作特点是呼应前文,从而形成强烈对比。如日酋说郑成功是替日本守台湾的谎言,与前文"我高我曾我祖父,刈杀蓬蒿来此土"的事实相呼应,从而谎言自破;再如,战后"搢绅耆老"们的卑躬屈膝与战前万众一心、誓死抗敌相呼应。对比之强烈,实在令人瞠目结舌,全诗的讽刺意味也就由此而生了。

自"噫嚱吁,悲乎哉!"至结尾为第三个段落,是作者对台湾战事的反思,提出了两个问题,留给读者思考空间:一是"昨何忠勇今何怯",情势转变为什么这么快?二是没有战备,空口说"忠义"有什么意义?

这首诗在形式与内容上都力图摆脱古人的束缚,结构紧凑,语言通俗,情感激越,立意深刻,是黄遵宪叙事诗的代表作之一。黄遵宪是"诗界革命"的灵魂人物,强调"我手写我口",终生致力于诗词的改革创新。钱仲联《梦苕庵诗话》论黄遵宪诗曰:"就其诗之形式论,天骨开张,大气包举,亦能于古人外独辟町畦。抚时感事之作,悲壮激越,传之他年,足当诗史。"这首《台湾行》就体现了这种风貌。

(姚泉名注评)

林逢原(生卒年不详),字瑞香,号廉慎,清咸丰年间凤山县学增生。喜爱游历,又工诗词,每在游玩处留作。

戍台夕阳①

[清]林逢原

高台矗立水云边,有客登临夕照天。
书字一行斜去雁,布帆六幅认归船。②
战争遗迹留孤垒,③错落新村下晚烟。
山海于今烽火靖,④白头重话荷戈年。⑤

注释

①戍台:指烽火台。

②布帆:布制的帆,喻指小舟。唐顾况《别江南》:"布帆轻白浪,锦带入红尘。"

③孤垒:孤立的堡寨。宋陆游《自兴元赴官成都》:"梁州在何处,飞蓬起孤垒。"

④烽火:古时边防报警的烟火,也叫烽燧,是古代军情报警的一种措施。敌人白天侵犯时就燃烟(烽),夜间来犯就点火(燧)以可见的烟气和光亮报警。文中借指战争、战乱。唐杜甫《春望》:"烽火连三月,家书抵万金。"

⑤荷戈年:指战争的年代。荷:背,负;戈:古代兵器。

赏析

每当戍台的夕阳将落,沧海浴日,风景尤令人叹为奇绝,故"戍台夕阳"成为淡北八景之一,历代文人,多有吟咏,如陈维英等人均有诗歌称赞。本诗是作者所作《淡北八景》之一。淡北八景分别为:"垒岭吐雾""戍台夕阳""淡江吼涛""关渡分潮""屯山积雪""芦洲泛月""剑潭夜光""峰崎滩音"。

首联"高台矗立水云边,有客登临夕照天",开门见山,将题中"戍台""夕阳"都点出来了。"高台"即"戍台","夕照天"即写夕阳西下的场景。同时也写出戍台的地理位置及游人登临的时间。欣赏着夕阳西沉,海口吞日之景,作者感慨万千。

紧接着颔联"书字一行斜去雁,布帆六幅认归船",是写远眺之景。上句写天上成行的飞雁,下句写水中归船,皆是作者站立戍台远望之景。二句相互映衬,既富远神,亦饶画意。

颈联"战争遗迹留孤垒,错落新村下晚烟",紧承上联,诉说战争遗留下来的孤垒,错落分布在炊烟袅袅,黄昏夕照的村庄之中。此联于悲凉苍黯中透现出一种宏阔的悲壮。作者在怅惘之中似乎深蕴着一种压抑不出的悲慨。

尾联"山海于今烽火靖,白头重话荷戈年",如今战火平息,经历岁月的洗礼,当年的少年战士早已变成白发老人,可他们还在村庄中互相回忆着当年战争的情景。结句抹上了一种感伤的情调。

作者以第三人称的抒写登临戍台的所见所感,登临旧战场,看到战争遗留下的孤垒,一样使人产生物换星移的慨然叹息,而作者的思古幽怀之意,显而易见。

(曹辛华注评)

俞明震(1860—1918),字恪士,号觚庵,祖籍浙江山阴陡亹(今绍兴斗门),生于湖南。光绪戊子(1888)科举人,例授翰林院庶吉士,三年散馆授刑部主事。甲午战争爆发后,奉台湾巡抚唐景崧奏调,委管全台营务。《马关条约》签订后,俞明震与唐景崧、丘逢甲等组织抗日活动,战败内渡。戊戌变法时,支持康、梁,曾参与湖南陈宝箴推行的新政,协办矿务。变法败,由江苏候补道转任南京江南陆师学堂兼附设矿路学堂总办。1907年任江西赣宁道。1910年任甘肃提学使。次年,署甘肃布政使。入民国,为平政院肃政史,谢病归隐。晚年寓居沪、宁、杭,终老林下。工诗,著有《觚庵诗存》四卷。

甲午除夕登台北城楼①

[清]俞明震

瘴外日光芒角动,残年出户昼常阴。②
寥天有此登高兴,暮雨飘残隔岁心。③
役役谈兵清议在,冥冥入世几人深。④
迷离爆竹千家晚,针孔光阴耐苦吟。⑤

注释

①甲午除夕:即1895年1月25日。

②瘴:指热带山林中湿热蒸郁的烟气。芒角:指日月星辰的光芒。唐刘禹锡《捣衣曲》:"天狼正芒角,虎落定相攻。"残年:岁暮,一年将尽的时候。

③寥天:辽阔的天空。唐姚月华《怨诗》:"登台北望烟雨深,回身

186

泣向寥天月。"飘残:飘零凋残。

④役役:劳苦不息貌。《庄子·齐物论》:"终身役役,而不见其成功。"谈兵:议论军事;谈论用兵。清议:对时政的议论;社会舆论。冥冥:黑夜;晚上。《荀子·解蔽》:"冥冥而行者,见寝石以为伏虎也,见植林以为后人也。冥冥蔽其明也。"杨倞注:"冥冥,暮夜也。"入世:投身于社会,此指对时局的了解。

⑤针孔:针尾引线的孔。晋傅咸《小语赋》:"邂逅有急相切逼,窜于针孔以自匿。"针孔光阴:喻指短暂的平静时光。耐:禁得起。苦吟:反复吟咏,苦心推敲。指作诗极为认真。

赏析

俞明震的一生可谓传奇。世局动荡不安的清末民初,尽管名家辈出,俞明震的经历也是属于比较少见,非常突出的。按照马亚中先生《末世智者:俞明震论》的归纳,俞明震一生有几件事很值得世人关注与称道:第一,乙未战争初期,在台湾组织守军抗日;第二,担任南京江南陆师学堂兼附设矿路学堂总办期间,思想开明,选派留日学生,造就众多人才(如鲁迅);第三,同情和暗中庇护革命党人(如审办"《苏报》案"时)。三者占其一,便足以在青史留名了。

1894年8月,中日甲午战争爆发。10月,清廷调湖南巡抚唐景崧任台湾巡抚。11月,时任刑部主事俞明震奉唐景崧奏调赴台帮办防务(姚锡光《东方兵事纪略·台湾篇》)。《甲午除夕登台北城楼》一诗作于1895年1月25日,距离俞明震来台已两月有余,距离5月爆发的乙未战争还有不到四个月,此时在威海卫一带的中日海战中,清军节节败退。作者当此除夕之暮,登上台北城楼,遥望海天,不禁对国步之艰难深感忧虑,写下了这一首震撼人心的七律。

首联写登楼西望所见:城外烟气淡薄,残阳从云隙间撒下余光,但驱不走漫天铺下的乌云,天色早早就暗下来,毫无除夕的喜庆。颔联寓情于景:本来觉得海天辽阔而生发登高望远的兴致,却被流云卷来的暮雨浇湿了心情。颈联是全诗的重点所在:大家劳苦不息地对当前的战事所发表的意见都还历历在耳,但在这晦暗不明的时刻谁又能真正找到挽救时局的良方呢?"役役"二字,典出《庄子·齐物论》,原句曰:"终身役役,而不见其成功。"作者用此典,实则暗含"不见其成功"的喟叹。尾联扣合全篇:此时城里城外已经响起过年的爆竹声,在这短暂的平静中暂且写写诗吧。

全诗的基调低沉抑郁,与甲午海战的失利、与对台湾前途命运的担忧息息相关。诗中可以看出,俞明震对时局并无绝然的信心,反倒充满迷茫的忧虑。不久之后日军开始攻取台湾时,守军一触即溃的现实也证明,统帅平庸,缺乏全面周翔的计划和准备,失败将是必然的。协理全台防务的俞明震应该非常清楚守台策略的空泛,守台将才的缺乏,"役役谈兵清议在,冥冥入世几人深",正是当时台湾防务的真实写照。这首诗确有点"窜于针孔以自匿"的自嘲意味。

俞明震吟诗甚苦,自谓成一诗或至终夕不眠,甚且病眩,故作诗极少。马亚中先生曾将俞明震与樊增祥、易顺鼎进行对比,"就诗歌创作而言,俞是惜墨如金,樊是以诗为茶饭;俞是控驭有节,易是喷薄而出。不过,俞明震的诗作虽少,但却极其精到,故向为世人所重。"(《觚庵诗存·前言》)陈三立《觚庵诗存序》曰:"觚庵诗感物造端,摄兴象空灵杳蔼之域,近益托体简斋(陈与义),句法间追钱仲文(钱起)。"陈诗《觚庵集跋》曰:"其为诗也,熔铸性灵,摅少陵之忠爱,蔚简斋之深秀,蕴庄、列之高致,笼魏、晋之清谈。"这些在诗界都是允合公论的。

(姚泉名注评)

　　丘逢甲(1864—1912),字仙根,别号仓海,同治三年(甲子)十一月二十八日(1864年12月26日)生于苗栗县铜罗湾。6岁能诗,7岁能文,14岁府试,考全台第一名。26岁中进士,被钦点为工部主事。1894年中日甲午战争失败,次年清政府与日本订立丧权辱国的《马关条约》,割让台湾省,丘逢甲怒不可遏,刺血上书力争,随后乃组织和参加了台湾军民反对割让的抗日斗争,自率义军在新竹血战了20多个昼夜,以兵尽援绝而败北,回到祖国大陆祖居—广东蕉岭县文福乡淡定村。他时时以复台为念,吟诗,兴办教育,并投身民主革命。1912年2月25日病逝于家乡,享年49岁。

　　丘逢甲的一生,以台湾回归为志,渴望祖国"山河终一统"。他怀念台湾乡亲,誓死要为台湾光复和祖国统一而奋斗,表现了他爱国主义的赤诚之心。他自号为"台湾遗民",把自己的房舍命名曰"念台精舍",把长子丘琮改名曰"念台",又教育家人:"吾家兄弟子孙当永念仇耻,勿忘恢复!"临终前遗嘱:"葬须南向,曰:'吾不忘台湾也!'"表达了他终身不渝的爱国心声。

春　愁

[清]丘逢甲

春愁难遣强看山,①往事惊心泪欲潸。②
四百万人同一哭,③去年今日割台湾。④

注释

①遣:排遣。强看山:强(qiǎng),勉强之意。看(kān)字读平声。
②往事:指甲午海战中国失败被迫签订割让台湾的《马关条约》。

190

③四百万人：1896年当时台湾人口概数为400万。

④去年今日：去年，指乙未年，清光绪二十一年（1895）。今日，指光绪二十一年三月二十三日（1895年4月17日），在日本马关，李鸿章与日本首相伊藤博文、外相陆奥宗光签订《马关条约》，将台湾割让给日本。

赏析

《春愁》是丘逢甲用血和泪写成的一首绝句，作于1896年春，即《马关条约》签订一年之后，诗人痛定思痛，抒发了强烈的爱国深情。

春天本来是一年中最美好的季节，草绿林青，百花争艳，但是此时诗人被迫离开故乡，看见大陆的春山，为什么觉得春愁难以排遣，以致勉强地观看春山也高兴不起来呢？这是因为诗人始终未能忘怀去年春天发生的那件令人痛心疾首的往事："割台湾"。台湾本是中国的神圣领土，是诗人生于斯、长于斯的故乡，想不到清政府竟然将它割让给了日本侵略者。这是对台湾人民的无耻出卖，也是台湾人民的奇耻大辱。回想起这一天崩地裂、山河破碎、风雨飘摇的日子，诗人怎能不愁情满怀、潸然泪下呢？春愁难遣，看山落泪，正表现了诗人对祖国和故乡山水的热爱。第三、四两句，诗人又用逆挽句式真实地记叙了去年当日台湾被割让时，四百万台湾人民同声痛哭、悲怆激愤的情景。从这一角度讲，该诗具有珍贵的史料价值，体现了当时台湾被割让，万民不服，奋起反抗的时代精神。全诗浸透了血泪，风格凄凉苍郁，感情深沉悲壮，语言痛快淋漓、朴实真挚、平中见奇，具有撼人心魄的艺术力量。"感人心者,莫先乎情。"这种血浓于水的骨肉亲情,震撼了中华儿女的心灵! 其中一个"割"字,更是点睛之笔,写出了刻骨铭心之痛,国仇家恨,此恨绵绵,但台湾是永远不会与祖国分离的! 这首诗之所以动人,主要是由于诗人真实而强烈地表达了人民的情感和心声。

这首诗还可与他的名诗《离台诗》六首之一"宰相有权能割地,孤臣无力可回天。扁舟去作鸱夷子,回首河山意黯然。"以及1896年春谭嗣同写的《有感》:"世间无物抵春愁,合向苍冥一哭休。四万万人齐下泪,天涯何处是神州?"等诗同时参读。

(李辉耀注评)

离台诗<small>六首其一</small>

[清]丘逢甲

宰相有权能割地,^①孤臣无力可回天。^②
扁舟去作鸱夷子,^③回首河山意黯然。^④

注释

① 宰相句:中日甲午战争,清朝失败后,派遣李鸿章与日本明治政府首相伊藤博文等议和,于1895年4月17日在日本马关(今山口县下关市)签订了《马关条约》,将台湾及其附属各岛屿、澎湖列岛等割让给日本。李鸿章当时的头衔为文华殿大学士,地位相当于宰相。

② 孤臣:孤立无助或不受重用的远臣。诗人自指。无力可回天:没有力量逆转天的运行。明冯琦《陈言消变疏》:"臣等有心恤

纬,无力回天。"余继登《告病疏》四:"臣典礼不效,无力回天。"

③扁舟句:宋黄庭坚《再次韵呈明略并寄无咎》诗:"我梦浮天波万里,扁舟去作鸱夷子。"《史记·货殖列传》载,春秋时期,范蠡辅佐越王勾践灭吴后,"乃乘扁舟浮于江湖,变名易姓,适齐为鸱夷子皮"。扁舟,小船。

⑥首句:元释善住《明皇幸蜀图》诗:"回首河山又属人。"意黯然:宋刘敞《幽州图》诗:"卷图还君意黯然。"黯然,感伤沮丧貌。

赏析

1894年,中日甲午战争爆发。诗人敏锐地预见到台湾前景堪忧,遂变卖家产,创建义军,并亲自统领。1895年4月,《马关条约》在日本马关春帆楼签订,台湾被割让。诗人闻讯,当即刺指血书"拒倭守土"四字,率全台绅民上书反对。日军大举进攻之际,诗人率义军殊死搏斗,血战二十余昼夜,予侵略者以沉重打击。战争失败后,诗人不得已离台内渡。这首七言绝句,仓促写成于内渡前夕,悲愤莫名,动人心魄。

"宰相有权能割地,孤臣无力可回天",上句直斥李鸿章代表清王朝割台的丧权辱国之举。平心而论,李鸿章在甲午战争中的最大罪过,是为保存自己的军事实力而怯战避战,致使北洋舰队困居威海港而全军覆没;至其与日谈判签约、割地赔款,乃"弱国无外交"的恶果,不应由他一人负责。但他毕竟是《马关条约》的中方签字者,诗人不便非议慈禧太后,故只能以他为罪魁祸首。这是"指桑骂槐",有识之士自然心照不宣。下句坦陈自己当此国难而无可奈何的悲痛心情。二句对仗极工,语言浅显明白,而内涵则凝重深沉。

"扁舟去作鸱夷子",第三句化用宋人黄山谷诗句,既切自己浮海内渡的实况,又别有一番意味。要知道,范蠡当年"乘扁舟浮于江湖",是功成名就,全身而退;而今诗人之浮海内渡,则是败走亡命,背井离乡! 因此,当诗人与生他养他而他也为之战斗过的这一片热土作最后告别的时候,不禁"回首河山意黯然"了。

五内俱焚之际,临行匆匆之吟,类同口占,连诗题或小序都无暇顾及,要留待后人代拟,哪有时间去细细琢磨? 直抒胸臆,愈质愈朴愈厚,但鉴其一掬爱国伤心之血泪可也,似不当以寻常工拙论之。

(钟振振注评)

姜绍祖(1875—1895)，生于新竹县北埔乡，本名金韫，字绍祖，号缵堂，人称阿韫，为"金广福垦号"户首姜秀銮(道光二十二年，鸦片战争时英国海军犯台，姜秀銮因抗英而授军功五品职衔)之曾孙，祖籍甘肃天水。姜绍祖两岁时父亲去世，由其母宋氏抚养成人。自幼饱读经书，能诗善文，书法苍劲有力，捐为监生。光绪十五年九月，姜绍祖代表姜家参与由林朝栋、姜绍基、黄南球等人筹组的"广泰成垦号"的拓垦。1895年中日签订《马关条约》，将台湾及澎湖群岛主权割让给日本。当时新婚的姜绍祖，加入丘逢甲领导的义军，并招募大隘地区义民，组织"敢字营""缵字营"，多次击毙包括一名中尉军官在内的日军数十人，后战败被捕自杀，年仅20岁。直到数年后，遗体始由其母于牛埔山义军遗骸中，寻出较纤细且腕骨有玉环的一付骨骸，认出为姜绍祖生前所戴，拾以葬于北埔大坪林。

绝笔诗①

[清]姜绍祖

边戍孤军自一枝，②九回肠断事可知。
男儿应为国家计，岂敢偷生降敌夷。③

注释

①题为注评者拟定。

②一枝：指一支孤军。

③敌夷：此处指侵台日寇。

赏析

姜绍祖是宝岛台湾著名的抗日义士。当年,他组织率领"敢字营"700多人,面对凶残的日寇,顽强不屈,孤军奋战,终因寡不敌众,于枕头山附近的一次战斗中战败被捕。日军只知道这支队伍的首领是姜绍祖,但不认识其人,所以在俘虏中着实严查。由于大家戮力同心,人人坚不吐实,屡查不得实情。姜绍祖的义仆杜姜不惧赴死,自告奋勇说是姜绍祖,然而日军却不认可,采取残酷的不断杀人的方式进行继续盘查。姜绍祖不忍看到生死与共的弟兄们陆续被拉出去枪毙,于是就从腰间拿出笔套抽出笔,并从身上撕下了一块布,写下了这首《绝笔诗》,随后就吞食弟兄所携带之鸦片烟膏自杀身亡。

本诗作者面对凶残的侵略者,义愤填膺,用这首绝句表达了自己誓死保家卫国的坚强决心,句句"冲口而出",字字用血凝成,是诗者从心底喷发出来的心声。全诗用赋笔直言,更是铿锵出声。首句"边戍孤军自一枝",道出了当时孤军无援的悲惨境况,也蕴涵着诗者对势单力薄的无限感叹。第二句"九回肠断事可知",则将内心无限悲愤的心情推向极致,有如南朝梁简文帝萧纲《诗令》诗(见《全梁诗》卷二)"望邦畿兮千里旷,悲遥夜兮九回肠",令人摧肝裂胆。第三句"男儿应为国家计",饱含着中华儿女千秋万代永不改色的家国情怀,其气概与唐代诗人李贺"男儿何不带吴钩,收取关山五十州"(《南园十三首(其五)》)是一样的炽热。更为感人的是,同样意思的诗句,姜绍祖不是书写于家中安静的书斋里,而是吟啸在敌人血腥的屠刀下,追忆其情其境,迄今仍令人动容。末句"岂敢偷生降敌夷",充分表达了作者宁死不屈,视死如归,为国捐躯的勇气与决心,彰显了"身既死兮神以灵,魂魄毅兮为鬼雄"(屈原《国殇》)所代表的中华志士的崇高气节。

古人云:"诗者,人志意之所适也。"(唐孔颖达《毛诗序正义》)。这首绝句乃姜绍祖在生命的最后时刻大声呼喊出的绝命诗,他用平白如话的语言直抒胸臆,倾诉心声,表达了自身崇高的爱国主义精神和视死如归的浩然正气。明代诗论家王祎云:"夫诗之感人者,非感之者之为难,乃不能不为之感者为难也。是故发于情而形于言。故曰:诗,情之所发,诚则至焉。诚之所至,其言无不足以感人者。"(《王祎诗话》)正是由于作者的"诚之所至",相信今天的读者应该能体悟到古人王祎诗论主张的深刻内涵。如果联系到诸多仁人志士的"绝笔诗",如袁崇焕的《临刑口占》:"一生事业总成空,半世功名在梦中。死后不愁无勇将,忠魂依旧守辽东。"还有戊戌六君子之一谭嗣同的《狱中题壁》:"望门投止思张俭,忍死须臾待杜根。我自横刀向天笑,去留肝胆两昆仑。"这些慷慨激昂诗句的悲壮感,无不展示了诗作者的崇高理想、远大抱负、炽热情怀和人生境界,让人真正领悟到何谓"诗本人情,情真则语真"(明代林弼《林弼诗话》)以及"情真,景真,事真,意真。澄至清,发至情"(元代陈绎曾《诗谱》)等诗学观点的真谛。

回顾抗日志士姜绍祖短暂而悲壮的一生,英雄年少,孤军奋战,死效田横,其人其诗,实在可歌可泣! 他另有一首于马关条约签订当晚信手写的七绝, 可与此诗参读。诗曰:"书帏别出换戎衣,誓逐胡尘建义旗。士子何辜奔国难,匹夫有责安乡畿。"

（李辉耀注评）

许南英(1855—1917),字子蕴,号蕴白、允白,自号窥园主人、留发头陀、龙马书生、毘舍耶客、春江冷官。台南人。光绪十六年(1890)恩科进士,授兵部车驾清吏司主事,不就。归台后,究心垦土化番之事;嗣应聘协修《台湾通志》。乙未(1895)之役,筹办台南团练局,任统领,屯兵番界,以备抗日。日军入台南,悬像索之,乃怃然内渡。旋只身游南洋;返国后入都供吏部,自请开去兵部职务,降调广东知县,其后又分任广东乡试阅卷分校,佛山税关总办,徐闻、阳春、三水等知县。武昌革命军起,投袂从之,被推闽南革命政府民事局长,摄龙溪县事。1916年9月赴苏门答腊棉兰(今印度尼西亚),为侨领张鸿南编辑传略,翌年底病卒客寓。

南英之诗,生前未曾编订,殁后所遗之未定本,经其四子许地山编录整理为《窥园留草》,附《窥园词》。

台　感六首其一

许南英

小劫沧桑幻海田,①不堪回首忆从前。
某山某水还无恙,谁毁谁誉任自然。
我信仰天无愧怍,人讥避地转颠连。②
浮沉薄宦珠江畔,③已别乡关十六年。

注释

①小劫沧桑幻海田:小劫,为佛家语,指一个长单位之时间。《法苑珠林·劫量篇·疫病部》:"佛世尊说,一小劫者,名为一劫;二十小劫,亦名一劫。"而道家语,则称三千六百周为小劫。沧

桑幻海田，即沧海变桑田。比喻世事多变，人生无常。《神仙传·王远》："麻姑自说接待以来，已见东海三为桑田，向到蓬莱水乃浅，于往者会将减半也，岂将复为陵陆乎？"

②颠连：颠沛流离，狼狈困顿，涕泣流连。

③浮沉薄宦珠江畔：指作者担任广东三水等地县长事。浮沉，即盛衰得失。薄宦，即担任卑微的官职。珠江，即粤江，代指广东。

赏析

作者在乙未之役，参加抗日之行列，终遭失败，日军到处悬像缉拿，他只好内渡，虽然离乡背井，但他对台湾依然关心，始终不敢忘怀。

此诗叙述诗人离台后久居内地之心境，充满那个特定的血泪历史时代的色彩。

首联谓人世沧桑多变幻，台湾遭受劫难，已被日本帝国主义占领，诗人内心不甘，往事不堪回首。

颔联谓台湾江山依旧，而人之毁誉只能顺其自然。

颈联说他离开台湾实不得已，因此仰天无愧。有人嘲笑他逃避内地，其实他颠沛流离。1895 年日本帝国主义进犯台湾时，诗人任台南筹防局统领，带领两营兵，在"帮办军务"刘永福的指挥下积极开展抗日活动。5 月基隆失陷，台北告急，诗人率兵前往支援，行至半路时，听到台北已失守，于是中途折回，固守台南。在大势已去，日寇直逼城下的情势下，诗人一直坚持到九月二日（日寇占领台南的前一天）才由部下护送出城。临行前考虑到饷金被刘永福提去，便将个人私蓄现金散发部下。对于当时的领导不能坚持抗战,而他个人又无力挽救危局,致使国土沦丧、父老沦为奴隶,诗人是抱有终生的愤恨与遗憾的。

末联说他在广东宦海浮沉,只是一名小官。而离开家乡已有十六年之久,怎能不怀念呢。

全诗将思乡的愁苦和"亡国"的悲痛与未能挽救台湾危局的自责和愧疚交织在一起,因而使这愁苦和悲痛更加深沉,反映了诗人以天下为己任的爱国精神和在沉痛中失望、在失望中沉痛的忧国忧民之心。诗人对于故乡和亲人的思念发生于特定的历史背景之下和民族巨大灾难之中,具有丰富的社会内容和强烈的爱国主义因素。

(李宏健注评)

施士洁(1855—1922),名应嘉,字法舫,号芸况,又号苗园,晚号耐公。台南市人,进士施琼芳次子。光绪三年(1877)进士,点内阁中书。性放诞,不喜仕进,归里掌教于白沙、崇文、海东等书院。后入唐景崧幕,与丘逢甲等人日夕酬唱。乙未割台,携眷内渡。1917年,应聘入闽修志局;既而,寄居鼓浪屿,郁郁而终。著《后苏龛合集》。

登赤嵌楼望安平口 三首其一

施士洁

一度登临一惘然,红毛遗迹渺苍烟①。
两三点鸟层霄外,十万人家落照边。
隐约市声当暮沸,微茫山影抱城圆。
我来正值凉风起,鼓角防秋又几年。

注释

①红毛:红色羽毛。唐崔珏《和友人鸳鸯之什》:"翠鬣红毛舞夕晖,水禽情似此禽稀。"此处称指来通商的荷兰人、葡萄牙人等。"红毛遗迹"指1653年荷兰殖民者所建的赤嵌城,又称作"红毛城"。

赏析

登高望远,游历怀古,是古诗的传统体裁。作者登临城楼,凭栏远眺,云霄、落照、市声、山影、秋瑟,远近景色,气象万千,豁然开朗,尽收眼底,胸中激荡着怀古之情,寄托无穷的身世之感。该诗语言流畅,清淡俊逸,自然工致,读后有如身临其境。

作者所登赤嵌楼之安平口,亦作红毛城,为古城名。1653年荷兰殖民者所建,1661年郑成功收复台湾,改置承天府,位今台湾台南市。"安平口"即安平古渡。首联中的"惘然"一般指心中若有所失的样子,也含有疑惑不解、不知所措、空无所有之意。南朝梁江淹《无锡县历山集》诗:"酒至情萧瑟,凭樽还惘然。"唐李商隐《锦瑟》诗:"此情可待成追忆,只是当时已惘然。"皆谓不知所措貌。"苍烟"指苍茫的云雾。"惘然"和"苍烟"在这里都含有心中若有所失之意。这一联的意思是,每次登临赤嵌楼,极目远眺,遥向近水远山,突生无限感慨,红毛殖民统治的历史已经一去不复返,挥去了内心的压抑之感。

第二联,作者将目光和笔触投向远方,就像长焦镜头的突然拉长,气势开阔雄浑,形象活跃灵动,化静为动,自由奔放,给人一种视觉上的美感享受。也使人想起李白《登金陵凤凰台》诗:"三山半落青天外,二水中分白鹭洲"之气魄宏大,也会联想到崔颢《登黄鹤楼》诗:"晴川历历汉阳树,芳草萋萋鹦鹉洲"之风景如画。此联"两三点鸟层霄外,十万人家落照边"的画面洒脱,视觉感极强:晴空外三两成群的鸟儿自由翱翔,斜阳映照着大片人家,惬意闲适的生活场景,让人可亲可近,十分陶醉。

第三联,作者又将目光和笔触拉近,聚焦眼下所见所闻之境,描写赤嵌城安平古渡渔港市民的日常生活。日暮西下,渔港市声熙熙攘攘,一派繁忙景象。夜幕降临,山城微茫,若隐若现,小镜头下,反映的是百姓安居乐业的社会大题材,作者从小处着眼,细处落笔,将市井庶民的忧乐置于心中,看似不用力、不彰显,实则是高明的艺术手法。生活中唯有小情景、小市民,才显得真实可信。

尾联将目光和笔触落在"我"上,将"几年"和"一度"相呼应。清朱庭珍《筱园诗话》云:"有我之境,以我观物,故物皆着我之色彩;无我之境,以物观物,故不知何者为我,何者为物。"此句中"凉风""鼓角""防秋"化用范仲淹《渔家傲》词句:"塞下秋来风景异""四面边声连角起。千嶂里,长烟落日孤城闭。"之意,变原词意中的悲凉为雄壮之音,营造出一种苍茫雄浑的境界,体现了作者的心胸与追求。审视全篇,气象壮丽,境界阔大,作者在构造时空艺术场景上手法娴熟,层层递进,天然成韵。语言流畅自然,不事雕饰,可视为登临怀古的优秀篇什。

(沈华维注评)

易顺鼎(1858—1920),湖南龙阳(今汉寿)县人,字实甫、实父、中硕,号忏绮斋、眉伽,晚号哭庵、一广居士等。光绪举人,以同知候补河南,不久捐道员,总厘税、赈抚、水利三局,并督修贾鲁河工程,任三省河图局总办。光绪十四年(1888)以进呈三省河图,授按察使衔,赏二品顶戴。是近代有影响的诗人之一,与袁克文、何震彝、闵尔昌、步章五、梁鸿志、黄秋岳并称为"寒庐七子"。

光绪二十年(1894),中日甲午战争爆发,易顺鼎毅然从湖南汉寿(为母守孝)赶赴南京,投奔到两江总督刘坤一帐下,积极主战,曾两次上书要求"罢和议,褫权奸,筹战事",未被采纳,投河自尽,被人救起。之后,他只身南下,四渡海峡,"以只身入虎口,幸则为弦高之犒师,不幸则为鲁连之蹈海"的果敢行为,支援刘永福的台湾抗战。刘拨给他三营兵力,援守台中,因军饷无着,回内地筹饷。及至筹得饷银 5 万两,抵涵江时,台中已为日寇占领,折回厦门。不久,全台沦陷。他两渡台湾,卒无所成,但不失为有民族气节的忠志之士。后来两湖总督张之洞招入幕府,任两湖书院分教。二十六年,八国联军入侵中国,易顺鼎被委任督办江阴江防,寻调驻陕西,督办江楚转运。二十八年,调任广西右江道。工诗,与樊增祥并称"樊易",著有《琴志楼编年诗集》等。1920 年逝于京寓,终年 63 岁。

寓台咏怀 六首其二

易顺鼎

田横岛上此臣民,不负天家二百春。①
中露微君黎望卫,②下泉无伯桧思郇。③
谁忘被发缨冠义,④各念茹毛践土身。

痛哭珠崖原汉地，⑤大呼仓葛本王人。⑥

注释

①二百春：指自清朝1683年收复台湾至甲午战争时已有二百多
年了，诗中"二百春"是个概数。

2."中露微君"：出自《诗经·邶风·式微》"微君之故，胡为乎中露"
句；"黎望卫"是说黎侯为狄所逐，流亡于卫，其臣劝其归国。

③"下泉"：出自《诗经·小雅·下泉》，诗中有这样的句子："芃芃
黍苗，阴雨膏之，四国有王，郇伯劳之。"意思是说，想那太平盛
世的时候，田间的禾苗有雨露的滋润，长得欣欣向荣。国家安
定，有郇伯那样贤明的君主来关怀百姓，四方称王有郇伯主持，
治理国家。下泉人思念郇伯，希望太平。桧，树名；"桧思郇"
是说植物都思念郇伯。

④被发缨冠：《孟子·离娄下》："今有同室之人斗者，救之，虽被
发缨冠而救之可也。"意思为来不及将头发束好，来不及将帽带
系上。形容急于去救助别人。

⑤珠崖："珠"亦作"朱"，"崖"亦作"厓"。汉武帝于海南岛置珠
崖郡，治今琼山县东南。

⑥仓葛：历史人物，春秋时阳樊人。周襄王以阳樊、温、原、攒茅之
田赐晋侯，阳樊人不服，晋师围阳樊。仓葛大呼：安抚中原，应
以德行，刑罚乃用以威慑四方夷狄，此处谁非周天子亲戚，岂可
作俘虏？晋侯于是乃放百姓出城。

赏析

中日甲午战争后，清廷割让宝岛台湾，西方列强也在
瓜分我国。易顺鼎感觉无力回天，只得发出慷慨悲吟，写
下了许多可歌可泣的壮丽诗篇。

首联"田横岛上此臣民，不负天家二百春。""田横"，战

国时齐国人,楚汉相争时自称齐王,后带人逃到岛上,刘邦让他归汉,他去洛阳途中自杀,岛上臣民全体自杀。这两句意思是说田横的臣民不负田横,暗指自己也忠于朝廷。

颔联"中露微君黎望卫,下泉无伯桧思郇。"意思是指当时易顺鼎明知固守十分艰难,却仍然坚守、不忍离去,想扭转危局,谁劝也不回来,台湾民众希望他留下来主持大政,一起抗击日本侵略者。

颈联"谁忘被发缨冠义,各念茹毛践土身。""被发缨冠",本义为年龄小未到成年,为了救国提前加冠上阵。"茹毛践土",按平仄要求把"践土食毛"的成语倒过来,指受君恩。意思是怎么能够忘记,我年龄很小就为了救国提前加冠上阵,始终牢记君恩。易顺鼎7岁误入太平军中,17岁便中举人,20多岁就随刘坤一抗击日本侵略者。

尾联"痛哭珠崖原汉地,大呼仓葛本王人。""珠崖",汉代置珠崖郡,在今海南省,此处是说珠崖(代指台湾)本是中国的土地。全句意思是说不管是台湾民众,还是大陆人民,我们都是中华民族龙的传人啊。

在这首诗里,诗人易顺鼎引用了诸多典故,以苍健的笔力,高扬的激情,表达出他誓死不做亡国奴,即便战死,也绝不屈服的爱国情怀和民族气节。此时的易顺鼎正如"安史之乱"时的杜甫,他此时的作品亦诗亦史,在他一生的诗歌创作中有着重要的地位,是他诗歌创作中最辉煌的时期,同时也是他人生道路上最闪亮的一幕。

(沈华维注评)

洪繻(1866—1928),本名攀桂,学名一枝,字月樵。台湾沦日后,取《汉书·终军传》"弃繻生"之说,改名繻,字弃生。清彰化鹿港人,原籍福建南安,其祖父至忠公流寓台湾彰化鹿港,遂家焉。少习举业,光绪十七年(1891)以案首入泮。乙未(1895)割台之役,与丘逢甲、许肇清等同倡抗战,任中路筹饷局委员。事败绝意仕进,潜心于诗文词赋,借诗达志。由于身居弃地,洪繻采取"不妥协、不合作"的应世态度,以遗民终其身。他坚不剪辫,拒着洋服,拒说日语,不许二子受日本教育,诗文皆以干支纪年,以示不忘故国。著作之富,为全台之冠。因作品多讥评时政,为日人所忌,遂假事诬之,拘捕入狱,经年乃释,未几,郁愤而卒。有《寄鹤斋诗集》《寄鹤斋文集》《寄鹤斋诗话》《八洲游记》《瀛海偕亡记》等多种行世。1993年,《洪弃生先生全集》在台湾出版。

闻日军搜山感赋

洪 繻

乾坤长肃杀,[①]海上战争多。[②]
蕃队日鸣炮,[③]山民夜枕戈。[④]
炎昆糅玉石,[⑤]覆卵扫巢窠。[⑥]
世界今如此,[⑦]苍生且奈何![⑧]

注释

①乾坤长肃杀:元李昱《瑞雪歌》:"乾坤肃杀回正气。"
②战争多:唐释齐己《看金陵图》诗:"六朝图画战争多。"
③蕃队:谓日军。鸣炮:发射火炮。

④山民:居住在山中的台湾人。夜枕戈:夜里枕着武器睡觉。谓
　　随时准备与敌人战斗。宋徐积《项羽别虞姬》诗:"垓
　　下将军夜枕戈。"

⑤炎昆句:喻指日军烧山。《尚书·胤征》:"火炎昆冈,玉石俱
　　焚。"屈原《九章·怀沙》:"同糅玉石兮。"糅,混杂。

⑥覆卵句:喻指日军搜山,对反抗他们的民众,无论老幼,斩尽杀
　　绝。《世说新语·言语》载,汉孔融被曹操派人逮捕时,两个孩
　　子,大儿九岁,小儿八岁。孔融对来逮捕他的人说,希望不要连
　　累孩子。孩子却说:"大人岂见覆巢之下复有完卵乎?"(父亲
　　大人,您见过鸟窝翻倒了还有完好不破碎的鸟蛋吗?)

⑦世界句:宋黄榦《与李敬子司直书》:"是何世界如此!"

⑧苍生句:宋佚名《宗忠简遗事》:"苍生奈何!"谓老百姓将如何
　　是好。

赏析

　　1895年台湾被割让,日本侵略军入侵宝岛。台湾义军
奋起抵抗,而势单力薄,终于被镇压下去。此役中,日军残酷
屠戮台湾民众,白发垂髫,亦难幸免。诗人乃台湾本土爱国
之士,与丘逢甲等同倡"拒倭守台",亲身参加了抗日斗争。
这首五言律诗,是其对于此段血与火之历史的实录。

　　"乾坤长肃杀,海上战争多",首联总提,为一篇之纲
要。"蕃队日鸣炮,山民夜枕戈",颔联分说,为细目之一。
二句对举敌我双方。彼则有炮,我惟有戈,敌方武备先进,
我方兵器原始,战争之不对等,更凸显我台湾民众抗击帝
国主义侵略之英勇与悲壮。妙在此意并不直说,只于一二
关键字面作客观描述,故耐人寻味。"炎昆糅玉石,覆卵扫

巢窠",颈联亦属分说,为细目之二。二句亦对举敌我双方。惟上联基本为敷陈其事,此联一改而为用典比喻,质直之后,济以婉曲,张弛有道,深得诗法。"世界今如此,苍生且奈何",尾联总结,议论感慨,为苍生之苦难发一浩叹。悲愤之情,溢于言表。

全诗情感浓烈,语言畅达,寓渊雅于古朴,见大方于浑成,允推作手,的是佳篇。

(钟振振注评)

意难忘·感怀

洪　繻

剩水残山,只斜阳一角,多少蜗蛮。①马嘶金谷树,车断穆陵关。②沧海外,软尘间,谁似我闲闲。③不肖躯,人丛溷迹,未是殷顽。④　　年来泪作朱殷,回头思故国,望断刀环。⑤天长浑似发,地缺竟成弯。时已去,鹤空还,有城郭阑珊。⑥好男儿鬒眉镜里,照见惭颜。

注释

①蜗蛮:语出《庄子·则阳》:"有国于蜗之左角者曰触氏,有国于蜗之右角者曰蛮氏。"此处喻指日据时期被欺压的台湾人民。

②金谷:在河南洛阳市西北,西晋石崇筑园于此,台榭叠叠,竹树郁郁,极尽奢丽。穆陵关:故址在今山东省临朐县东南大岘山,地势险要,是齐国霸业的象征。马嘶句意指日军肆意蹂躏美丽的宝岛,台湾民众的抗日战事也以失败告终。

③软尘:飞扬的尘土,指城市的繁华热闹。闲闲(jiānjiān):谓斤

斤于分辨是非。《庄子·齐物论》:"大知闲闲,小知闲闲。"成玄英疏:"闲闲,分别也……小知狭劣之人,性灵褊促,有取有舍,故闲隔而分别。"

④不肖:不成材。溷迹:混迹。殷顽:周朝成立之初,成王的三个分封在殷地的叔叔因不服周公摄政,联合殷君起兵反周。周公东征,平定叛乱,把反抗周的殷人称为"顽民"或"殷顽"。

⑤朱殷:赤黑色。刀环:语出《汉书·李陵传》:"立政等见陵,未得私语,即目视陵,而数数自循其刀环,握其足,阴谕之,言可归还也。"环、还同音,后因以"刀环"为"还归"的隐语。

⑥阑珊:衰落。

赏析

甲午(1894)海战,水师惨败,遭遇乙未(1895)割台之厄,划出近代中国遍体伤痕中最深的一道。沦亡之痛,殖民之侮,感同身受者莫若台湾的爱国人士。洪弃生便是其中具有代表性的人物。日据之初,他与丘逢甲、许肇清等同倡抗战,担任中路筹饷局委员。事败之后,潜居属文,削笔为剑,借诗达志,成为日据初期创作成就最高的作家之一。其才气之高,亦足以与连横、丘逢甲、胡南溟等大家相提并论,被誉为"台湾诗史",也被称为"当时台湾国学界之鲁灵光殿"(《洪弃生先生传略》)。

当乙未之际,洪弃生既绝望于腐朽无能的满清统治,"自古国之将亡,必先弃民,弃民者民亦弃之,弃民斯弃地"(《瀛海偕亡记序》);又愤疾于横暴残虐的日人统治,"清官去日官来,事之大变,民之大害也"(《代友答日儒问清官日官利害》),从此绝意仕途,避居不出,在家设帐授徒,终其一生。这期间,发乎情、言乎志的诗文成为他表达不满、愤恨、与寄望的最佳方式。

《意难忘·感怀》按作者标示的写作时间,是丙申年十二月二十一日,即 1897 年 1 月 23 日。此前一日,他还赋有《意难忘·感事》一阕,曰:"一梦黄粱,看世情似水,断尽人肠。江山余琐屑,云物换苍茫。天暗暗,海浪浪,是黑劫红羊。最不堪故乡花草,都付斜阳。　　中原举目凄凉,问伊谁破碎,失却金汤。回头非锦绣,转瞬见沧桑。尘扰扰,事忙忙,岂电火流光? 叹此生蓬莱已隔,又作伧荒。"二阕实为姊妹之篇。需要说明的是,进入日据时期,作者标示写作日期,不屑用日本的明治年号,纯以干支纪年,暗示不忘故国也。

词牌取"意难忘",其意已显;至于所"感"之"怀",于洪弃生而言,除清割台、日殖民之恨外,还能是什么呢? 词的上阕写台湾被日据之痛。至 1897 年 1 月,日本实控台湾已一个多年头,其间对台湾的武装反抗志士和手无寸铁的普通民众极尽屠戮之能事,制造了多起惨绝人寰的屠杀事件。这正是"剩水残山,只斜阳一角,多少蜗蛮。马嘶金谷树,车断穆陵关"几句的由来。接下来,作者问道,在这孤悬海外的宝岛之上,谁和我一样,还能分辨是非,仗义执言? 确实,在日本的殖民高压下,绝大多数人已经沉默,已经屈服。正如他在《瀛海偕亡记序》太息的:"是则可为台湾哀也夫! 是则可为故国哀也夫!"但同时,作者也深深地自责:尽管自己能分辨是非,但是只能混迹于尘世之中,无所事事,没有继续像殷人一样起来反抗。

下阕写时势已然错失,抗日恐难成功之沉痛情怀。日本据台一年多以来,诗人泪作朱殷色,遥望故国,不知归期几何。无限怅恨,跃然纸上。"天长浑似发",说天际海平线如发之长,实谓海天遥隔,故国不可依也。"地缺竟成弯",既是实写海湾之景,也是暗喻台湾被永久割让,如大地崩缺,不可全也。"时已去,鹤空还,有城郭阑珊",这里的"鹤"除具有"化鹤归辽"的传统典故含义,于作者则具更多意蕴。洪弃生将自己的书房取名"寄鹤斋",一生文字皆以是名之。他在《寄鹤斋赋》中,将自己比喻为栖寄在高枝的鹤鸟,除寓以清高的志节外,恐还隐寓着等待时机,一鸣惊人,恢复华夏的抱负和理想吧。但目前却是一事无成,"鹤空还""城郭阑珊"。因而,结拍是如此压抑,"鬓眉镜里,照见惭颜",令"好男儿"惭愧难当。但这种"惭颜",不正是"知耻"得来的吗!好男儿知耻而后勇,或正是作者的题外之旨。

这首《意难忘》,感情深沉激越,真实地反映出日据初期台湾抗日志士们的情感状态,与洪弃生的其他相关作品一起,构成日据时期的"台湾诗史",具有难以替代的史学价值和文学价值。《中国近代学人象传初辑·洪弃生先生传略》曰:"先生身居弃地,危言危行,挖扬风雅,鼓舞民气,不为威屈,不为利诱,以遗民终其生。台湾陷日,凡五十年,民族精神迄未泯灭,祖国文化尚能延续者,先生预有力焉。"这个评价应该是中允的。

(姚泉名注评)

　　王松(1866—1930),字友竹,号寄生,自署沧海遗民。祖籍福建晋江,祖父以儒术授徒,后迁居淡水厅竹堑(今新竹市)。自少攻诗,弱冠入"北郭园吟社",与乡贤唱和。乙未割台,挈眷内渡,海上遇盗,行箧一空,幸赖他人相助,始得避居故籍。翌年返台。将原书斋"四香楼",更名为"如此江山楼",以寄沧桑世变之感。毕生主北郭园骚坛垂三十年,临终交待于墓碑上镌刻"沧海遗民王松之墓"。著有《内渡日记》《余生记闻》《草艸草堂随笔》,后自删焚余稿,题为《如此江山楼焚余稿》,又著《台阳诗话》。1925年,将少年至五十岁诗作《四香楼余力草》《如此江山楼诗存》汇集成册,题为《沧海遗民剩稿》于上海出版。

咏五指山①

王　松

五笏巍峨冠海东,②巨灵伸手欲摩空。③
夜来遥见峰头月,一颗明珠弄掌中。

注释

①五指山:山名。位于新竹县北埔、五峰、竹东之交界处,为雪山山脉之支棱,海拔1061米。是旧时原住民赛夏人的猎区。山顶附近有五座小山峰,有如《西游记》中如来佛之手指,故名。

②五笏:五座山。笏,为计量单位。

③巨灵:神话传说中擘开华山之河神。摩空:摩天。迫近天空。形容极高。

赏析

　　此诗谓作者居住地邻近之五指山,巍峨耸立于新竹外海之东部,雄冠群峰,共五峰,白天见它,如同如来佛之五根巨大的手指;而夜晚看它,则山顶上之一轮明月,如同手掌上之一颗明珠,灿烂明亮。全诗运用夸张、比拟等手法,极赞五指山之雄伟壮美,语言生动,流畅上口,值得反复把玩赏读。

(李宏健注评)

感　兴

王　松

　　和议知非策,^①瀛东弃可伤。^②
　　坠天忧不细,^③筹海患难防。^④
　　兵火灾千里,^⑤亲朋散四方。^⑥
　　故乡归未得,^⑦泪眼阅沧桑。^⑧

注释

①和议句:宋徐梦莘《三朝北盟会编·炎兴下帙》引《中兴姓氏录》:"枢密编修胡铨言和议非策。"和议,指《马关条约》。参见第193页"宰相句"注。非策,不是好办法。

②瀛东:海东。指台湾。可伤:可悲。

③坠天:天塌下来。忧不细:忧患不小。《汉书·于定国传》:"其忧不细。"

④筹海:筹划海防事务。

⑤灾千里:宋李新《求晴文》:"播灾千里。"

⑥亲朋散:唐方干《新秋独夜寄戴叔伦》诗:"万里亲朋散。"

⑦故乡句:唐姚合《出塞》诗:"故乡归未得,都尉欠功名。"

⑧阅沧桑:明李昌祺《满庭芳·贺人生日四月年六十》词:"安坐阅沧桑。"沧桑,沧海桑田,喻世事巨变。

赏析

这首五言律诗,当作于1895年《马关条约》签订,台湾被割让,日军入台之初的战乱时期。是时,诗人挈家内渡,避居福建,忧国并自伤身世,因有此作。

"和议知非策,瀛东弃可伤",首联议论时事,为举国之共识。人同此心,心同此感。"坠天忧不细,筹海患难防",颔联亦为议论,进一步申说割台之严重后果:台湾一弃,东南顿失海上屏障,从此海疆难守,中国恐将有塌天大祸了!"忧不细"三字看似俗语,实有来历,见于《汉书》,非饱学者不能下。"兵火灾千里,亲朋散四方",颈联诗笔转为叙事。对仗平易而浑成,得五律之体。"故乡归未得,泪眼阅沧桑",尾联拍到自身。作者为台湾本土诗人,乃有"故乡"云云。此用唐诗成句,人或不知,亦不妨碍理解;但知为唐诗,更觉其有信手拈来、举重若轻之妙。

全诗好处,在浅语自有深致,常情足以动人。以台湾人而纪台湾事,亦即以中国人而纪中国事,且为天崩地裂、海水群飞之大事;不唯纪实之沉痛,更兼笃论之精辟,故有"诗史"意味。

（钟振振注评）

施梅樵(1870—1949),字天鹤,早岁号雪哥,壮年改为蜕奴,晚号可白、捲涛阁主人,又号笠云山人、笠云草堂主人,彰化鹿港人,清光绪年间生员,工诗文,以行草闻名。施梅樵性豪迈,重气节,读书过目成诵。光绪十九年(1893),以案首入泮。日本占台后,绝意仕途,与同乡洪弃生、许剑渔及苑里文人蔡启运共倡"鹿苑吟社",并担任"大冶吟社"顾问,积极从事诗教,设帐授徒,以期延续斯文于不坠。生平风流自赏,晚年生活困顿,牢骚抑郁,悉发为诗。著有《捲涛阁诗草》《鹿江集》《玉井诗话》《白沙诗集》《捲涛阁尺牍》《见闻一斑》《读书劄记》传世。

相思岭[①]

施梅樵

何代相思人,种此相思树。[②]
相思树已花,相思人何处。
我过相思岭,岭上皆云雾。
遮断相思人,隔断相思路。
相思无限情,与云同来去。
试问岭头人,相思究何故。

注释

①相思岭:指台湾生长相思树之山岭。
　福州闽侯与福清交界处的山岭,是闽南一带的官宦、商人、士子进入福州的必经之路
②相思树:产于菲律宾及我国台湾、广东、福建,台湾相思树又名

台湾相思、台湾柳、相思仔,豆目、豆科、相思子属植物,常绿乔木,无毛;枝灰色或褐色,无刺,小枝纤细;树皮含单宁;花含芳香油,可作调香原料。又相传为战国宋康王的舍人韩凭和他的妻子何氏所化生。据晋干宝《搜神记》卷一一载,宋康王舍人韩凭妻何氏貌美,康王夺之,并囚凭。凭自杀,何氏投台而死,遗书愿以尸骨赐凭合葬。王怒,弗听,使里人埋之,两坟相望。不久,二冢之端各生大梓木,屈体相就,根交于下,枝错于上。又有鸳鸯雌雄各一,常栖树上,交颈悲鸣。宋人哀之,遂号其木曰"相思树"。后因以象征忠贞不渝的爱情。唐王建《春词》:"庭中并种相思树,夜夜还栖双凤凰。"

赏析

这首诗诗句极简,自然而有远韵。相思是一种美的情感体验,是一个不老的神话,是哀与喜的交织,痛与乐的胶着。作者以相思岭为线索,述说着相思之情。

"何代相思人,种此相思树。相思树已花,相思人何处",相思人所种相思树,树已开花,人何在?这与刘希夷《代悲白头翁》中"今年花落颜色改,明年花开复谁在"有异曲同工之妙。"相思人何在",则不仅说明红颜衰老,生命也会随之消逝。作者仿佛过于感伤,但却深刻地表露了对青春易逝、人生倏忽的悲慨。

"我过相思岭,岭上皆云雾。遮断相思人,隔断相思路",相思岭云雾腾起,充满着整个相思岭,不仅遮断了苦思冥想的相思之人,也阻断了漫长的相思之路。紧接着又写"相思无限情,与云同来去。试问岭头人,相思究何故",相思无限之情,绵绵不尽,询问岭头人,相思究竟为何故?

以问句结尾,留给读者无限的遐想。作者完全不用抽象的哲理语言,而是用诗性的充满抒情色彩的语言,反复运用"相思人""相思树""相思岭""相思路"来构思此诗,达到了深入与浅出,雅与俗的和谐统一。

本诗使用重叠语句,循环复沓,再以问句引领,一唱三叹,相思人不再的无奈辛酸在反复追问咏叹中被层层浓重着色,具有强大的穿透力。此诗虽富有感伤情调,但并不颓废,风格清丽婉转,曲尽其妙,寓意深刻。

(曹辛华注评)

梁启超(1873—1929),近代政治家、文学家。字卓如,号任公,别署饮冰室主人。广东新会人,曾参与康有为等的戊戌变法,人称康梁。著有《饮冰室全集》。曾于1911年应台湾诗人林献堂之邀来台,与台湾诗人唱酬,并居台中雾峰之莱园,与栎社之诗人雅集。

三月二十四日,偕荷广及女儿令娴乘笠户丸游台湾,二十八日抵鸡笼山,舟中离兴^①十首其十

梁启超

番番鱼鸟似相亲,^②满眼云山绿向人。
前路欲寻泷吏问,^③惜非吾土忽伤神。

——望鸡笼

注释

①荷广:汤觉顿,原名睿,又名为刚,字觉顿,号荷广,1910年后用笔名汤明水,祖籍浙江诸暨,1878年生于广东番禺。曾任日本神户同文学校校长。辛亥革命后回国,任财政部顾问及中国银行总裁。令娴:梁启超之长女梁思顺(1893—1966),字令娴,生于广东新会,毕业于日本女子师范学校。古典诗词研究之专家,曾任燕京大学教师、中国文史馆馆员,精通日、英文,其夫周希哲,美国哥伦比亚大学毕业,曾任中国驻菲、缅、加等国领事、总领事。鸡笼山:或称鸡笼,地名,即今基隆市。

②番番:喧哗多言貌。

③泷吏:为长驻急流边以保行舟安全之小吏。

赏析

光绪三十三年(1907)林献堂前往东京旅游,适巧梁启超也在日本,献堂特至横滨《新民丛报》馆拜访,未遇。同年秋间,献堂与秘书甘得中归台时,途经奈良,在旅舍中邂逅梁氏。梁启超操一口浓重广东口音官话,林献堂说闽南语,两人语言不通,乃用笔谈,相谈甚欢,相见恨晚。梁启超一落笔就写道:"本是同根,今成异国,沧桑之感,谅有同情……"献堂并邀梁氏来台一游。辛亥年(1911)二月二十四日(阳历3月24日)梁启超与好友汤觉顿、长女令娴,联袂于日本搭乘笠户丸号轮船,经由马关于二月二十八日(阳历3月28日)抵达台湾之鸡笼山(即今日之基隆)。在途中,梁氏将所见、所闻、所思,写成杂兴诗十首,此为其一。

此诗一二句写作者自戊戌变法失败之后流亡日本多年,终于开始台湾之行(梁启超云:"兹游蓄志五年,今始克践"),在途中,看到海中鱼腾碧浪,鸟海反复上下翻飞,喧哗欢鸣,远望万里青山白云,满眼绿色迎面而来,梁氏不觉心情舒畅,有些兴奋;第三四句突然一转,说本来想学唐朝韩愈那样作"泷吏问"(韩愈《泷吏》诗:"往问泷头吏:潮州尚几里,行当何时到,土风复何似?")的,但是忽然想到昔日祖国山河今已沦为日本的殖民地,台湾人民在日本殖民者的铁蹄统治下,处于水深火热之中,又不禁悲从中来,顿时又无限伤感!诗人直抒胸臆,语言朴实晓畅,爱国之情

221

溢于言外。

（李宏健注评）

浣溪纱·台湾归舟晚望(1911年)

梁启超

老地荒天闷古哀,^①海门落日浪崔嵬,^②凭舷切莫首重回。^③　　费泪山河和梦远,^④雕年风雨挟愁来,^⑤不成抛却又徘徊。

三年不填词,游台湾怅触旧恨,^⑥辄复曼吟,^⑦手写数阕,寄仲策,^⑧自谓不在古人下。倘亦劳者之歌发于性情^⑨,故尔入人耶。辛亥四月朔—饮冰^⑩

注释

①老地天荒:极度形容时间的久长。闷古:远古。

②海门:海口,指基隆。崔嵬:高耸的样子。

③凭舷:身体靠着船边。

④费泪:直解的意思是多费眼泪。宋晏几道《鹧鸪天·醉拍春衫惜旧香》:"相思本是无凭语,莫向花笺费泪行。"

⑤雕年:残年,老年。南朝宋鲍照《舞鹤赋》:"岁峥嵘而愁暮,心惆怅而哀离。于是穷阴杀节,急景雕年。"

⑥怅触:内心受到外物刺激而有所感。

⑦曼吟:长吟。

⑧仲策:梁启勋字仲策,梁启超弟,词学家。

⑨劳者之歌:劳歌,离歌。

⑩饮冰:梁启超室名。

赏析

梁启超应台湾诗人林献堂之邀请,于 1911 年 3 月 24 日启程来台访问,28 日抵达基隆。4 月 1 日台湾遗老及诗人百余人设宴于台北之荟芳楼。2 日,梁氏赴台中与栎社诗人酬唱,联吟赋诗。清明后一日,梁氏与"栎社"诗人在台中雾峰之莱园,以"主称会面难,一举累十觞"为韵,分韵赋诗。9 日,梁氏接康有为之电报,提前结束台湾之行程,在基隆与台湾诗友依依道别,黯然销魂地离台返日。

在归途中,梁氏填此词。全词以天地、海门、落日、山河、风雨等审美意象,以及"老""荒""古""哀""凋""愁"等表示时间久长、情感悲怨之类的字眼,抒写诗人在"台湾归舟"上晚眺海景,忽然想起祖国山河破碎,悲愤之情难以平静,从而表达了对祖国失去大好河山的无限沉痛、哀伤及与台湾友人依依不舍之心情。词中"亡国"的悲痛与未能挽救台湾危局的无奈交织在一起,使愁苦和悲痛更加凝近。突出地反映了诗人以天下为己任的精神。强烈的"亡国"之悲难以遣怀。随时随地有所流露,贯穿着强烈而鲜明的爱国情怀。

上阕开句就直抒胸臆,明确发声,我自台湾割让给日本这么多年来胸中就一直郁积着的深沉长久的悲哀。诗人用"老地荒天"而不用常见的"地老天荒"这一成语,是有良苦用心的,因为"地老天荒"只不过是指经历的时间极久,属于中性词;而"老地",实指台湾自古以来就是我中国的神圣领土,"荒天"则直指现在日寇统治下的台湾

是一片荒芜、疮痍满目的地狱界,充满情感色彩。第二句
描写船过海峡时适逢落日斜晖照耀,排山倒海的巨浪汹
涌腾空,有如险峻的高山。全词只有这一句写景,却写出
了海面日落时瑰丽壮观的景象。但是诗人岂是为写景而
写景?其表现手法,有如辛弃疾的"千古兴亡多少事?悠
悠,不尽长江滚滚流"(《南乡子·登京口北固亭有怀》),
辛词以永流不息的滚滚江水来比拟千古兴亡的绵延不
断,而梁词却是以台湾海峡日落时的巨浪汹涌如险峻高
山来比拟自己胸中堆积着久远的哀愁("海门落日"又是
否有暗示"日本衰落"的意思呢?),这种以浪如山涌的具
象来形容抽象的郁结哀愁,给人以鲜明的印象。梁词作
为隐喻,须思索才能领会。紧接着他用"切莫首重
回"——不要在船边回头再看被日寇强占的台湾,来表示
对于往事不堪回首,也不忍回首!因为作者的悲愤长期
郁结胸中,只要回望台湾,心情就更加难以平静。这种悲
愤情感的进一步发散,就是下阕头两句:"费泪山河和梦
远,凋年风雨挟愁来。"对得冷酷,时空张力很大。此为词
眼,最可欣赏。"费泪山河"中的"费"字,表现出诗人面
对失地宝岛台湾感到一种徒然使人流泪,无法挽回、无可
奈何的哀伤。特别是结句"不成抛却又徘徊",是说要抛
掉忧国伤时、山河破碎的愁绪是不可能的,因而又不得不
再徘徊眺望。这又与上片"凭舷切莫首重回"相呼应,递
进一层,而立意相反,益见其爱国情深,这与屈原在《离
骚》中表现出的"陟升皇之赫戏兮,忽临睨夫旧乡。仆夫
悲余马怀兮,蜷局顾而不行"对故国依恋难舍、反复徘徊

的爱国情志是一脉相承的。

（李宏健注评）

西河·基隆怀古 用美成韵调《西河》

梁启超

沉恨地,百年战伐能记。层层劫烬閟重渊,[①]潜虬不起。[②]但看东海长红桑,[③]蓬莱极目无际。　　耿长剑,谁更倚。[④]虞泉坠日难系。[⑤]鼓声断处月沉沉,浪淘故垒。返魂槎客若重来,[⑥]酬君清泪铅水。　　夕阳一霎见蜃市。[⑦]又罡风[⑧]、吹堕千里。欲问人间何世?看寒流、涌出汉家明月,消瘦姮娥山河里。

注释

①劫烬:犹言劫灰,劫火的余灰。南朝梁释慧皎《高僧传·竺法兰》:"昔汉武穿昆明池底,得黑灰,问东方朔。朔云:'不知,可问西域胡人。'后法兰既至,众人追以问之,兰云:'世界终尽,劫火洞烧,此灰是也。'"此谓台湾近百年战乱毁坏后的残迹或灰烬。閟:古同"闭",掩蔽之义。重渊,深渊,极深极低处。《庄子·列御寇》:"千金之珠,必在九重之渊。"

②潜虬:犹言潜龙,喻有才德而未为世重用之人。南朝宋谢灵运《登池上楼诗》云:"潜虬媚幽姿,飞鸿响远音。"

③红桑:仙境中的桑树。语本晋王嘉《拾遗记·少昊》云:"穷桑者,西海之滨,有孤桑之树,直上千寻,叶红椹紫,万岁一实,食之后天而老。"唐曹唐《小游仙诗》云:"秦皇汉武死无处?海畔红桑花自开。"

④耿长剑:犹言亮闪闪的长剑。"耿"通"炯",明亮,光明。"谁更

225

倚",连前句即是"更有谁倚长剑"的意思,唐王维《送张判官赴河西》:"慷慨倚长剑,高歌一送君。"

⑤虞泉:犹言虞渊。传说太阳早晨从东方"旸谷"出发,晚上落于虞渊。《淮南子·天文训》云:"至于虞渊,是谓黄昏。"《太平御览》卷三引《淮南子》:"薄于虞泉,是谓黄昏。"

⑥返魂:回生,复活。唐温庭筠《马嵬驿》诗:"返魂无验青烟灭,埋血空生碧草愁。"槎客:晋张华《博物志》卷一〇载,传说天河与海通。年年八月有浮槎去来,不失期。后用以比喻奉使。唐杜甫《有感》诗之一:"乘槎断消息,无处觅张骞。"

⑦蜃市:即海楼蜃市,滨海和沙漠地区,因折光而形成的奇异幻景。明张煌言《海上观灯》诗云:"香拥虹桥千里外,芒寒蜃市九霄间。"清吴伟业《海狮》诗:"海粟蜗庐满,虫书蜃市悬。"

⑧罡风:道教谓高空之风,后亦泛指劲风。明屠隆《游玩月宫》诗:"虚空来往罡风里,大地山河一掌轮。"

赏析

戊戌变法失败以后,梁启超逃出北京,东渡日本流亡。1911年3月28日,乘笠户丸轮离日本到达台湾之行的第一站基隆。基隆古名鸡笼,一说因基隆山像鸡笼形状而得名,位于台湾岛东北角,三面环山,一面临海,是台湾万商云集的重要港口。梁启超"明知此是伤心地"(《舟中杂兴》之二),"惜非吾土忽伤神"(《舟中杂兴》之十),触景生情,写下了这篇怀古之作,用北宋词人周邦彦的《西河》调,并句句步其韵。周邦彦,字美成,原词为《西河·金陵怀古》,怀的是六朝之古,梁启超此词其意与语句仿作,怀的是痛失台湾的家国之恸。

"沉恨地,百年战伐能记。"他想到二白多年前,郑成功收复台湾之战。甲午战争,中国惨败,签订马关条约,清政府竟然将台湾割让给日本国。当时台湾军民进行了抗拒日军接受的抵抗之争,历时虽短,却写下了可歌可泣的一幕,皆历历如在目前。"层层劫烬阒重渊,潜虬不起",劫灰埋入九重之渊,惜潜龙未能起来,台湾尚未光复。"但看东海长红桑,蓬莱极目无际","但看"虚词带转,只有东海畔的红桑林年年长大,极目远眺,台湾美景无边无际。"蓬莱"本指海上仙山,在此喻指台湾。"耿长剑,谁更倚,虞泉坠日难系。"前两个短句为倒装句,即有谁能倚凭耿耿长剑,挽救国难。后一句化用古代神话,与前人诗句合用。虞泉即虞渊,《淮南子》所说的日落之处。坠下虞渊的太阳难以用长绳拴住,典出晋傅玄《九曲歌》:"岁暮景迈群光绝,安得长绳系白日。"暗喻台湾陆沉的现实莫非难以挽回。"鼓声断处月沉沉,浪淘故垒。"报时的鼓声停止了,只见月已西沉,点出作者至夜深未眠,他想到当年的战垒下,多少英雄走过。后句来自苏东坡《念奴娇·赤壁怀古》词中句:"大江东去,浪淘尽,千古风流人物。故垒西边,人道是三国周郎赤壁。"

上阕重在写以往,下阕转写当下。"返魂槎客若重来,酬君清泪铅水。"意思是说,如果传说中的浮槎使者来到台湾,回答他的只有金铜仙人的泪水。魏明帝青龙元年(233)八月,诏宫官牵车西取汉孝武捧露盘仙人,欲立置前殿。宫官既拆盘,仙人临载,乃潸然泪下。唐李贺咏此事:"空将汉月出宫门,忆君清泪如铅水"(《金铜仙人辞汉歌》）。此处化用此事，诗语极为妥切。接着用了一连串意象，"夕阳一霎见蜃市。"夕阳短暂即落入海中，转眼天暗，惟见海市蜃楼。意脉犹未断，接写"又罡风、吹堕千里，欲问人间何世？"又刮来强劲之风，将海市蜃楼吹落千里之外，真想仰问青天，这是什么人间，什么时代？如此幻境，转瞬破灭。"看寒流涌出，汉家明月，消瘦姮娥山河里。"结拍以"看"字宕折，以意象作结。寒流中涌出的明月，依然是汉朝的明月，那消瘦的嫦娥身影，也隐现在故国山河中。言下之意，故土成为异域，所谓"伤心人别有怀抱也"。

俯仰之间，摄物象于笔底，得古今之体式，景、议、情相互参插而交融。运典错综而浑成，家国之恸，怆悲凄恻，炼字奇警，识者当循其体格声调而求其兴象风神。

（胡迎建注评）

林朝崧(1875—1915),字俊堂,号痴仙,又号无闷道人。台中雾峰(今台中市雾峰区)人。幼即耽诗,年十九为邑诸生,日本占台,避乱泉州,转游沪上,遍历名山大川,越数年,遵母命归台,目睹故乡疮痍,眷怀祖国文化,因于光绪二十八年(1902)与诸诗人共同创办"栎社",与诗友唱酬。晚年筑"无闷草堂",纵情酒色,著有《无闷草堂诗存》,内多感时伤怀之作。

琵琶仙 题半面美人图

林朝崧

斜抱琵琶,似曾共司马江州相遇。①一片离合神光,②衔山月初吐;羞答答避人欲去,娇滴滴窥人还住。霞晕腮边,③星抛眼尾,绝代风度。④　　试呼遍百日真真,⑤倘真面庐山许全觇,好把张郎画笔,⑥补一弯眉谱;⑦怎无语侧身灯下？任拍肩总不回顾;这比背立春风,撩人尤苦。⑧

注释

①司马江州:指白居易。曾任江州司马。曾作《琵琶行》诗一首。

②离合神光:离合,即分离和会合。神光,即精神,神彩。

③晕腮边:指女子酒后红霞轻泛的容貌。

④绝代风度:绝代,即超出当代,举世罕见。风度,指人的言谈、仪态。

⑤真真:唐代进士赵颜自画工处得一卷轴,轴中绘一妇人甚丽。画工自称此乃神画,并谓此女名真真。只要呼其名百日必应,应后灌以百家彩灰酒,则可活于人世。颜如其言顺行,女果自

卷轴出,言行饮食如常人。终岁生一子,后颜疑女为妖类,真真即携其子复归卷轴而没。画上多添一儿。

⑥张郎:即张敞,汉朝河东人。敞闲时曾为妻画眉,后代称世为夫妻恩爱。

⑦眉谱:旧时画眉的图谱。

⑧撩人:引弄人。

赏析

这是一首题画词。

上半阕说美人抱着琵琶,似乎和江州司马(白居易)曾经见过面,她充满着离合的神情。既害羞又妩媚。脸泛红霞,眼角传神,仪态万千。"羞答答避人欲去,娇滴滴窥人还住",这种斜抱琵琶半遮面的姿态描写得惟妙惟肖。下半阕是说面对画中的半面美人,学那古人对美女真真呼唤百日,看画中美人是否响应?如果她肯以整个脸面示人,就可以学张敞那样为她补画另一弯眉毛;可惜画中美人不说话,只侧身立在银灯下,任凭你拍她的肩膀,她还是不肯回顾。这种情境,比春风下背立着还要挑逗撩人,实在令人惆怅若失。

袁枚的《随园诗话》内载有陈楚南的《背面美人图》诗一首,诗云:"美人背倚玉阑干,惆怅花容一见难。几度唤她她不转,痴心欲掉画图看。"此诗说画中的美女背面靠着玉阑干,诗人看不到她的玉貌,几次唤她,她都不肯回头看,所以想把图画掉转来看。陈楚南、林朝崧二人的诗词,文情并茂,异曲同工,前后辉映,可以互相参读。

(李宏健注评)

沪 尾二首其一

林朝崧

江边柳树系归舟,十载重来怕上楼。
望断鹭门衣带隔,①鸟飞不到水悠悠。

注释

①鹭门:即鹭门岛,厦门的别称。

赏析

这首绝句是组诗之一,小诗别有风味,字虽不多,但画面清新靓丽。作者林朝崧将眼前的江水、柳树、归舟、重楼、飞鸟与远方的岛屿、远景及苍茫交织在一起,远近叠加,交相辉映,构成一种美妙的诗的境界。可谓诗中有画,画中有诗。清刘熙载《艺概·书概》中说:"画山者必有主峰。为诸峰所拱向;作字者必有主笔,为余笔所拱向。主笔有差,则余笔皆败,故善书者必争此一笔"此诗中的"望"字似可视为其主旨:归来之望、登楼之望。而望中之景只在转结处点出,给人留下诸多想象空间。诗中所争在此一笔,所有的描写皆服务于此。

诗开篇直白,却未点题意。系柳、折柳都是古时离别的习俗,也有怀旧之意。诗人的用意该是后者。宋秦观《江城子》:"西城杨柳弄春柔。动离忧。泪难收。犹记多情,曾为系归舟。"诗人似有秦观相同的境遇,离别十载,旧地重回,在柳絮飘飞,落花满地的时节,登上楼台远眺,思绪万千。一个"怕"字,表露出复杂的心情。是怕美好的青

231

春不为少年时停留,免得使人伤感;是怕昔日的情人不在,离别的苦恨,系在心头,或许兼有,但无以名状。内心的苦愁也像孤独的江水静静地流着。

转句"望"字统领全篇,用得极妙。鹭门,即鹭门岛,厦门的别称。"衣带隔"意为衣带那么宽的江水,形容水面狭窄,极其邻近。语出《南史·陈本纪》:"隋文帝谓仆射高颎曰:我为百姓父母,岂可限一衣带水不拯之乎。"唐唐彦谦《汉代》诗:"不因衣带水,谁觉路迢迢。"诗人登上楼头眺望一水相隔的鹭门,海峡两岸一衣带水,唇齿相依,"望"而不得归,流露出一种难以名状的惆怅,"鹭门"如此之近,又如此之远。"望"是即目所见之景,写景不渲染、不着色,只是简淡,让人遐想不禁。而结句的情景更使诗人心事浩茫,与江波俱远。"鸟飞不到水悠悠"这个"言有尽而意无穷"的结尾,令人联想到李白"唯见长江天际流",而用意更为深远。叫人联想到唐李煜《渡中江望石城泣下》:"江南江北旧家乡,三十年来梦一场。"山重水复,心境凄凉。

这首绝句写景、抒情朴素而自然,意境浑融高远,艺术手法别致,尤其是一连串的动词运用巧妙、灵动,如"系""归""怕""登""望""隔""飞"等,词义上都有主动作用,使客观景物染上主观色彩,非常生动。也使画面栩栩如生,更加精彩。

(沈华维注评)

陈瑚(1875—1922),字沧玉,号枕山,苗栗苑里人,原籍福建厦门,先世于乾隆间渡台。幼读经史,习制艺,早年即以诗闻。乙未割台后,遂绝科举之念,乃改志经商,并究心经世之学。约 1901 年任《台中新闻》汉文部编辑记者,以雄于文,下笔数千言,颇负时誉。1906 年林朝崧等创立栎社于台中雾峰,即加入,为创社九老之一。后又加入"台湾文社"。连横主持《台南新报》时,曾因与陈瑚对诗界革命所持看法不同而常打笔墨官司,一度轰动文坛。后经人调解,结为知己。1910 年任苗栗县苑里区长,又经营帽席公司,使大甲区帽名扬遐迩。1913 年授佩绅章。其诗文皆雄健,作品经连横收集,撰为《枕山诗钞》。

铁砧山吊古①

陈 瑚

凭吊空山感百端,延平创业最艰难。②
孤军地拓田横岛,③上将身登韩信坛。④
井水一泓冰雪冷,剑光万丈斗牛寒。
铁砧胜迹堪千古,想见英雄立马看。

注释

①铁砧山:位于台中市大甲区,山势雄伟而带黑黝色调,北面悬崖,直插大安溪畔,非常险要。外形远望酷似铁砧,因此而得名。早年以"铁砧晚霞"列为全台十二景之一。

②延平:即延平王郑成功。永历帝封郑成功为延平郡王,世称"郑延平"。

③田横岛:参见第4页"田横句"注。后人为了缅怀田横与五百壮
　士的气节与忠义精神,就把他们栖居的海岛命名为田横岛(今
　山东青岛即墨境内)。
④韩信坛:指汉刘邦为韩信拜将所设的坛场。《史记·淮阴侯列
　传》:"何(萧何)曰:王素慢无礼,今拜大将如呼小儿耳,此乃信
　所以去也。王必欲拜之,择良日,斋戒,设坛场,具礼,乃可耳。
　王许之。诸将皆喜,人人各自以为得大将。至拜大将,乃韩信
　也,一军皆惊。"后因以"韩信坛"泛指军中拜将帅的高台。亦
　谓被授予将帅。

赏析

　　这是一首凭吊怀古诗作。

　　诗的开头两句"凭吊空山感百端,延平创业最艰难",
即点明凭吊的地点、所感怀的人物,鲜明而准确,以率全
篇。一个"空"字,更显物是人非之无奈,"感百端"而一言
难尽。作者从"延平创业"落笔而统全篇,拎出一个特殊的
人物和背景。"延平"即延平王郑成功。1661年3月,郑成
功亲率两万五千名兵将,分乘百艘战船,从金门出发,冒着
风浪,越过台湾海峡,经数月苦战,从荷兰侵略者手里收复
了沦陷38年的中国领土台湾。

　　三、四句"孤军地拓田横岛,上将身登韩信坛"在写法
上作一转折,以"田横岛""韩信坛"的典故,延伸了"延平
创业最艰难"的历史纬度,同时也增加了作品的厚重感。

　　五、六两句"井水一泓冰雪冷,剑光万丈斗牛寒",又回
到题目上来,描写手法上也化凄凉惆怅为豁达豪放,开拓
了怀古诗的新意境。"井水""剑光":相传为郑成功转战行

军至此,为番兵围堵,天气炎热,水源不足,兵困马乏,情况危急。郑氏向上天祈祷,随即拔剑插地,泉水立即涌出,从此大旱不枯。借指郑氏的恩泽源远流长。

诗的收束两句"铁砧胜迹堪千古,想见英雄立马看",直抒胸臆,气贯长虹。彰显真英雄、大丈夫立马沙场,建功取名的豪迈气概。此句化用唐岑参《送李副使赴碛西官军》"功名只向马上取,真是英雄一丈夫"诗意,歌颂英雄的创业艰辛和雄浑志向,又暗含抒发作者的理想和壮志,将诗情推向高潮,令人热血澎湃。

这首诗以大跨度的时空转换,熔叙事、抒情、议论、歌颂于一炉,悠扬流畅的声韵,给人以奔放明快的诗意感受。自由灵动的韵律,回环跌宕的节奏,显示出一种豪迈的气势,传递出火一般的激情,给人以极大的鼓舞。

(沈华维注评)

林资铨(1877—1940),字仲衡,号壶隐。雾峰林朝栋次子。光绪十九年应童子试,所赋"春晴"排律,满场惊服。乙未割台,随父及兄弟避难泉州,嗣往福州、上海、北京游历。后赴日本,入东京中央大学就读。返台后,加入栎社,与从叔朝崧、从弟资修,有"栎社三杰"之称。著有《仲衡诗集》。

诸罗春色

林资铨

诸罗绕郭水平堤,①镇日寻春曳杖藜。②
关岭泉温人入浴,③玉山雪积客留题。④
木棉花软迎风舞,⑤帝雉声娇唤雨啼。⑥
我自吴公祠畔去,⑦朗吟直到夕阳西。

注释

①诸罗:县名,西边滨临台湾海峡,东边有阿里山山脉以及玉山主峰,东北边以南投县相邻、南边以台南市相邻、东南边邻高雄市,北边以北港溪与云林县相邻,南边以八掌溪与台南市相邻。乾隆二十六年(1761)设斗六门巡检(光绪十三年云林县成立时裁撤),五十三年平林爽文后改诸罗县为嘉义县,今为嘉义市。郭:城外围加筑的墙,外城。合称城郭。《木兰辞》:"爷娘闻女来,出郭相扶将。"

②镇日:整天,从早到晚。宋朱熹《邵武道中》:"不惜容鬓凋,镇日长空饥。"杖藜:即藜杖,用藜的老茎做的拐杖。

③关岭:又名关子岭,一名关岭里,在嘉义市境内。其岭麓有温泉。

④玉山:耸立在台湾中央偏南、阿里山东侧、中央山脉以西。巍峨挺拔。

⑤木棉:又名红棉、英雄树、攀枝花、斑芝棉、斑芝树、攀枝,原产印度,一种在热带及亚热带地区生长的落叶乔木。春天时,一树橙红;夏天绿叶成阴。

⑥帝雉:鸟名,黑长尾雉,仅见于台湾,濒危鸟类。

⑦吴公祠:即吴凤庙。吴凤能通原住民语,曾任阿里山通事。负责与原住民贸易。

赏析

　　首联起句以淡雅的笔墨点染诸罗的城边景象,与水堤围绕着城郭。次句中主人公出场,诗人整天在城郊赏春,拖曳着藜木手杖,他是很随意地漫步而行,以至流连忘返。从此句看,此诗当作于中年以后。颔联写远景,诗人先看到关岭,联想到那里有温泉,人们可以入内洗浴。又抬头眺望,玉山岭巅的积雪,如银带迤逦,那是诗人留下佳作的美景,"题"即题诗。此联前四字实写景,后三字描摹想象中人的活动。腹联又一转,诗人笔触转向近景。木棉树是北回归线以南才有的乔木,春天开花时满树鲜红,绚丽非常。一个"软"字写出此花的特征,因为花的柔软,故迎风翩翩起舞。黑长尾雉更是台湾特有的鸟类,作者未写鸟的形貌而写鸟啼声,声音也是那么的娇柔。末联以我的行踪与次句"寻春曳杖藜"相绾合。自吴公祠畔走去,一直琅琅高声吟诵,直到夕阳西下回家。

　　全诗紧扣故乡之春而展开,脉络清楚。颔联写远景,颈联写近景,近景一写视觉,一写听觉。首尾照应,声情并茂。诗风清丽,台湾乡土风物,因为春天而愈加可爱。

(胡迎建注评)

　　连横(1878—1936)初名允斌,字武公,号雅堂,又号剑花,别号慕真。台南人,出生于福建龙溪县(今漳州龙海),祖籍湖北应山(今湖北省广水市),先祖连南夫是著名的抗金英雄。连横早年入上海圣约翰大学习俄文,后弃学返乡,任《台南新报》《福建日日新闻报》《台湾新闻》汉文部主笔。民初受聘为清史馆名誉协修。著名的历史学家,并被称为台湾日据时代三大诗人之一,其著作有《宁南诗草》《剑花室诗集》《台湾诗乘》《台湾通史》《雅堂文集》《台湾语典》,并创办杂志《台湾诗荟》,校订有关台湾的典籍38种。

台　南

连　横

文物台南是我乡,^①归来何处问行藏。^②
奇愁缱绻萦江柳,^③古泪滂沱哭海桑。^④
卅载弟兄犹异宅,一家儿女各他方。
夜深细共荆妻语,^⑤青史青山尚未忘。

注释

① 明朝将领郑成功攻打台湾,打败荷兰人,收复台湾后,将台南赤嵌地区改为"东都明京"并设立一府二县;府名为"承天府",即今赤嵌楼。郑成功死后,世子郑经即位,把东都明京改为"东宁"。在他的规划推动下兴建台湾第一座孔庙,设立学校,开启文化的先声。1684年,清朝攻取台湾,在台南设台湾府,在首任巡抚刘铭传将省会迁往台北之前,台南一直是首府,故多有关历史、艺术、科学价值的遗物和遗迹。

②行藏：指出处或行止。《论语·述而》："用之则行，舍之则藏。"
　意为被任用就出仕，不被任用就退隐。后用"行藏"指行迹、
　出处。

③柳：出自《世说新语》："桓温过金城，见前时种柳，皆已十围，慨
　然曰："木犹如此，人何以堪！"用以感叹岁月无情。

④海桑：沧海桑田之略语，形容事物变化很大。

⑤荆妻：旧时对人谦称自己的妻子。

赏析

　　作者自大陆返回台南，可是从小生活的台南此时却已
沦于日本人的手中。起句看似平平叙述铺垫，实则大有深
意。在"台南"前冠以"文物"两字，来表明作者对台南文
明、典章制度的由衷礼敬，"是我乡"，很自然地肯定这里是
他从小生活过的地方，有强烈的认同感。次句说他自大陆
回到台南，自己所挚爱的故乡已为日本人所统治，哀叹下
一步不知将到哪里才有前途。故意用反问句表达自己的
惊诧与悲哀。

　　颔联重在写其悲愤之情，"愁之奇"，是忧愤于故乡成
为了日本人囊中之物。"缱绻"在此的意思是牢结，不离
散，喻其乡愁之不可解。乡愁本非可以视见之物，作者想
象中，奇愁居然缠绵悱恻地萦结在江边柳树上。出自《世
说新语》："桓温过金城，见前时种柳，皆已十围，慨然曰：
'木犹如此，人何以堪！'"意思是感叹岁月无情。有的版本
"萦"作"莺"，费解，且与下句"哭"字不对仗。下句言盘古
之泪竟然滂沱而降，这是在痛哭沧海桑田之变。

　　颈联细说家事，兄弟与子女，各在一方，"异宅"即不同

的住地。此联与杜甫诗句"有弟皆分散,无家问死生"(《月夜忆舍弟》)、白居易诗句"时难年荒世业空,弟兄羁旅各西东"(《望月有感》)有异曲同工之妙。末联言其心迹,深夜难眠,与妻子细细唠叨,说的还是家国之恨,所谓青史,是故土的历史,所谓青山,是故国的山河,只有故国历史与山河未能忘怀。作者有意叠用"青"字,"尚未忘"即是难以忘怀。

故土之变易、兄弟儿女之寥落、夫妻之耳语,层层道来,情感交汇愈加强烈。起得扣人心弦,结亦意蕴无穷。然稍觉直露而尽。李渔叔认为连横的诗:"篇翰清警,戛戛生新,然未敛惊才,转多浮响。"(见《鱼千里斋随笔》)。不无道理。

(胡迎建注评)

酬南强①

连 横

黄金何处筑高台,②已死燕昭老郭隗。
射虎屠龙原易事,③拔天辟地有奇才。
一生肝胆酬巾帼,④千古文章付劫灰。⑤
三十功名尘与土,且持尊酒对寒梅。

注释

①南强:指林资修,字幼春,号南强。日本统治时期台湾著名反日爱国人士、诗人,台湾新文学的开创者之一。

②"高台"指黄金台,又指燕台,亦称招贤台,为战国时期燕昭王

尊师郭隗之所。其故址位于今河北省定兴县高里乡北章村台上(台上隶属于北章村,因黄金台在此而得名),目前遗址尚存。相传燕昭王于此筑台,置千金于台上,招揽天下贤士,后人故名黄金台。

③射虎句:"射虎"指西汉李广射虎的故事(见《史记·李将军列传》),诗文中常用来形容英雄豪气或武士射艺高强。"屠龙"一词源出《庄子·列御寇》:"朱泙漫学屠龙于支离益,单(通"殚")千金之家。三年技成,而无所用其巧。"原意比喻并不实用的高超技术。后来"屠龙"常用来比喻好本领、绝技。黄庭坚《戏答史应之三首》之一:"先生早擅屠龙学,袖有新硎不试刀。"苏轼《次韵张安道读杜诗》:"巨笔屠龙手,微官似马曹。""射虎屠龙"形容武将武艺高强,此处赞南强。

④巾帼句:妇女的头巾和发饰。《晋书·宣帝纪》:"亮(诸葛亮)数挑战,帝(司马懿)不出,因遗帝巾帼妇人之饰。"巾帼后来引申为女子的代称,如今已成为对妇女的一种尊称。此句意指林南强与夫人一生肝胆相照,伉俪情深。

⑤劫灰:参见第225页"劫烬"之注。

赏析

这是连横赠林资修(南强)的诗。首联自问自答,说重视人才、招贤纳士的燕昭王已死,那郭隗之类的贤才只好也老死林下了;颔联以"射虎屠龙""拔天辟地"来比喻林南强乃英雄才俊,抒发对国难之时奇才难求的感慨;颈联表达知己之间肝胆相照的情怀;尾联赞林南强恬淡豁达、安于隐退的情操。全诗实乃借酬人而自抒怀抱也。

(李辉耀注评)

于右任(1879—1964),原名伯循,别号骚心、太平老人、髯翁等,有美髯翁之称。陕西泾阳人。光绪二十九年(1903)中举。曾长期在国民政府任职,书法家、教育家。其国学基础深厚,工诗文、书法。迁台后,与台湾一些诗社及名诗人颇有交往与联吟。著有《右任诗存》《右任文存》《右任墨存》《牧羊儿自述》《标准草书》等。

望大陆

于右任

葬我于高山之上兮,望我大陆。

大陆不可见兮,只有痛哭!

葬我于高山之上兮,望我故乡。

故乡不可见兮,永不能忘!

天苍苍,野茫茫,

山之上,国有殇!

赏析

据有关资料记载,于右任先生的这首包含深情的著名爱国诗作《望大陆》写于 1962 年年初,发表于其逝世后的 1964 年 11 月。晚年寄居台湾的于右任先生非常渴望叶落归根,但因众所周知的原因,终未能如愿。这首作品表达了他怀乡思国的深切企盼,是一首触动炎黄子孙灵魂深处隐痛的绝唱。

这首诗采用了屈原所创造的"楚辞"的格式,诗歌形式典雅古朴,凝重庄严,能更切实、更充分地表达自己的爱国与思乡情感。全诗十二句,一气呵成。在情感的表现上又分为三节,层层递进,思乡之情深入骨髓。

第一节,"葬我于高山之上兮,望我大陆。大陆不可见兮,只有痛哭!"起句"葬我于高山之上兮"是诗人直抒胸臆,表达安葬意愿,直白而深沉。"望我大陆"紧承上句,道出作者想如此安葬的缘起和目的。"大陆"前加"我"字,体现了作者一贯秉持台海两岸是一家的观念,虽然身在台湾,但是大陆也是"我"的,此"我"为大我,而非小我。"望"谁呢?当然是望我的大陆故土,活着时刻在牵挂,死后的魂魄也要归去神游!这是一份多么执着的苦恋啊!"大陆不可见兮,只有痛哭!"诗人期望自己的魂魄在台湾最高的山顶上,凝神远望,可是,他总望不到魂牵梦绕的祖国大陆。面对这样的事实,他无能为力,无可奈何,只有涕泗滂沱,放声恸哭。生时眼不能见大陆,死后魂魄依然不能归故土,这是怎样深重的遗憾!这两句表达了满腔的痛苦和遗憾。

第二节,"葬我于高山之上兮,望我故乡,故乡不可见兮,永不能忘!"交代了安葬在高山之上的另一个目的——望见故乡。客居台湾十几年怎能不思念陕西老家?怎能不思念失散的妻儿骨肉?何况诗人此时已垂垂老矣!叶落归根,故乡的一山一水、一草一木是那样的亲切而令人渴望。然而,故乡却不可见,死后的魂魄依然不能望见故乡,欲归不能,欲聚不成,多么遗憾!"永不能忘"表达的是无尽的思念和刻骨铭心的痛。

思乡之苦是中国古典诗歌的常见主题,但是这节诗不

243

同寻常,有超越前人的内涵。作者生前死后不得归故土,我们不禁会问"何以致此?"这节诗不仅写出个人之哀,更引人思考。前两节两次出现"葬我于高山之上兮",反复咏唱,给人强烈的震撼。作者对死亡没有丝毫恐惧,祖国的统一成了诗人唯一的牵挂。南宋大诗人陆游的绝笔诗《示儿》云:"死去原知万事空,但悲不见九州同,王师北定中原日,家祭无忘告乃翁。"正可作为本诗的参照,它们表达了同一种精神。

第三节,"天苍苍,野茫茫,山之上,国有殇!"这是作者生死不渝的感怀与期盼,诗意景象苍茫、空旷。前两句从手法看是用典,脍炙人口的北朝民歌《敕勒川》云:"敕勒川,阴山下,天似穹庐,笼盖四野。天苍苍,野茫茫,风吹草低见牛羊。"描写了西北大草原的景色,经过一千多年的传诵,已经积淀演变成为中华民族特有的热爱家乡的代表诗作。景中寓情,借景抒情,表达了对家乡的思念。后二句"山之上,国有殇"语意双关而寓意丰富。"殇"字解为名词,《小尔雅》说:"无主之鬼之为殇。"这个"殇"指不能回归故里的魂魄。"国有殇"化用了屈原《九歌国殇》中"国殇"一词,"国殇"指为国死难者,南朝诗人鲍照《出自蓟北门行》诗中"投躯报明主,身死为国殇"句可为印证。"国有殇"即"有国殇",意为:有一个为国死难者。于右任以"国殇"来自况,明确地表达出自己强烈的爱国心和深沉的悲憾。第三节用短短四句描绘了一幅图景:一个为国而死的魂灵站在一片空阔里,整个意境是寂寥凄凉的。背景衬托人物,空阔的背景越发使他显得孤寂。这一节有景有情,以景衬情,情景交融。

这首诗虽然短小,但艺术水平极高。首先,这首诗在构思方面以虚写实,情、景、事有机结合。作者设想身后安葬,想象死后魂魄远望,想象魂魄恸哭,想象远望之景,想象孤魂寂寥,这些都是虚写,实际上表现生前活着时的痛苦。作者明确实写了自己的悲哀情感,暗示虚写了自己的遭遇和国家当时的状况。读者可以通过诗中深沉的抒情,在头脑里再现出一个活生生的慷慨悲壮的抒情主人公形象。其次,此诗在音韵节奏方面特点突出,具有极高的审美价值。在句式上,长短错落,读来时慢时快,恰当地表达了感情。"望"字领头且三见,更显其深切,又见其无奈。前两节采用了重章复沓的手法,具有很强的咏叹意味。"葬我于高山之上兮"反复出现,表达出愿望的迫切与郑重。诗中的"兮"字起到了调整语速、渲染感情的作用,表达了无限的失望与遗憾。前两节中还使用了顶针的修辞,"大陆""故乡"接连而出,表现诗人一心系之之情。第三节每句三字,音步一致,节奏分明。读来沉郁顿挫。前两句使用叠音词"苍苍""茫茫",渲染了景象的寥廓,音韵上也具有美感。再次,全诗用语自然生动。用字精准,声声切,字字悲。如"高"字,出语自然天成,而富于哲理,耐人咀嚼。整首诗押韵鲜明。首节二四句"陆""哭"押入声屋韵,低沉郁闷。后两节押阳韵,末节还句句押韵,浑厚慷慨。

(沈华维注评)

庄嵩(1880—1938),字太岳,号伊若,又号松陵。彰化鹿港人,曾在台中师范教授国学,但因日本统治者忌其爱国思想,遂遭解职。之后,前往雾峰(今台中市雾峰区)。林朝崧因创栎社之诗社,乃邀之为社友,创立"革新青年会""一新会"及"一新义塾",讲授汉学历三十年。1906年加入栎社,1917年与施家本、丁宝濂等人创设"大冶吟社"。著有《太岳诗草》。

过沪尾旧炮台①

庄 嵩

龙旗云散炮台存,②往事凄凉莫可论。
唯有淡江呜咽水,③年年流恨送黄昏。

注释

①沪尾:地名。即今之新北市淡水区。

②龙旗:上有绘绣龙形的旗子,此处指清朝的黄龙旗。

③淡江呜咽:淡江,水名,源出新竹、桃园境内之中央山脉,经大溪、树林,在台北市汇新店溪、基隆河,北流经淡水西侧,流入台湾海峡。呜咽,为流水声。

赏析

光绪十年(1884)中法战争结束后,台湾巡抚刘铭传受命加强台海防务,计划于淡水河口增建炮台以利防御,采"师夷之长技以制夷"的策略,乃特聘德国技师巴恩士(Bonus)在沪尾处海口建两座西式炮台。光绪十二年(1886)透过英商怡和洋行向英国购买阿姆斯特朗(Armstrong)大炮及德制克鲁伯(Krupp)大炮,安装于炮台中。光绪十五年(1889)建造完工。但从未参与战争,才得以完整保存。在日本侵占台湾期间,日军将炮台内大炮拆走,炮台移作炮兵射击演习场。炮台居高临下,不易被察觉,且可见淡水河流入台湾海峡,俯视来往船只。加上炮台外围有一道土墙围护,隐密性高,易守难攻。炮台建造为矩形,由外至内分别是:土垣、壕沟、营门、子墙、炮座、被覆、甬道与广场。炮台目前定时开放,供人凭吊。

此诗首句怀古写实,诗人路经沪尾时,看到故国离黍,大清的黄龙旗早已风流云散,唯见残存的旧炮台遗址;第二句触景生情,写往事不堪回首,痛思甲午之耻,日寇占台,台民惨遭异族侵凌,凄凉往事堪哀,感慨莫名,却又不可言说;三四句更是将这种深沉的悲痛递进一层:唯有那无日无夜无休止地鸣咽悲鸣的淡江水,伴随那流不尽的国仇家恨和悲愤,送走一个又一个惨淡的黄昏。真是亡国之恨,山水同悲!实有辛弃疾《菩萨蛮·书江西造口壁》"郁孤台下清江水,中间多少行人泪。西北望长安,可怜无数山"同样的悲哀!

(李宏健注释)

　　林资修(1880—1939),字南强,号幼春,彰化人。自幼好学,年十六即通经史百家。为栎社社员。梁任公游台时,以"海南才子"目之。1918年,与蔡惠如等创台湾文社。后与献堂致力于台湾民族抗日运动。任《台湾民报》社长,遭日人忌恨而被罢免。1924年,参与台湾议会,以期成立同盟会,被日本当局逮捕。《狱中寄内》诗中有句云:"到底自称强项汉,不嫌断送老头皮。"表明他坚贞不屈的斗志,其志节皎然不磨。诗作于寒夜秋景中融入国破家亡的苍凉感受。著有《南强诗集》。

三月十二日夜听雨不寐

林资修

元气淋漓夜气深,^①薄寒微袭五更衾。^②
愁云渐合疑天坠,积潦横流想陆沉。^③
斗室已无花雨梦,坳堂真有芥舟心。^④
平生滴沥穷帘泪,^⑤独和啾啾冻雀吟。

注释

①元气:指天地未分前的混沌之气,泛指宇宙自然之气。淋漓:言天降大雨淋漓尽致。夜气言黑暗、阴森的气氛。宋王安石《离鄞至菁江东望》诗:"村落萧条夜气生,侧身东望一伤情。"清梅曾亮《刘忠义传》:"因微服行村落中,时久雨,夜气惨凄。"

②五更:古代将夜晚分成四个时段,首位及三个节点用鼓打更报时,有三更、五更等。五更是天将亮时。衾:大棉被,语出《诗经·召南·小星》:"抱衾与裯。"

③积潦:因雨水大而在路上的积水。陆沉:比喻国土沦陷于敌手。
　　南朝宋刘义庆《世说新语·轻诋》:"桓公入洛,过淮泗,践北
　　境,与诸僚属登平乘楼,眺瞩中原,慨然曰:'遂使神州陆沉,百
　　年丘墟,王夷甫诸人,不得不任其责!'"宋陈经国《沁园春》词:
　　"谁使神州,百年陆沉,青毡未还?"

④坳堂:堂上的低洼地。清王先谦《庄子集解》引支遁云:"谓堂
　　有坳垤形也。"唐杨炯《浮沤赋》:"况曲涧兮增波,复坳堂兮涨
　　水。"芥舟:用芥子制造的舟,极言舟之小。此句出自《庄子·
　　逍遥游》:"且夫水之积也不厚,则其负大舟也无力;覆杯水于
　　坳堂之上,则芥为之舟,置杯焉则胶,水浅而舟大也。"

⑤滴沥:滴答断续状。穷帘泪:洒尽一帘泪水。

赏析

　　作者被囚禁狱中,深夜无眠听雨,有感赋诗。首联写
深夜情景,上句言自然之气,即夜雨淋漓不已,不觉已是夜
气深沉了。下句紧接赓续而言,五更时分,天气微微有些
寒冷。"微袭"即稍微侵入衣服内,其实是作者因心境悲伤
而感到尤其寒冷。此句化自李煜《浪淘沙》词:"帘外雨潺
潺,春意阑珊。罗衾不耐五更寒。梦里不知身是客,一晌
贪欢。"颔联进而写夜气。天空中,愁云渐渐合拢,愁人见
云,则云亦黯黯如愁凝,这是移情所至。云越来越黑如墨,
怀疑天空将坠落下来。因地面积水横流而联想到台湾的
沦陷,化用张元干《贺新郎·送胡邦衡待制赴新州》词意:
"梦绕神州路。怅秋风、连营画角,故宫离黍。底事昆仑倾
砥柱,九地黄流乱注? 聚万落、千村狐兔。"颈联上句之"斗
室",极言居室之小。"花雨梦"言其幻想。下句言堂上的

249

低洼地,积水不多,却只能够浮起芥舟,暗喻己力之微薄,无能负担收复故土之重任。尾联自述平生之痛楚,屋檐下滴沥的雨水,仿佛代他尽诉平生之泪。他也只能独自与啾啾鸣叫的鸟雀相唱和。

　　此诗意象密集,化用与运典妙合无垠。运用连绵词"淋漓""滴沥"、叠词"啾啾"亦恰到好处。将主观悲怆恻恻之情与客观阴森暗黑之景交融为一体,一反他向来的明快诗风,一字一泪,沉郁凄婉。李渔叔在台湾近代诗人中,最推崇林资修,认为他"众体兼赅,不仅近体奄有诸人之长,即五七言古诗亦自具格法。晚岁规模玉局(苏东坡),渐臻苍劲,一洗浮嚣"(见《鱼千里斋随笔》)。可见对其评价之高。

(胡迎建注评)

蔡惠如(1881—1929),名江柳,字铁生。台中市清水区人,祖籍福建晋江。有"台湾民族运动铺路人"之称,早年参加过栎社,后去日本东京留学。1918 年与陈基六创立鳌西诗社。五四运动后,同林献堂等一起发起组织声应会、启发会和台湾新民会,任副会长,并为创办《台湾青年》慷慨解囊。1921 年,当选为台湾文化协会理事,负责联络北京、上海、广东、福建和日本东京等地,1922 年任《台湾》杂志董事。他常揭露日本殖民者推行的愚民政策以及对台湾人民的残忍压迫和横暴榨取。1923 年 12 月被捕入狱。出狱后,继续从事反日活动。1929 年 5 月 20 日病逝于台北。能诗,著有《铁生诗草》。

狱中感赋[①] 三十六首其一

蔡惠如

十载飘零付等闲,只惭无计救时艰。
松筠惯历风霜苦,猿鹤能医木石顽。[②]
沧海曾经知世变,虚名浪得满人间。
中原大地春如旧,绿水青山待我还。

注释

①1923 年,日本殖民者以违反治安警察法为名,拘捕关押了 41 名台湾民族运动骨干,蔡惠如亦在其中,此即震惊一时的"治警事件"。蔡惠如被囚期间作《狱中感赋》七律 36 首,这是其中第一首。

②猿鹤:《艺文类聚》卷九十引晋葛洪《抱朴子》:"周穆王南征,一

军尽化,君子为猿为鹤,小人为虫为沙。"按,今本《抱朴子·释滞》作:"山徙社移,叄军之众,一朝尽化,君子为鹤,小人成沙。"后因以"猿鹤沙虫"指阵亡的将士或死于战乱的人民。木石:木和石。比喻没有知觉、感情的东西。《宋书·卷八三·吴喜传》:"人非木石,何能不感。"

赏析

蔡惠如是台湾新文化运动的启蒙先驱之一。五四运动时期曾在日本与中国留学生一起发起组织"声应会""新民会",1921 年当选为"台湾文化协会"理事。曾到大陆联络各地台湾同学会、同乡会进一步组织抗日活动,被日本人逮捕下狱。出狱后继续奔走呼号,此举触怒了日本侵略者,是年 12 月 16 日各地警察机构大肆拘捕该会在台会员,史称"治警事件"。蔡惠如身为专务理事,自不能例外。随后两年,经三度审讯,以莫须有的罪名宣判其禁锢三个月。1925 年 2 月 20 日,蔡惠如由家乡清水出发到台中监狱服刑,地方父老闻讯前来送行者,途为之塞,甚至沿路燃放鞭炮以示同情与惜别。5 月 10 日获假释出狱。在狱期间,蔡惠如作七律 36 首记其事,脍炙人口,影响很大。

作者在首联感叹奔走十年,也没有找到抗日救亡的良策,他感到惭愧。颔联先以不畏风霜的松竹自比,表达历尽艰苦、坚强不屈的意志;后以烈士所化的猿鹤自况,表达自己及同志愿意以牺牲自我来唤醒台湾民众的觉醒。颈联是作者自省自谦之意,在日据台湾期间,感于世道浸变,奋起抗争,博得了一点"虚名"。尾联是作者爱祖国思想的告白。诗句的形象很美,中原春归,绿水青山迎接诗人的归来。此句的"我"字一语双关：既指自己，希望出狱后继续为抗日救亡运动奔走；也指台湾，相信台湾必将回归祖国，中原大地正等待着"我"的归来。

台湾彰化诗人、日本侵占时期台湾新文化运动的旗手赖和《席上赋赠蔡惠如先生》诗曰："马牛鞭策去来身，也解嘶风奋绝尘。怀慎空为唐宰相，放翁乃作宋诗人。千年草泽思兴楚，一棹桃源耻避秦。已不要生何畏死，输君肝胆自轮囷。"道尽蔡氏一生不畏生死、忠肝义胆的高尚情操。1929 年 5 月，蔡惠如去世后，台湾民众所赠挽联曰："二十年奋斗无非为我同胞谋幸福，精神不死；百余日投牢是凭君侪辈作牺牲，浩气长存。"这也是对蔡氏一生保家卫国，奋不顾身的高度评价。

蔡惠如在日寇统治时期为台湾文化启蒙事业常年奔走各地，虽加盟栎社，并创办"鳌西吟社"，但参与诗会的次数并不多，诗作数量也极为有限。蔡氏既不以诗见称，也未尝以诗人自居，故其《铁生诗草》大多散佚，后经一些研究者收集整理，方保存了若干篇什。

（姚泉名注评）

陈贯(1882—1936),字联玉,号谿轩、琏若。苗栗县苑里人。诗人陈瑚之弟。与其兄有"一门双璧"之誉。台湾总督府国语学校毕业,任公学校教员。为"栎社"社员。1918 年与林资修等人创立"台湾文社",为创社理事之一。曾任台湾新闻记者、苗栗县苑里庄长、苑里水利组合长。居闲养兰赏菊,晚年放情诗酒。著有《谿轩诗集》。

过火焰山即景①

陈 贯

夕阳斜照翠微烟,②过眼风光晚更妍。
千仞断崖横路畔,几株枯木立山巅。
水清石瘦忘机地,③草碧禽啼得意天。
最是诗人途上乐,足疲犹自擘吟笺。④

注释

①火焰山:山名。位于苗栗县三义乡西湖村境内。呈南北走向。因地质松软,经风雨侵蚀,陡峭绝壁逐渐流失,以致砾石暴露,草木不存,形成一片赤地,在夕阳的照射下,层层相迭的棱脉,宛如一团灿烂的火焰,因而得名。又称火炎山。

②翠微:浅淡葱翠的山色。也指青山。

③忘机:涤净与人计较或巧诈虚伪的心机。比喻心地纯朴,不与人争。

④擘吟笺:裁纸起草作诗。

赏析

火焰山山顶标高 602 米,外表险立突兀,由高速公路大安溪桥北端西侧登山而上,则杂木、相思树林、芒草交错迎人。随着山势渐高,还可到达台湾唯一之马尾松纯林,松树枝干盘曲,依山势斜卧,姿态万千,颇见拙趣。登顶极目四望,宽广之大安溪谷、高速公路、农田村舍及一望无际之台湾海峡,尽收眼底。

此诗的"即景"是写火焰山"夕阳斜照"之晚景。首联即切入诗题,写在夕阳晚照下的火焰山,远望葱翠的山色,宛如云烟缥缈,景色更妍。中间两联用"千仞断崖""水清石瘦""几株枯木"等意象铺陈出火焰山与其他山体大不相同的特殊景色,对仗工稳;而其中的"忘机地""得意天"诗意盎然,又为尾联留下伏笔:作者之故里与火焰山紧邻,每日出入望眼可及。描绘火焰山之胜景,宛如一幅图画,有如人间仙境,故而诗人"途上乐"且"擘吟笺"也。全诗起承转合意脉连贯,深得律诗作法。

(李宏健注评)

李灿煌（1882—1944），字石鲸，又字硕卿，号秋鳞，又号退婴。先世由闽来台，居今新北市树林区，壮岁移居基隆，时颜云年筑环镜楼，李灿煌受聘为记室，相与鼓吹风雅，性狷介，富民族思想，设"保粹书房"于新兴街，历时廿载，及门弟子多精击钵吟。著有《东台吟草》。

阿里山神木^①

李灿煌

一柱擎天茁太初，^②东南半壁望扶疏。^③
鲲溟指日需梁栋，^④伐取孙枝绰有余。^⑤

注释

① 阿里山神木：在嘉义市阿里山主峰的神木车站东侧，巍巍挺立，高凌云霄。树高 52 米左右，树围约 23 米，需十几人合抱。被人们尊为"阿里山神木"。大概生于周公摄政时代，故被称为"周公桧"，据推算有 3000 多年树龄，是亚洲树王。

② 太初：古代指天地未分之前的元气。《列子·汤问》："太初者，气之始也。"后也指太古时期。

③ 扶疏：枝叶繁茂分披貌。

④ 鲲溟：喻指台湾，因台湾有七鲲身岛屿。《庄子·逍遥游》："北冥有鱼，其名曰鲲。鲲之大，不知其几千里也；化而为鸟，其名为鹏。鹏之背，不知其几千里也；怒而飞，其翼若垂天之云。是鸟也，海运则将徙于南冥。南冥者，天池也。"

⑤ 孙枝：从树干上长出的新枝。汉应劭《风俗通》："梧桐生于峄

256

山阳岩石之上,采东南孙枝为琴,声甚清雅。"阿里山神木主干折断,但树梢分枝却苍翠碧绿。

赏析

　　起句点题,开门见山,写出神木的雄奇。"一柱擎天"言其空间,"太初"言其时间。言神木生于远古,至今长得如一柱而能擎天。炼一"茁"字,见此树茁健之势。次句言其枝叶之繁茂遮蔽了半边天空,犹如耸立起东南半壁。以夸张手法写其形貌。然夸张出于理之外而在情之中。后两句转入虚写与议论。大鹏扶摇而至的南海,指日可待,需要栋梁之才,但只要伐取神木一枝,便绰绰有余了。由此可见,此树之高大奇伟,无怪乎称其为神木。

　　赞颂神木,神妙之境,岂仅在形相,可见台湾风土之钟灵,也象征性表现了台湾之精魂之健旺,力量之强劲。有此神木,台湾纵然遇到挫伤而不屈,其激励之用意或在于此。

(胡迎建注评)

苏镜潭(1883?—1939),字菱槎,福建晋江人。翰林苏廷玉之后。光绪举人。曾署晋江令,参与创办泉州国学书院,纂修《南安县志》。民国年间曾数度来台,寓居台北。为人豪放磊落,善诗文,骈体典丽高华,才思深挚,为时所称。常参与台北诗社联吟,曾与林小眉唱和,日课十诗,凡十日而各得百咏,多咏台湾历史风俗,1935年刊行单行本《东宁百咏》。

台南谒延平王祠^①

苏镜潭

英雄立马拥专征,^②故垒萧萧赤嵌城。^③
招讨已颁唐印绶,^④旌旗犹是鲁诸生。^⑤
梧州一旅擎铜柱,^⑥东海何年走大鲸。
回首扶桑孤岛在,^⑦茫茫无地哭田横。

注释

①延平王祠:又名开山王庙或郑成功庙,在台南市中西区。清同治十三年(1874)福建船政大臣沈葆桢来台后,与众官员一同上疏追谥郑成功、建立专祠。光绪元年(1875)正月经清廷准奏后兴建,成为福州风格的建筑。

②专征:受命自主征伐。陶渊明《命子诗》:"桓桓长沙,伊勋伊德,天子畴我,专征南国。"李白《中丞宋公以吴兵三千赴河南军次寻阳脱余之囚参谋幕府因赠之》:"独坐清天下,专征出海隅。"专征,指郑成功收复台湾事。

③赤嵌城:在台南市,为古城名,参见第80页"赤嵌"注。

258

④招讨：招抚征讨。《新五代史·西方邺传》："荆南高季兴叛,明宗遣襄州节度使刘训等招讨,而以东川董璋为西南面招讨使。"此言郑成功当年奉旨征讨荷兰殖民者。唐印绶：唐代官职,喻指南明桂王永历帝封他为延平郡王,故称郑延平。印绶：官员印信和系印信的丝带,借指官爵。

⑤鲁诸生：即鲁儒生,史载,秦汉有多次帝王召鲁儒生问策,后用以代称有识之士。《史记·叔孙通列传》："群臣饮酒争功,醉或妄呼,拔剑击柱,高帝患之。叔孙通知上益厌之也,说上曰：'夫儒者难与进取,可与守成。臣愿征鲁诸生,与臣弟子共起朝仪。'"唐代张继《送邹判官往陈留》诗："应将否泰理,一问鲁诸生。"此以鲁诸生称郑成功这样的贤能之人。

⑥梧州：即金门,梧州是方言闽南话。铜柱：东汉时,交趾女子征侧、征贰姐妹起兵反汉,汉光武帝刘秀派伏波将军马援率军平定了交趾,并在其地立铜柱,作为汉朝最南方的边界。

⑦扶桑：一般指日出处,古代文献中也用以指台湾。

赏析

大凡文化人,到台南不可不拜谒纪念郑成功的延平王祠。此诗缅怀郑成功,起句如大风振木,突兀而来,"立马"凸显英雄立马之雄姿。"拥专征",指郑成功收复台湾事。顺治三年(1646)末,桂王朱由榔在广东肇庆称帝,以永历为年号,建立了南明永历朝。立朝不久,清兵又至,永历帝无力抵抗,只好放弃广东,辗转到贵州。此年南明永历帝朱由榔死,但郑成功仍称永历年号,表明他效忠明王室的立场。次句写作者所见的赤嵌城,旧痕仍在,空剩下萧瑟景况。化用刘禹锡《西塞山怀古》诗中句："故垒萧萧芦荻秋。"曾为荷兰殖民者所有的故垒,终于被郑军攻取。

　　颔联紧扣"专征",招讨荷兰殖民者,南明朝廷已颁授郑成功延平王的印绶,上句"印绶"前加"唐"字,可明华夏正朔之所在。当时南明亡在眼前,但郑成功誓不降清。下句"旌旗犹是鲁诸生",即指以郑成功为首的南明军队,仍奉华夏文明礼仪。

　　颈联上句"梧州一旅擎铜柱",大意谓郑成功在厦门、金门起兵,向台湾进发,经过艰苦战斗,逼迫荷兰殖民者投降,从而驱逐了异国侵略军,并明示台湾乃在华夏之国界内。用东汉伏波将军马援在交趾立铜柱的典故,铜柱是当时汉朝南方边界的标志。下句"东海何年走大鲸",以大鲸喻荷兰殖民者。何年逃走了,明知故问法。其实说的就是顺治十八年(1661)冬,荷兰人撤离台湾。海中的大鲸喻指强寇,因为鲸鱼有张口捕食的本性,所谓鲸吞,即指侵吞土地。宋范仲淹《上执政书》:"前代乱离,鲸吞虎噬。"

　　末联两句连读,感喟深沉。上句"回首扶桑孤岛在",用扶桑指台湾孤岛,孤岛虽在,然沦为日本属地,不再像当年田横的门客,尚还有安身的孤岛,如今已无寸地可以哭奠田横啊!英雄已去,台湾已不在华夏之内。

　　此诗对实景描绘不多,重在回顾郑成功的生平伟业,用典恰到好处。生发议论,字字精悍。主要有两点:一是倾注了作者对郑成功收复国土的敬仰之情,也流露出深切的爱国之情。二是悲叹作者所处之境,所在之时,悲叹台湾沦陷于日本魔掌,呼唤郑成功那样的英雄能收复孤岛。

(胡迎建注评)

刘师培(1884—1919)字申叔,后改名光汉,号左盦。江苏仪征人。光绪二十八年(1902)举人。1904年,刘师培到上海与章太炎、蔡元培、谢元量等一起参加反清革命,参与《俄事警闻》《警钟日报》和《国粹学报》的编辑工作。刘师培是著名的经学家,善于把近代西方社会科学研究方法和成果,吸收到中国传统文化研究中来,开拓了传统文化研究的新境界。晚年任北京大学教授。著有《左盦诗》,著述辑为《刘申叔先生遗书》。

台湾行

刘师培

九州分壤海波环,圆峤方壶碧浪间。[①]
声教昔时沾四海,[②]神仙何处访三山?[③]
片隅更辟东方地,天教岛屿成都会。
入贡曾缘海水来,卜居或等桃源避。[④]
文物声名古来通,鲸波千顷日轮东。[⑤]
波萦弱水三千里,[⑥]地绕蓬山一万重。
强封自昔称荒服,[⑦]一朝竟入倭人属。[⑧]
封域遥临吕宋邦[⑨],地名竞改毗邪国。[⑩]
断发文身自古然,民心好异渐思迁。
毡裘有长求通市[⑪],异教从今又蔓延。
海上年年番舶至[⑫],景教流行祆庙起。[⑬]
曲律还居大石都,[⑭]郅支久寄康居地。[⑮]
闻道楼船海上翔,[⑯]有时鳞介易冠裳。[⑰]

鸣鸡自古曾占兆,^⑱五马于今又渡江。^⑲

印绶遥从上国赐,^⑳尉佗立国雄三世。^㉑

宋臣有志保厓山,^㉒勾践居然称夏裔。

当年定阃建东都,贡税从来内府输。

徐福舟师曾入海,^㉓孙恩兵甲欲窥吴。^㉔

城犹弹丸地赤子,畏首畏尾身余几?

潮水曾迎战舰来,地形况失澎湖势。

虎师一旅下汀州,曾见降帆下石头。

南越旧朝由内乱,^㉕夜郎降汉亦封侯。^㉖

沧海桑田几迁变,丹青无复延平殿。^㉗

边防从此撤三藩,^㉘故国何妨夷九县?

遗民三度抗胡兵,海外夷氛未扫平。

货舶纵通黄浦水,遗基谁访赤嵌城。^㉙

明珠翠羽纷来贡,艳说扶桑茧如瓮。^㉚

鹿耳门边乐稼丰,龙湖院内芙蓉种。

东南文化渐胚胎,陆岛孤悬碧海隈。

边峤纵云开秽貊,^㉛汉民安肯弃珠崖?^㉜

东邦地隔沧溟水,谓此区区应予畀。^㉝

横海楼船一矢加,河山寸土千金拟。

十万雄师镇海滨,降金难屈两河民。

不图劲旅班韩岳,^㉞遂致孤城困远巡。^㉟

当年畛域区夷夏,^㊱可怜易主如传舍。^㊲

故郡犹思蒲坂归,^㊳名城或等商於假。^㊴

精卫沉冤海莫填,蛮烟蜑雨又年年。^㊵

汉家竟弃轮台土,^㊶闽地仍分婺女躔。^㊷

况复东隅时势异,⑬舍旧谋新齐改制。

沧海何曾《禹贡》归?⑭边城终类维州弃。⑮

禹迹茫茫又变移,⑯神州亦有陆沉悲。

何人更忆金门战,空念夷奴渡海时。

注释

①圆峤、方壶:传说中的仙山,常指隐士、神仙所居之地。《列子·汤问》:"渤海之东,不知几亿万里,有大壑焉……其中有五山焉:一曰岱舆,二曰员峤,三曰方壶,四曰瀛洲,五曰蓬莱。"

②声教:声威教化。《尚书·禹贡》:"东渐于海西,被于流沙,朔南暨声教,讫于四海。"四海:古以中国四境有海环绕,各按方位为"东海""南海""西海"和"北海"。

③三山:传说中的海上三神山。晋王嘉《拾遗记·高辛》:"三壶,则海中三山也。一曰方壶,则方丈也;二曰蓬壶,则蓬莱也;三曰瀛壶,则瀛洲也。"

④卜居:择地居住。

⑤鲸波:犹言惊涛骇浪。唐杜甫《舟出江陵南浦奉寄郑少尹》诗:"溟涨鲸波动,衡阳雁影徂。"

⑥弱水:古代神话传说中称险恶难渡的河海。《海内十洲记·凤麟洲》:"凤麟洲在西海之中央,地方一千五百里,洲四面有弱水绕之,鸿毛不浮,不可越也。"

⑦荒服:古"五服"之一。指离京师二千到二千五百里的边远地方,亦泛指边远地区。《尚书·禹贡》:"五百里荒服。"孔传:"要服外之五百里,言荒又简略。"

⑧"一朝"句:指中日甲午战争之后,台湾被日本占领。

⑨封域:疆域,领地。《周礼·春官·保章氏》:"以星土辨九州之地所封,封域皆有分星。"吕宋邦:古国名,即今菲律宾群岛中的

263

吕宋岛。宋元以来,中国商船常到此贸易,明代称为吕宋。因华人去菲律宾者多在吕宋登陆,故以吕宋为菲律宾之通称。在西班牙统治菲律宾时代,华人又称西班牙为大吕宋,称菲律宾为小吕宋。

⑩毗邪:据连横《雅堂文集》之注释,《文献通考》谓:"琉球国在泉州之东,有岛曰澎湖,水行五日而至,旁有毗舍邪国。台海使槎录谓毗舍邪国,以情状考之,殆即台湾。"

⑪毡裘:古代北方游牧民族以皮毛制成的衣服,借指游牧民族。《战国策·赵策二》:"大王诚能听臣,燕必致毡裘狗马之地。"

⑫番舶:指来华贸易的外国商船。

⑬景教:基督教支派,五世纪初叙利亚人聂斯托利所创。唐贞观九年(635),波斯人阿罗本带其经典入长安,太宗诏准建寺传教。初称波斯经教,后称景教,其寺称波斯寺,天宝时改名大秦寺。

⑭大石:唐天宝十三载,大乐署改诸乐名,太簇商时称大食调。宋乐与古乐差二律,故俗呼黄钟商为大石调,大吕商为高大石调,太簇商为中管高大石调。燕乐二十八调,用声各别。

⑮郅支:指匈奴单于。康居:古西域国名,东界乌孙,西达奄蔡,南接大月氏,东南临大宛,约在今巴尔喀什湖和咸海之间,王都卑阗城。北部是游牧区,南部是农业区。南部城市较多,有五小王分治。

⑯楼船:有楼的大船,古代多用作战船,亦代指水军。《史记·平准书》:"是时越欲与汉用船战逐,乃大修昆明池,列观环之。治楼船,高十余丈,旗帜加其上,甚壮。"

⑰鳞介:比喻卑贱小人,此指荷兰侵略者。冠裳:指官吏的全套礼服。

⑱鸣鸡:雄鸡啼鸣,借指中华民族。占兆:根据龟甲或兽骨被钻灼所生的裂纹以占吉凶。

⑲五马:指西晋末司马氏五王南渡长江,于建邺(今南京)建立东晋王朝事。《晋书·元帝纪》:"太安之际,童谣云:'五马浮渡江,一马化为龙。'……是岁,王室沦覆,帝与西阳、汝南、南顿、彭城五王获济,而帝竟登大位焉。"帝指东晋元帝司马睿,原为琅邪王。

⑳印绶:借指官爵。

㉑尉佗:即赵佗,他曾任秦南海郡尉,故称。佗,他。《史记·南越列传》:"南越王尉佗者,真定人也,姓赵氏。"司马贞索隐:"尉,官也;他,名也。姓走。"

㉒"宋臣"句:南宋末张世杰奉宋帝昺扼守于此,兵败,陆秀夫负帝昺蹈海死,宋亡。借指郑成功志守台湾,延续明王朝一事。

㉓徐福:秦时方士,字君房。秦始皇闻东海瀛洲、蓬莱、方丈三仙山有不死之药,遣福乘楼船,载童男女各三千往求,去而不返。

㉔孙恩:东晋人,字灵秀,琅邪(今山东临沂)人,世奉天师道。叔父孙泰,因以天师道结聚徒众被杀。他流亡海岛,继续组织群众,策划起义。后起兵攻会稽、江口、临海、京口、建康等地。此指郑成功曾进攻厦门等沿海地区。

㉕南越:古地名,今广东广西一带。《通典·古南越》:"自岭而南,当唐、虞、三代为蛮夷之国,是百越之地,亦谓之南越。古谓之雕题,非《禹贡》九州之域,又非《周礼》《职方》之限。"

㉖夜郎:汉时我国西南地区古国名,在今贵州省西北部,亦包括云南、四川部分地区。

㉗延平殿:指郑成功曾被南明桂王封为延平郡王。

㉘三藩:清初封明降将吴三桂为平西王,镇云南;耿继茂为靖南王(后子精忠嗣),镇福建;尚可喜为平南王,镇广东,并称三藩。康熙十二年下令削藩,吴三桂、尚之信(可喜子)、耿精忠相继反清,均被平定。史称"三藩之乱"。

㉙遗基:犹遗址。北魏郦道元《水经注·沔水一》:"钟士季征蜀,枉驾设祠茔东,即八阵图也。遗基略在,崩褫难识。"

㉚扶桑:参见第 259 页"扶桑"注。

㉛秽貊:即秽貉,古时东夷国名。《汉书·食货志》:"彭吴穿秽貊、朝鲜,置沧海郡,则燕齐之间靡然发动。"

㉜珠崖:汉元鼎六年(前 111)置,因崖边出真珠得名。辖境相当海南岛东北部地。《汉书·贾捐之传》记载,汉元帝时,珠崖背叛汉朝,百官建议征讨,而贾捐之却反对征讨,认为珠崖与禽兽无异,放弃了并不可惜,汉元帝从其议。文中借指台湾割让事。

㉝予畀:给予。

㉞韩岳:即南宋名将韩世忠和岳飞的并称。

㉟远巡:唐代名臣张巡、许远的并称。安史之乱中,二人协力死守睢阳而垂名后世。诗中以许远、张巡称指坚持保台斗争的刘永福和台湾义军。

㊱畛域:界限;范围。

㊲传舍:古时供行人休息住宿的处所。《战国策·魏策四》:"令鼻之入秦之传舍,舍不足以舍之。"诗中以传舍喻指台湾一陷于荷兰,再陷于日本。

㊳蒲坂:古邑名,在今山西永济县西蒲州。相传虞舜都此。春秋属晋,战国属魏。

㊴商於:古地区名,又名於中,在今河南淅川县西南。公元前 313 年,秦国遣张仪诱使楚怀王与齐国绝交,诈以割让商於之地六百里,即此。

㊵蛮雨:指南方海上的暴雨。宋苏轼《松风亭下梅花盛开》:"岂知流落复相见,蛮风蛮雨愁黄昏。"

㊶轮台:古地名,在今新疆轮台南。本仓头国(一作轮台国),汉武帝时为李广利所灭,置使者校尉,屯田于此。汉武帝一生,致

力开拓西域,国力大损。至晚年深悔之,遂弃轮台之地,并下诏罪己,谓之"轮台诏"。作者以此称清朝割让台湾给日本。

㊷ 婺女:星宿名,即女宿。又名须女,务女。二十八星宿之一,玄武七宿之第三宿,有星四颗。躔:日月星辰在黄道上运行,亦指其运行的轨迹。《吕氏春秋·圜道》:"月躔二十八宿,轸与角属,圜道也。"婺女躔:即婺女星所在区域。意为台湾虽割让给日本,但地理上仍属于福建,是中国领土的一部分。

㊸ 东隅:此指日本。东隅时势异,指日本通过明治维新,国力增强,大力扩张侵略。

㊹《禹贡》:《尚书》中的一篇,记述当时我国的地理情况,其中把全国分为九州。此句感叹台湾被日本侵占。

㊺ 边城:指靠近国界的城市。维州:州名,唐武德七年(624)置。辖境相当今四川理县地。地接吐蕃,为蜀西门户。后入吐蕃,称无忧城。此句写清政府放弃台湾。

㊻ 禹迹:相传夏禹治水,足迹遍于九州,后因称中国的疆城为禹迹。语出《尚书·立政》:"其克诘尔戎兵,以陟禹之迹。"

赏析

本诗原刊于 1905 年 2 月 23 日《国粹学报》第 1 期,后收入《刘申叔先生遗书·左盦诗录》卷四。刘师培曾参加光复会,也曾改名刘光汉,他以恢复汉族主权为己任,倾向于用革命手段将满清贵族的专制统治推翻。这首悲壮史诗性质的《台湾行》,是作者用十分沉痛的笔调表达痛失台湾的悲愤之情。任访秋在《刘师培论》中评论刘师培前期的诗歌或"抒发个人的豪情壮志"或"借评论和歌颂历史人物,寄托自己的革命思想"。此诗也蕴含着作者的豪情壮志和革命思想。

全诗大致可以分为三层：第一层从"九州分壤海波环"到"异教从今又蔓延"，是全诗的缘起。总体叙述台湾的地理形势。台湾碧海环绕，是中国开辟的"东方地"，避世的桃源圣地。紧接着又写台湾地名演变以及当地居民生活的状态。"九州""三山""千顷""三千里""一万重"等词语的运用，更加突出台湾在中国版图中的重要地位。

第二层从"海上年年番舶至"到"陆岛孤悬碧海限"，主要叙写台湾自古以来历经的战乱。先写徐福入海，孙恩流亡到海岛，再写郑成功驱除荷兰，收复台湾，虽然"遗民三度抗胡兵，但"海外夷氛未扫平"。其用词多典雅化，结构上，前部分由概括性的铺排而趋向细节描写。

第三层从"边衅纵云开秽貊"至结束，主要痛述清政府割让台湾以及台湾人民反抗日本的殖民统治。诗中多以古喻今，如赞扬唐代的许远、张巡坚守城池来称指坚持保台斗争的刘永福和台湾义军。尾句"禹迹茫茫又变移，神州亦有陆沉悲"在哀叹台湾的同时，铺展了当时的国运态势，留下一种哀伤的基调。

本诗纵横变化，但细细品读，会感到无论写形写事，都在平实坦易中有着精细的安排。其用韵方面的频繁换韵，形成音节上的张弛错综之感，有效地配合了情意的传达。另外，全诗又激荡着一种奇伟之气，险难与奇伟的交融，形成全诗卓荦不群，横空杰出的气势。正如汪辟疆《光宣诗坛点将录》评刘师培诗云："诗法子美，间学汉魏，气体颇大，惜略嫌肤廓耳。"

（曹辛华注评）

陈逢源(1893—1982),字南都,另字芳园。台南人,因组"台湾议会期成同盟会",与林幼春等同时被捕。二次大战起,改事经营金融工商业。台湾光复后,于经商之余,组台湾诗坛,朝夕吟咏于阳明山麓之溪山烟雨楼。著有《溪山烟雨楼诗存》。

囚禁台南永固金城①

陈逢源

眼中人事剧纵横,②一片牢骚意未平。
愁寄斜阳天外晚,梦回古渡画中明。
江湖满地南冠子,③风浪连宵永固城。
犹喜峥嵘留正气,谠言容易罪书生。④

注释

①永固金城:在台南市西。光绪九年(1883),兵备道刘璈在台南筑造"永固金城炮台"一座,配备大炮三门,以对付法军来犯者。后被日本在台政府用来关押犯人。

②剧:厉害,猛烈,迅速。

③南冠子:俘虏的代称,用以指作者被捕为囚犯。《左传·成公九年》:"晋侯观于军府,见钟仪,问之曰:'南冠而絷者谁也?'有司对曰:'郑人所献楚囚也。'"杜预注:"南冠,楚冠也。"后世以"南冠"代指被俘。

④谠言:公正、正直而有说服力的言论。《元史·张孔孙传》:"孔孙素以文学名,且善琴,工画山水竹石,而骑射尤精,及其立朝,谠言嘉论,有可观者,士论服之。"

赏析

1925 年,日本在台政府逮捕了组织"台湾议会期成同盟会"一大批倡议者,陈逢源也在其中,被关押三个月,愤懑中写下了这首诗。

首联上句"眼中人事剧纵横",正是看到当时的乱象太甚,因不满日本人的极度压制,民意酝酿成立社会团体以改变现状,倡议者遭到镇压,有志之士竟纷纷被关押入狱。"眼中"两字用在开头亦妙,所谓"诗中有我在",是我所见,我所愤。复杂的人与事,交织多少纷繁纵横的矛盾。眼中看来,引出下句,蕴藉而纠结在心中,故"一片牢骚意未平"。颔联转为写景,极目远眺,将满腹心事寄托于斜阳所照的天外晚景,如此方使得愤懑缓解一些,心中稍为舒坦。在不同诗人词人笔下的"斜阳",往往有不同的意蕴,但往往给人带来凄清而愁苦的情绪。此诗也是如此,斜阳赋予有乡愁,有身羁无奈之愁。而在下句,写梦中回到家乡古渡中的情景,是那么美好,宛若画中一般明丽。"古渡"意象只是选择家乡值得回味的众多景象中的代表,还有很多未能一一列入。

颈联转回写眼下,"江湖满地南冠子",化用老杜"江湖满地一渔翁"(《秋兴八首》)之句,以"南冠子"写自己被系于囚狱中的处境。"风浪连宵永固城",正是日寇连月来搜捕引起风波的写照,"永固城"用以关押对日本人不满的志士,作者正在其中。"南冠子"与"永固城"对得妙,一写人,一写地名,而勾连合适。尾联用"犹喜"带转,见出作者的自信,与前面的愁愤形成反差。喜在正气在我方,"峥嵘"

见气之刚直伟岸,"留"见正气之不可改变。因有正气而有"谠言",正直之言,为正气之注脚。但书生也往往因而容易获罪,由此也表露了对日伪政权的不满。

此诗感情强烈,发扬蹈厉,于愁与喜的反差中,见出作者愤懑之气与凛然正气。气脉贯通,音节振拔。

(胡迎建注评)

欧清石(1897—1945),号寓浪,澎湖马公人。毕业于台北国语学校师范科,担任过澎湖公学校训导及澎湖郡役所职员。1926年考进日本早稻田大学法科就读。1933年返台,在台南市开设律师事务所,之后担任过律师公会副会长。1935年当选议员。他富有民族思想意识,不愿与日本人合作。

1941年日本统治者制造所谓"东港事件",1942年9月23日,欧清石与吴海水等人以莫须有的罪名被捕,遭严刑拷打后以谋逆罪在高雄法院被判处死刑,后上告台北高等法院,乃于1944年11月改定无期,关在台北监狱。1945年5月7日,美机轰炸台北,欧清石在狱中遇难。

狱中吟五首其五

欧清石

是缁是素不分明,①一味糊涂逞毒刑。
悍吏狼心兼狗肺,恶魔冷血本无情。
捆鸡灌水龙虾捆,②挟指飞机豹虎行。
十八机械均受遍,③呜呼我几丧残生。

注释

①缁:本义为黑色的布,引申指错事,素:本义为没有染色的丝绸,引申指对的事情。此句意为不分青红皂白,不分是非,不讲道理。

②捆鸡句:捆读音 zhōu。字义是把重物从一端托起或往上掀。"捆鸡"是台湾口语词,意为拗成鸡的形状。此二句意为日寇

272

在狱中对欧清石施行捆鸡、灌水、龙虾捆、夹指头、架飞机、学动物在地上爬行等酷刑。

③十八机械句:"十八"为概数,十八机械泛指各种刑具。古典小说中常见"十八般武艺,样样俱全",用法相同。

赏析

欧清石是抗日志士,在日本统治者制造所谓"东港事件"后,他被诬谋逆罪在高雄法院判处死刑,在高雄监狱中受尽酷刑。他在狱中写七律十五首,后五首即《狱中吟》,此诗为《狱中吟》之第五首。首联写日本人不分青红皂白,诬陷入罪,"逞毒刑"来逼供;颔联中的"悍吏""恶魔"指日寇统治下的法官、刑警、狱吏等全都是狼心狗肺的禽兽;颈联是对日本统治者的血泪控诉:将我这样被诬的政治犯捆成鸡形,捆作龙虾状,灌辣椒水,用钳子夹指头,将四肢伸开像架飞机一样吊起来,强迫我学动物在地上爬行。颈联短短十四个字,将日本统治者丧失人性的残忍面目和施行的各种酷刑揭露得淋漓尽致。尾联写种种酷刑都经受遍了,几乎让我丧了命。全诗充满了对日本统治者愤怒的控诉,体现了抗日志士坚贞不屈的精神。

(李辉耀注评)

陈佩琨(生卒年不详),字月樵,号适生,晚号适园居士或适园野叟。广东省陆丰县城人,清光绪间廪生。生而聪颖,髫年即能诗文,于邑诸士子中崭露头角。及后县试录为案首,府试进秀才第一,考廪生亦获第一,因有"小三元"之称。民国初曾任陆丰劝学所所长。后任教陆丰县龙山学校。工诗联、擅书画,尤善兰竹。其多才多艺,被誉为"陆丰才子"。著有《适园诗文集》。

登旗山炮台①

陈佩琨

忍把沧桑问劫灰,②江山破碎剩荒台。
七鲲风月今非旧,③岂独伤心此地来。

注释

①旗山:地名。即旗后山。在今高雄市旗津区后山。

②沧桑问劫灰:沧桑,为沧海变桑田之简称。比喻时势之变迁或人事的变化。劫灰,参见第225页"劫烬"注。

③七鲲:地名。即七鲲身,参见第44页"鹿耳"注。

赏析

旗山炮台是清朝为防守高雄港区之安全,于光绪元年(1875)聘请英国人在高雄旗津半岛旗后山小山坡顶上建造的一座炮台。炮台由北到南分成营房、指挥所、炮座弹药库三个区块。炮台城门用红砖砌成,门洞为方形,门额上本刻有"威震天南"四个大字,在光绪二十一年(1895)乙未战争中,刘永福之黑旗军与日本军舰发生激烈炮战,使前两字不幸遭日军毁坏。现在的大字,乃1991年重修时而由台南市政府修复,门额字体依据老照片只修复"天南"两字,以存历史古迹。入口处有对称向前斜伸之八字墙,砖墙及入口墙上都有砖砌的"囍"字,墙面有蝙蝠刻纹,具有传统中国城门之风貌。炮台在南面墙垣的东、西两侧,本来都布置有阿姆斯特朗(Armstrong)巨炮,但在日据时代,全被日寇拆毁。目前仅存炮台,供游人凭吊。

此绝句为怀古诗。诗人一开头就"仰天长啸"发天问,感叹日寇入侵台湾,致使"江山破碎",人民受尽劫难,不堪回首!亡国之悲难以遣怀。第二句是感慨昔日气势雄伟、足以御敌的旗山炮台,因被日寇拆除,如今只剩下一个"荒台"了!第三句写诗人看到昔日供人游览的七鲲鯓风景早已面目全非,而今来游此地,实感满目疮痍,人世沧桑,倍感神伤。末句"岂独伤心"语义双关,既言天下可悲非一事,伤心地岂独有旗山炮台一处?亦言不忘国仇家恨、同怀故国之思、国破家亡之感者,岂独我一人哉?全诗语言平实流畅,格调沉郁,充溢着爱国者的悲愤之情。

(李宏健注评)

唐赞衮（生卒年不详），字韡之，江苏善化人。同治十二年（1873）湖南乡试中式，光绪十七年（1891）奉旨担任按察使衔分巡台湾兵备道，为受台湾巡抚与台湾布政使制约的地方官员，之后又兼任台南府知府。1895 年 2 月去任。著有《台阳见闻录》《金陵名胜》《鄂不斋丛书》《台阳集》等。

悲台湾 二首其一

唐赞衮

中原鼎沸肆鸥张，①电烁飚驰莽战场。②
东海滩填精卫石，③西天已渡达摩航。④
将军鼓角三更咽，武帝旌旗十日忙。
千里金汤沦异域，⑤竭来白日黯无光。⑥

注释

①鼎沸：水涌流翻腾的样子，比喻形势纷扰动乱。司马相如《上林赋》："滮滮淈淈，涖漼鼎沸。驰波跳沫，汩濦漂疾。" 鸥张：像鸥鸟张翼一样，比喻嚣张，凶暴。《三国志·吴书·孙坚传》："卓不怖罪而鸥张大语，宜以召不时至，陈军法斩之。"鸥，鹗鹰之古称。

②烁（shuò）：电光闪烁。《新唐书·天文志》："中夜有大流星长数丈，光烁如电。"

③精卫石：相传精卫本是炎帝神农氏小女儿，名唤女娃，一日往东海游玩，溺于水中。死后其不平的精灵化作神鸟，每天从山上衔来石头和草木，投入东海，并发出"精卫、精卫"的悲鸣声。

见《山海经·北山经》。

④达摩:中国禅宗的始祖,生于南天竺(印度)。传说他与梁武帝
对话后,梁武帝深感懊悔,得知达摩离去的消息后,马上派人骑
骡追赶。追到幕府山中段时,两边山峰突然闭合,一行人被夹
在两峰之间。达摩走到江边,看见有人赶来,就在江边折一根
芦苇投入江中,化作一叶扁舟,飘然过江。

⑤金汤:金城和汤池,金属造的城,沸水流淌的护城河,形容城池
险固。明孔贞运《明兵部尚书节寰袁公墓志铭》:"如力请修睢
新旧二城,金汤永固,贼不敢窥。"

⑥揭(qiè)来:犹言去。《后汉书·张衡传》:"回志揭来从玄谋,
获我所求夫何思!"李贤注:"揭,去也。"唐李白《送王屋山人魏
万还王屋》诗:"揭来游嵩峰,羽客何双双。"

赏析

据《台湾诗乘》所说:"马关议和之时,鞞之适寓沪上,
闻耗哀恸,有悲台湾二首,殿于《台阳集》后,亦不忘州来之
意也。"光绪二十一年(1895年)初,李鸿章与日本首相伊
藤博文、外务大臣陆奥宗光等在马关(今下关)春帆楼谈
判。至三月签约,将台湾割让给日本。期间作者在上海,
正是举国议论纷纭时。这首诗反映的是作为台南地方官
员,当清政府割让台湾的消息传来,一旦成为现实,官印也
就自然解组了,其心境是何等的惨痛。"州来之意"即台湾
被吞并而亡之意。"州来"是西周晚期受封的诸侯小国,至
周景王十六年(前529)被吴国所灭,前后共存三四百年。

首联上句"中原鼎沸肆鸥张","中原"本义是河洛地区
为中心的黄河中下游地区,这里是泛指大陆。"肆鸥张"乃

言日军之嚣张,如鹞鹰放肆伸张翼翅捕食。下句"电烁飚驰莽战场",描绘甲午战争之惨烈,如电光闪烁,如狂飚急驰,山东濒海一带沦为莽苍的战场。

领联写到甲午战争中国遭受惨败后,激起有志者为恢复故土而勇于赴难,犹如精卫鸟衔石填海不已,"东海滩填精卫石"。更有达摩一般的非凡之士能够渡越险境。两个典故的恰当运用,形象表达作者志在报国之心。

颈联"将军鼓角三更咽",明写听到三更鼓角凄咽之声,暗寓清军将领在战败后的悲愤之情。"武帝旌旗十日忙",化用杜甫《秋兴八首》"武帝旌旗在眼中"句。武帝,本指汉武帝,亦延指唐玄宗。唐玄宗为攻打南诏,曾在昆明池演习水兵。旌旗,指楼船上的军旗。光绪帝曾下令向日本宣战,旋即战败,枉自忙乱。

尾联诉其感慨,落脚处在台湾,与诗题相呼应。千里台湾,本可谓为固若金汤,却沦陷于异域,"异域"本指国外,此谓台湾沦为外国领地。"曷来白日黯无光"。自那之后,纵然是白日也是黯淡无光。

诗风沉挚激楚而又一气斡转。既有形象的描绘,恰切的比喻,极度的夸张,又以古喻今,古今之事,冶于一炉。表达了作者对台湾被割让的忧愤之情,然又有不隳其志的决心。

(胡迎建注评)

吴质卿(生卒年不详),字桐林,四川叙府举人。曾任知县,世袭云骑尉。亲身参与刘永福在台湾的抗日战争。曾奉刘永福令向各省督抚请求接济,均遭拒绝,致使抗日义军在兵力、物力、财力,特别是武器弹药等方面,遇到极大困难。著《乙未夏秋间台湾日记》(一名《台湾战争记》),起于1895年6月13日,讫于11月3日,系作者逐日记录亲身的经历,是有关甲午战争的重要史料。

感 事

吴质卿

羊城晤刘渊亭军门,①同谈台事,感而作此。

话到鲲身涕泪多,②秦廷③愧我几番过!
三千士卒埋锋镝,百万生灵葬海波。
漫说兴亡归气数,休凭强弱论中倭。
兵穷食尽孤城在,空使将军唤奈何!

注释

①羊城,广州的别称。军门,提督的敬称。

②鲲身,即七鲲身,参见第44"鹿耳"注。

③秦廷:亦作秦庭,《左传·定公四年》:"申包胥如秦乞师,……立依于庭墙而哭,日夜不绝声,勺饮不入口,七日。秦哀公为之赋《无衣》,九顿首而坐。秦师乃出。"

赏析

诗题后附有说明:"羊城晤刘渊亭军门,同谈台事,感而作此"。

刘渊亭即刘永福(1837—1917),为黑旗军首领,被清廷和越南双方授以提督。他前期抗击法国入侵越南,后期在清廷割让台澎之后与台澎军民奋起抗日,孙中山先生极为称道:"余自小即钦慕我国民族英雄黑旗刘永福"。

1895 年台湾沦陷时,吴质卿在刘永福军中任文案,亲自参与台湾抗日。此诗的写作时间当在 1895 年之后,诗人与老战友在广州相会时,他们共同回忆当年并肩战斗,慷慨激昂地写下了此诗。

"话到鲲身涕泪多,秦廷愧我几番过"。开篇出语沉痛,而忧国、爱国、救国之情跃然纸上。鲲身是黑旗军与台湾军民共同抗日激战之地。"秦庭",引用了申包胥乞秦师援助的著名典故。诗人和战友在广州重逢,大有"忆往昔峥嵘岁月稠"的况味。面对战友,当时的战争统帅,自己作为他的幕僚,其中的艰辛曲折当然知之甚详,尤其是与日军连续苦战之后,断饷缺械,永福几番派人回陆求援,清廷不但不予救济,反而将内地募捐援台款项悉数扣留,并下令严密封锁沿海,断绝对台增援。刘永福痛心疾首,发出"内地诸公误我,我误台民"的悲叹,今日说到此事,能不相对扼腕,涕泪横流!

颔联"三千士卒埋锋镝,百万生灵葬海波",这是实写。日军所谓"接收"台湾,其实是对台湾的野蛮征服,据当时在台湾的英国人的记录:"台北以南十哩四方之地,已被日人所荒芜,约有六万人口无家可归。……入夜,余下淡水河之际,自甲板上竟可指认南方延烧村落之火焰"。日军对所遇居民野蛮屠杀抢掠,不分青红皂白,连婴儿都无法幸免。诗人也在其所著的《台湾战争日记》中记下了"(日军)所至之地,女子自十岁起,无不被其奸淫,虽七八十岁老妇,亦鲜有免者"。1895年10月19日,日军大举进攻安平炮台,刘永福亲手点燃大炮,轰击敌舰。当晚日军攻城甚急,城内弹尽粮绝,又无救兵,终至城池陷落。这次惨烈的战斗,士卒死伤殆尽,日军惨无人道屠杀城中居民。这些事实,由诗人沉痛写来,不仅震撼人心,更令人进一步认识到,这正是日寇在以后的全面侵华战争中实行"三光"政策的滥觞,其军国主义的豺狼本性,国人确应铭记之。

"漫说兴亡归气数,休凭强弱论中倭",这是警醒国人的当头棒喝。国家的兴亡不是腐儒术士的"气数"可以窥觇的。人心的向背才是国家兴亡之所系。台湾是中国的神圣领土,是华夏列祖列宗开创并贻之子孙万代的基业,岂能空谈"气运如此,劫数如此"便可拱手让人? 中华神州,大和扶桑,毕竟谁强谁弱,岂可作一时之论? 放翁《金错刀行》说,"呜呼楚虽三户能亡秦,岂有堂堂中国空无人"! 诗人当时便有中华必将崛起的先见,这当然基于中华民族的潜力,中华儿女的气节。唯此,在唐景崧迫于日军的淫威而逃归大陆后,刘永福却仍在继续领导台湾民众坚持抗日,诗人与之并肩战斗。在当时清廷腐败无能,国弱民穷的情况下,尚有如此志节,确实是难能可贵的。至尾联,孤城因弹尽援绝,粮尽势穷而终沦敌手,刘永福虽身经百战,一代名将,至此地步也无力回天,他只有仰天捶胸,呼号大哭:"我何以报朝廷,何以对台民"! 诗人作为战友,又同时作为见证者,才能如此入木三分地表现这位失败将军的无奈和热血将军的沉痛。以此向国人昭示,此非将军战之失,乃庙堂宰执之失也。

此诗的艺术特色在于以回忆入手,将自己与战友共同经历糅合于嘉义、安平的战争场景中,除"秦廷"用了一个熟典作喻外,全是正面着笔,议论与叙事紧密相连,水乳交融,读者只要了解诗中的史实,不必刻意寻绎而诗意自明。写史实而予人以启迪,此诗堪称典范。

(李真龙注评)

何昌藩(生卒年不详,生平不详)。清乾隆时监生,疑为台湾凤山县人。《重修凤山县志》载,乾隆二十年(1755),监生黄共兴、何昌藩、赖安仲等修缮过凤山县忠义亭。

淡水溪渡^①

何昌藩

长堤柳䭾覆江浔,^②一叶轻盈载绿阴。
仿佛青来疑雨意,依稀影破荡波金。^③
扣舷自唱无聊曲,^④解缆谁知不系心。
且与沙鸥随上下,横吹短笛起龙吟。^⑤

注释

①淡水溪渡:《凤山县志》:"淡水溪渡,阔数里许。秋冬水涸,往来可通;春夏涨满,非舟莫济。奸人藉此居奇,设渡船横索渡钱,行人病之。五十七年,知县李丕煜改归番社佣工撑船,民便利涉,奸计莫施;仍令巡司王国兴稽察。"

②柳䭾:柳丝柔垂,摇曳飘动。唐岑参《送郭乂杂言》:"朝歌城边柳䭾地,邯郸道上花扑人。"䭾(duǒ):下垂之意。

③波金:反射着耀眼光芒的水波。宋孙光宪《渔歌子》:"风浩浩,笛寥寥,万顷金波澄澈。"

④扣舷:手击船边,多用为歌吟的节拍。唐王维《送綦毋校书弃官还江东》:"清夜何悠悠,扣舷明月中。"

⑤横吹:宋黄庭坚的《牧童诗》:"骑牛远远过前村,短笛横吹隔陇闻。"短笛:泛指短小的笛。宋雷震《村晚》:"牧童归去横牛背,

短笛无腔信口吹。"龙吟:形容声音响亮。

赏析

这首诗作者描绘了过淡水溪渡时所看到的景色。

"长堤柳弹覆江浔,一叶轻盈载绿阴",首联直奔主题,叙写渡口岸边杨柳覆盖着江边,自己坐着小船悠然地穿过绿阴。柳丝柔垂,摇曳飘动,"覆"字足见柳树之茂盛。"轻盈"不仅指船,也暗指作者心情之畅快。二句语言浅近,风格明快。

"仿佛青来疑雨意,依稀影破荡波金",颔联紧承上联,一片绿色盎然宛如雨中之意,山林小溪中处处充满了野趣。溪水绵长,阳光照射着碧绿的水色,就像铺着翠锦一般,宛然一幅美丽图画。"破""荡"二字用的极妙,写出阳光照耀下波光粼粼的状态。

颈联"扣舷自唱无聊曲,解缆谁知不系心",欣赏着如此美景,作者也无法排解心中的无聊苦闷之情,在空静清新的景色中忽然唱出了无聊曲。"系心"即归心之意,表达出作者漂泊在外的思乡之情。

尾联"且与沙鸥随上下,横吹短笛起龙吟",作者的心思与沙鸥随之荡漾,不时发出清澈的短笛之声。这就使归思中流荡着一股清越之气。

本诗前半写景,后半抒情。写景,全从光影、声息、感觉出之,施以淡墨,表里澄明,有画笔不能到之处。

(曹辛华注评)

钟天佑(生卒年不详),字吉甫,广东嘉应人。清光绪年间赴台。

鹅銮灯火①

钟天佑

鹅銮山势扑涛头,力挽飞蓬眼底收。②
日午青波沉暑气,③夜深明月滚寒流。④
危楼百尺灯常耀,⑤巨石千寻影半浮。
碧海汪洋迷远眺,痴情偏欲问闲鸥。

注释

①鹅銮灯火:鹅銮,即鹅銮鼻或鹅鸾鼻,其上建有巨型灯塔,参见
第292页"鹅鸾鼻"注。

②飞蓬:比喻轻微的事物。

③日午:中午。唐柳宗元《夏昼偶作》:"日午独觉无余声,山童隔
竹敲茶臼。"青波:碧波,清波。唐徐彦伯《登长城赋》:"日入青
波,坚冰峨峨。"

④寒流:喻指白光。宋秦观《梦中得此》:"缟带横秋匣,寒流炯
暮堂。"

⑤危楼:高楼。北魏郦道元《水经注·沮水》:"危楼倾崖,恒有
落势。"

赏析

  "鹅銮灯火"是著名的恒春八景之一,其余七景为"猴
洞仙居""三台云嶂""龙潭清影""龟石印累""马鞍春光"

"罗佛山庄""海口文峰",均为著名景观。诗作者用质朴的语言,从多方面落笔,极写鹅銮灯火的作用及情状。

"鹅銮山势扑涛头,力挽飞蓬眼底收",首联直奔主题,首先叙写鹅銮山势。鹅銮因衔山环海,突出如鼻,故得名"鹅銮鼻"。"扑"字写出山势的险峻,飞蓬尽收眼底。

"日午青波沉暑气,夜深明月滚寒流",颔联紧承上联,分别写出白天和黑夜中鹅銮鼻的景色,对仗工整。其中"沉""滚"二字颇为新颖,极见作者的锤炼精工之处。

"危楼百尺灯常耀,巨石千寻影半浮",前两联铺垫,直到颈联才真正引出鹅銮灯火。鹅銮鼻以灯塔而闻名。由于鹅銮鼻附近多暗礁,七星岩矗立在台湾海峡,过去常有不熟悉的船只触礁。光绪元年(1875)灯塔开始筹建。鹅銮鼻灯塔遂成为这一带海域安全航行的护身符。下句的"巨石千寻影半浮",于苍黯中见磅礴大气的又一种诗画。

"碧海汪洋迷远眺,痴情偏欲问闲鸥",尾联颇耐人回味。远眺碧海汪洋,痴情于此景,却偏要问闲鸥。鹅銮鼻四季如春,终年草木葱翠,一面背山,三面濒海,椰风蕉雨,碧波白浪,风光旖旎,为最佳景点。下句的"痴情问闲鸥",体现出言外无尽的意韵。

(曹辛华注评)

罗福星(1886—1914)别名东亚、国权、中血,出生于印度尼西亚巴达维亚(即今之雅加达),祖籍广东蕉岭县,客家人。1903年随祖父赴台湾。1907年返回广东,加入中国同盟会。1909年任新加坡中华学校校长。后因身体原因转做党务工作,赴缅甸,担任同盟会缅甸分会书记。1913年在苗栗成立"抗日志士大会",组织敢死队,在极端危险的环境中策划起义。因奸人告密,于1913年12月在淡水遭日警围捕,次年3月3日就义于台北,年仅29岁,被称为"光复台湾的先驱"。抗战胜利后,遗骨安葬于罗冈山麓。

狱　中^①九首其三

罗福星

勇士飞扬唱大风,^②黔首皆悲我独雄。^③
三百万民齐奋力,^④投鞭短吐气如虹。^⑤

注释

①此诗写于台北监狱中。

②大风:指《大风歌》。《史记·高祖本纪》:"高祖还归,过沛,留。置酒沛宫……酒酣,高祖击筑,自为歌诗曰:'大风起兮云飞扬,威加海内兮归故乡,安得猛士兮守四方!'"后称此歌为《大风歌》。

③黔首:古代称平民,老百姓。《礼记·祭义》:"明命鬼神,以为黔首则。"郑玄注:"黔首,谓民也。"孔颖达疏:"黔首,谓万民也。黔,谓黑也。凡人以黑巾覆头,故谓之黔首。"

④三百万民:指当时台湾人民。

⑤投鞭:形容兵众势大,典出《晋书·苻坚传》。前秦苻坚将攻东

晋,部下石越认为晋有长江之险,不可轻动。苻坚说:"以吾之众旅,投鞭于江,足断其流,何险之足恃?"典亦省作"投鞭"。

赏析

罗福星是著名的爱国人士,他积极参加中国同盟会,投身革命事业。面对着日本入侵台湾,他主张以革命斗争推翻日本殖民统治,结束台湾遭受异族统治的命运。1912年他奉孙中山之命,赴台湾成立同盟会支部,从事抗日工作。1913年12月29日在淡水被捕。翌年3月,慷慨赴死,年仅29岁。这首诗即是他在狱中所作。

"勇士飞扬唱大风",起句格调昂扬。《大风歌》是汉高祖刘邦返乡时所唱歌曲,语言质朴,大气磅礴,表达出对国家尚不安定的浓郁的惆怅。作者在此号召勇士们驰骋战场,潇洒地唱起刘邦的《大风歌》,保卫祖国的领土和边疆。

"黔首皆悲我独雄",次句写出百姓们面对日寇的殖民统治皆表现出悲伤的心情,而我对革命充满着必胜的信念。作者用众人与"我"进行对比,突出自己的坚强乐观。

"三百万民齐奋力",第三句作者面对着日寇的入侵台湾,不仅自己奋起反抗,积极宣传组织驱日运动,还积极号召全台湾人民同心合力,与日寇开战。

"投鞭短吐气如虹",尾句紧接着上句,如果全面参战,则会投鞭堵江,吐唾淹城,那该是多么气势雄壮,直达天际。作者用苻坚攻晋的典故,表达出对革命必胜的信念。

全诗语言质朴,声调慷慨激昂,情感壮怀激烈,表现出作者誓驱日寇的气魄和不怕牺牲、视死如归的精神。

(曹辛华注评)

洪铁涛(约 1891—1948),名荒,一名坤益,号黑潮,别署花禅庵、忏红、剃刀先生、刀水、花头陀等,台湾台南人。曾任南社(台南)社长。性聪敏,工诗,有奇气。擅书法,台南城内寺庙楹联多出其手。曾与台湾诗人组织春莺吟社。1930 年 9 月参与创办《三六九小报》,1935 年 9 月 6 日停刊。又办《大同报》。

国姓梅[①]

洪铁涛

欲屈南枝向北难,[②]寒梅不共霸图残。[③]
春来几点横天地,疑是孤臣血未干。[④]

注释

①国姓梅:国姓代指郑成功。台南延平郡王祠有古红梅一株,相传为郑成功所植,此梅原在鸿指园,后沈葆桢建祠时乃移于此。

②南枝:喻指郑成功在台孤军奋战,不向清朝投降。

③霸图:称霸的雄图。《晋书·凉武昭王李玄盛传》:"玄盛以纬世之量,当吕氏之末,为群雄所奉,遂启霸图。"

④孤臣:孤立无助或不受重用的远臣。南朝梁江淹《恨赋》:"或有孤臣危涕,孽子坠心,迁客海上,流戍陇阴。"文中借指郑成功。

赏析

台南延平郡王祠有古红梅一株,相传为郑成功所植。此梅先时在鸿指园,后沈葆桢建祠时乃移于此,文人咏者颇多。作者以"国姓梅"立意所作,寓意深刻。

"欲屈南枝向北难"，首句点题，明写要把朝南的梅枝折向北实非易事，实际暗指郑成功在台孤军奋战，不向清朝投降。梅在中国文化意象中象征着品格的高贵。"北"喻指清王朝的统治，"南"喻指郑成功的坚强斗争。

"寒梅不共霸图残"，次句写出郑成功的收复大业未能完成。"霸图"即指郑成功称霸建立政权的雄心。寒梅如今还在，可是当年怀着收复故土的国姓爷早已入土。"残"字奠定了全诗凄凉的基调。

"春来几点横天地"，第三句写出春天的到来，梅花只是零星地绽放，点缀在天地之间。"几点"虽然不是很多，但却暗含着希望所在，正所谓"星星之火，可以燎原"。

"疑是孤臣血未干"，尾句紧承上句，把梅花的开放比喻孤臣之血，形象生动，把诗句中所蕴含的悲痛感、沉思感有效地传达了出来。

作者身为南社成员，积极奋斗。南社是一个以进步为要求的带有政治性的文学联盟，为中国的独立富强作过巨大努力，正如南社著名诗人高燮《谒岳武穆墓》所言："剪胡心事终难泯，肯屈南枝向北来。"家何日安定，国何日富强，家国情怀激励着一代又一代人为之奋斗。

（曹辛华注评）

周定山(1898—1975),名大树,字克亚,号一吼,又号公望、铁魂、化民、悔名生。彰化鹿港人。家境贫寒,少曾为布庄学徒。1924年受聘为彰化花坛李家西席,从此弃商就儒。翌年往大陆,担任漳州中瀛协会兼《漳州新闻》编辑。台湾光复后,初任虎尾区民政课长,转任台湾省商业联合会,同时加入栎社,参加台湾诗坛活动,与于右任、贾景德、陈含光等时相往来。后在鹿港成立半闲吟社,自任社长。著有《周定山作品选集》等。

鹅銮鼻归途①八首其三

周定山

苦驱蛇蝎险防凶,辟尽荆榛血汗穷。②
海已成田山万顷,至今谁念垦丁功。③

注释

①鹅銮鼻:位于台湾省最南端,属屏东县,濒巴士海峡。地势东高西低,沿岸满布珊瑚礁。南部高约九十四公尺的孤立山峰上,有巨型灯塔,初建于清光绪八年(1882),后因战争被毁,今已修复。

②蛇蝎:蛇与蝎子,比喻可怕的事物或狠毒的人。南唐陈陶《小笛弄》:"蛇蝎愁闻骨髓寒,江山恨老眠秋雾。"荆榛:亦作"荆蓁",泛指丛生灌木,多用以形容荒芜情景。三国魏曹植《归思赋》:"城邑寂以空虚,草木秽而荆榛。"

③垦丁:在台湾屏东县恒春半岛南湾北岸。以清光绪三年(1877)广东潮州人来此开垦得名。

赏析

本诗是作者鹅銮鼻归途感怀所作。

首句"苦驱蛇蝎险防凶"写出当时环境的险恶。蛇和蝎子遍布,"苦""险"二字足见当时原生态环境条件的恶劣。

次句"辟尽荆榛血汗穷"点出开垦之苦。"荆榛"指丛生灌木,多用以形容荒芜情景。"血汗穷"暗含着多少人为了开垦付出的艰辛努力。

第三句"海已成田山万顷",便给人以今昔之感,与顾况《悲歌》:"边城路,今人犁田昔人暮;岸上沙,昔时流水今人家",有异曲同工之妙。碧海变为桑田,自然界的沧桑巨变,也暗含着人世间的变化。

尾句"谁念恳丁功",如今人们享受着开垦之后的胜利果实,当时的开垦之人,有谁会记得? 哀婉中蕴含着很强的深思感。

这首诗语言朴实,情感真挚,从凄苦到哀婉的情绪变化,自然而然地将人带入对历史的回顾之中。

(曹辛华注评)

吴莫卿(1901—1961),名愁,别号莫卿,嘉义人。幼年曾随陈锡如学习,博通诸子书及命理,与黄传心、黄秀峰并称"猿江三才"。日据时期,设帐课徒,行迹遍东石、三家、湖底、港口及云林县褒忠乡。其诗细致,写景如画,著有《湖底集》。

海汕渔村

吴莫卿

植树防沙遍屋滨,四围蛎壳白如银。①
鱼多未敢还贪酒,谷少常因暂借邻。
妇女依时勤结网,儿童忍饿待分鳞。
连天碧水斜阳际,数点归帆最可人。②

注释

①蛎壳:即牡蛎壳。壳形不规则,表面凹凸不平,呈银白色。

②归帆:指回返的船只。唐陈子昂《白帝城怀古》:"古木生云际,归帆出雾中。"

赏析

吴莫卿的诗歌描写细致,写景如画。此诗平易真切,采用白描的手法展现了一幅渔村生活的画卷。

"植树防沙遍屋滨,四围蛎壳白如银",首联点出渔村周边的环境。村庄植树防沙,四周皆是白如银的蛎壳。"白如银"点出蛎壳的颜色。此联是从整体上描写渔村的环境。

"鱼多未敢还贪酒,谷少常因暂借邻",颔联具体描写村民的生活环境。靠近海边自然捕鱼多,却未敢多吃,因平时还贪酒,需用鱼换钱,谷少是因为还要借给邻居,这几个生活片段的描写显得很生活化。另外"暂借邻"从侧面可以看出村民之间关系的融洽。

"妇女依时勤结网,儿童忍饿待分鳞",颈联从妇女和儿童两方面具体描写。丈夫外出打渔,妇女在家结网,而孩子忍饥等待着打渔父亲的归来。颔联和颈联正是渔村居民生活的缩影,较全面地反映了当时渔民生活的各个方面。

"连天碧水斜阳际,数点归帆最可人",尾联描写的画面继续扩展,最可人的是盼望外出打渔的丈夫早点归来,"归帆"代表了即将归航的丈夫。"最可人"传达出只有丈夫平安的满载而归,晚上团聚在一起共餐,才是最温馨的生活。

本诗传达了浓厚的农村生活气息,字里行间处处流露出作者对当时渔民和谐温馨生活的赞扬之情。

(曹辛华注评)

陈黄金川(1907—1990),台南盐水人。父早丧,由母亲抚养成人。1921年赴日,就读日本精华女高;三年后毕业返台,师事施梅樵,奠定其汉学基础。素有"三台才女"之誉,诗作有300余首,风格多样,集为《金川诗草》。

重游关子镇①二首其二

陈黄金川

神火灵泉久擅名,②关花岭蝶亦多情。
移开云脚千林现,瘦尽山容一鸟鸣。
秋草独留新岁色,清流长作旧时声。
黄昏浴罢闲无事,静对遥峰写晚晴。

注释

①关子镇,应为关子岭,岭名。有温泉风景区,为观光胜地。

②神火灵泉:关子岭风景区有红叶公园,有"水火同源"的天然气及泉水流出,一经点火,乃形成水火相容的奇观,故诗人谓之"神火灵泉"。

赏析

关子岭位于台南市白河区,有著名的关子岭温泉,与北投温泉、阳明山温泉、四重溪温泉,并称台湾四大温泉,也是全球稀有的泥浆温泉,泉水富含硫黄,浸泡后全身舒畅,皮肤柔滑,堪称天然美容圣品。本诗以"神火灵泉久擅名,关花岭蝶亦多情"起兴,我们立即便可从上述关子岭的地理介绍中,看出此联笼盖全篇的作用。关子岭风景区有红叶公园,有"水火同源"的奇观。在往关子岭的游玩途中,岭上鲜花盛开,蝴蝶迎客,"多情"二字,用拟人手法,道出了诗人重游的愉快心情。

颔联"移开云脚千林现,瘦尽山容一鸟鸣",一远望,一近听,错落有致,摇曳生姿。高山上的林木终年云雾缭绕,一旦撩开了云雾,花草树木诸般景致都可尽情欣赏,一个"现"字,让情景毕现,可见造句之工,炼字之准。秋风吹过萧疏的秋林,故着一"瘦"字;落叶声细,却传来一声鸟鸣,着一"一"字,渲染了"蝉噪林逾静,鸟鸣山更幽"的氛围之余,更烘托了心境的恬淡幽静,深得唐王籍《入若耶溪》诗中的意境。

颈联"秋草独留新岁色,清流长作旧时声",实写重游,关合诗题。此处点明季节是秋天,秋天的林子中,"无边落木萧萧下"(杜甫句),落木即落叶,秋叶凋零而落下,唯独秋草能耐岁寒,留下了今年的苍翠之色,这是今年由春历夏至秋的草色。山间清清的小溪长年流淌,叮咚叮咚的琴声,犹如当年初游。一新一旧,对举照应:"新"有对当前景色的欣喜,"旧"有对当年风物的忆恋,诗人对关子岭风光的一往情深,我们可于"新""旧"两字中细细品味出其中蕴含的一片真情。

"黄昏浴罢闲无事,静对遥峰写晚晴",从"黄昏浴罢闲无事"这一句表现出一种悠闲慵懒的情态,此时诗人生活应该较为优裕。诗人是本地人,但是重游的兴致因熟中觅新而更高,她游玩了一天,时间到了黄昏,地点是更欲重新体味的关子岭温泉,自是要好好地沐浴浸泡,一解劳乏。至此,我们自然会联想到白居易《长恨歌》中的诗句:"春寒赐浴华清池,温泉水滑洗凝脂"。诗人浴罢,淡妆轻抹,悠闲无事,心境宁静,于是漫步海边,正值秋高气爽,海面落日溶金,金波粼粼;再遥望关子岭周围重重叠叠的丘陵山峰,都成金色的晚霞中晴光凝翠。如此闲静的心情,如此优美的风物,诗人的才思浑如潘江陆海,不可抑制地喷薄而出。

诗人以白描手法,赞美了宝岛台湾的壮美风光,关子岭温泉在诗人的笔下熠熠生辉,令人不胜神往,妙在不用典而极富诗味,给人一种清新的感觉。此诗的谋篇布局井井有条,以一天的游玩为线索,先说家乡的温泉久擅盛名,因而心情愉快重游故地,花草蜂蝶多情地欢迎旧相识,接着以宏观的角度描写林中的景色,再从说出自己的细致体味,从而生发重游的兴致、情趣和感慨。最后浴罢遥望晚峰晴霁,作诗以记一日之游,脉络分明,读之极有韵味,富有艺术感染力。

(李真龙注评)

附录一

诗词格律及其创作鉴赏

——以《咏台诗词一百首》为例

罗　辉

自古以来,"诗言志"就是两岸同胞共同的文化基因。当今,不断传承和发展中华诗词优秀传统文化,在实现中国梦的进程中放飞诗国梦,同样是两岸诗坛共同的历史使命。近年来,我们举办两年一届的"海峡两岸中华诗词论坛"等诗学活动、并组织两岸专家共同编写《咏台诗词一百首》,其目的都是为实现这一目标而尽微薄之力。这里,将主要结合本书所选诗作,对诗词格律及其创作鉴赏作简要介绍。

诗词的种类

诗词的种类可以根据不同的标准来划分。当今诗坛习惯于将五四新文化运动催生出的自由体诗(又称"白话诗")称为新诗,而将包括格律诗词在内的其他体裁的传统诗体统称为旧体诗。旧体诗又可分为古体、骚体、乐府、近体等有代表性的诗体。其中,比较常见的是古体诗(以五言或七言古风为主)及唐人所称的近体诗。当代诗坛所说的格律诗词,即唐代所谓近体诗(即律诗)与宋代所谓诗余

（即词），本书所选择的作品亦大多属于这个范畴。

1.诗。对律诗而言，其特征可概括为"六有"：一是篇有定句：标准律诗八句；绝句四句；排律（或长律）十句以上，可长至几十上百句，其规则与律诗相同，实际上是在律诗四联八句的基础上，再增加若干对仗联，从而延长了律诗的长度。其中，还有所谓试帖诗（即旧时科举应试诗），唐代限用十二句，清代限用十六句。二是句有定言：律诗每句或为五言，或为七言，分别称为五律、七律或五绝、七绝。律诗的奇数句与偶数句为一联，每联的第一句叫出句，第二句叫对句。三是言有定声：律诗中每个字都得遵循平仄声律。四是脚有定韵：律诗必须押平声韵，且一韵到底，不可重韵与换韵。五是篇有定对：对标准律诗和排律而言，除首联与尾联外，一般要求中间各联对仗。但对绝句而言，则没有对仗要求。六是章有定法：律诗的篇章结构大体有"起承转合"的要求。

2.词。词源于唐代，盛于宋代，是从诗的基础上发展起来的。实际上，"词"最早的名称，称作"曲子词"。曲指的是乐调（称为词调），词指的是文辞，就像今天的歌词一样。尽管从诗词的发展过程看，是先有诗，后有词。但自诗词与音乐分离以后，对于讲究格律的诗与词来说，其实都可以理解为必须遵循格律规则的韵文。根据不同的标准，词可以分为不同的类型：一是按照词的字数多少，可分为小令、中调与长调三类。其中，五十八字以内的词叫小令；五十九字至九十字的词叫中调；九十一字以上的词叫长调。二是按照词的段落多少，可分为单调、双调、三叠、四叠四类。其中,最为常见的是双调(即上、下两段)。

诗词的平仄

诗词格律诸要素包括平仄、押韵与对仗。其中,最为特别的是平仄。古体诗也押韵,绝句和相当多的词牌并不要求对仗,唯独平仄,为格律诗词所必遵。当然,平仄概念又与四声概念密切相关;诗词长短各句的平仄格式又与其基础平仄格式——即七言句与五言句的平仄格式紧密相连;相邻字数相同的诗句或词句,它们之间的平仄关系又涉及"粘对"规则。以下分别说明。

1. 四声与平仄。由于古今语音的变化,四声有古四声与新四声之分。其中,在古代汉语中有四个声调:即平声、上声、去声与入声,可称为古四声。当下,仍有许多方言语音中(如吴语、粤语、闽语、湘语等)还保存着这四声。但是,在北方的有些方言里,入声已经消失,平声又分为阴平、阳平,进而成为新四声,即阴平、阳平、上声和去声。现代汉语中,普通话的声调即为新四声。

2. 平声与仄声。在诗词平仄规则中,所谓平声,即古四声中的平声或新四声中的阴平与阳平;所谓仄声,即古四声中的"上去入"三声,或新四声中的"上去"两声。在诗词的创作上,让平仄这两类声调互相交错,就能使声调多样化,进而形成诗词抑扬顿挫的节奏美。显然,汉语的时代差异给今人创作格律诗词带来了一定的困难,但古往今来的有关韵书(包括诗韵或词韵),均可供使用者查阅常用汉字平仄。在诗词创作中,把握平仄问题尚须注意的问题,一是注意一字多音的问题;二是注意古四声与新四声的联系与区别的问题;三是注意要在同一首诗词中,从头到尾应遵循同一本韵书。

3. 七言与五言诗句平仄格式的正格、定格与变格。对诗词平仄来说,七言与五言句的平仄格式既是格律诗的平仄基础,也是词中长短各句(如三字句、四字句、六字句等)的平仄基础。所谓正格,是指理想节奏感所体现的理想平仄格式。实证分析表明,由于正格太约束格律诗词的创作,所以,它只是认识诗词平仄的理论基础,而在格律诗词创作的实践中,实用的平仄规则往往是在此基础之上相对宽松一些,并被大多数作品所采用的平仄格式,包括定格与变格。所谓定格,是在正格的基础上,适当放松了个别字的平仄要求后,符合绝大多数诗句平仄规则的一种格式。所谓变格,是基于一定共识,在定格的基础上,又对相关字的平仄作了适当变动或调整的平仄格式。统计分析表明,七言与五言诗句正格、定格与变格的比较分别如表一与表二所示,表中"一"表示平声,"|"表示仄声,"+"表示可平可仄。

表一　七言诗句正格、定格与变格的比较

正　格	定　格	变　格
一　一　|　| |　一　一（句）	＋　一　＋　| |　一　一（韵）	变格"＋　一　＋　|　一　|　一"尚有争议
一　一　| |　一　一　|（句）	＋　一　＋　|　＋　一 |（句）	联句"＋　一　＋　|　＋　一　|（句）＋　|　一　一　＋　|（韵）",其变格为"＋　一　＋　|　＋　|　|（句）＋　＋　一　一　|　一（韵）"

正　格	定　格	变　格
丨　丨　—　—　丨 丨　—（韵）	+　丨　—　—　+ 丨　—（韵）	+　丨　丨　—　—　丨　—（韵）
丨　丨　—　—　—　丨 丨（句）	+　丨　+　—　—　丨 丨（句）	+　丨　—　—　丨　+　丨（句）

表二　五言诗句正格、定格与变格的比较

正　格	定　格	变　格
丨　丨　丨　—　— （韵）	+　丨　丨　—　— （韵）	变格"+　丨　—　丨　—"尚有争议
丨　丨　—　—　丨 （韵）	+　丨　+　—　丨 （句）	联句"+　丨　+　—　丨（句）—　—　+　丨　—（韵）",其变格为"+　丨　+　丨　丨（句）+　—　—　丨　—（韵）"
—　—　丨　丨　— （韵）	—　—　+　丨　— （韵）	丨　—　—　丨　—（韵）
—　—　—　丨　丨 （句）	+　—　—　丨　丨 （韵）	—　—　丨　+　丨（句）

4.七言与五言诗句的病句。从平仄的角度看,律诗最典型的病句有两种,即"孤平"与"三平尾"。"孤平"是指定格为"+丨——+丨—"或"——+丨—"的七言或五言诗句,若平声韵脚外,只有一个平声字,就叫作做犯了"孤平"。"三平尾"是指七言或五言诗句的句末连续使用了三个平声,就是犯了"三平尾"(又称"三平调")。需要

302

说明的是,词句的平仄规则虽然没有将"孤平"与"三平尾"明确地列为病句,但大多数词谱表明,词原则上也不允许"孤平"与"三平尾"。

5.诗词平仄的粘对规则。诗词平仄的粘与对,是指等长相邻两诗句或词句之间的平仄关系。就律诗而言,一组联句,出句和对句之间的平仄关系相反,就叫做"对"(即平对仄,仄对平);前一联的对句与后一联的出句之间的平仄关系相同,就叫做"粘"(即平粘平,仄粘仄)。这种粘对规则可概括为,"相邻奇偶句相对(即第一句与第二句、第三句与第四句等等),相邻偶奇句相粘(即第二句与第三句、第四句与第五句等等)"。

对于词而言,由于是依谱填词,不同词牌长短各句的平仄规则与粘对规则就自然体现在词谱当中了。需要说明的是,传统的词谱基本上属于"一词一谱"的描述方式,将多数词作采用的格式称之为定格,其他称之为变格。这种词谱只给人提供一条路而无其他选择,缩小了词人填词的自由空间,进而束缚了使用者的手脚,不利于填词过程的意象与意境的营造。笔者坚持求正容变原则,运用统计分析方法发现了各个词牌的内在规律,采用表格的方式来描述词谱(简称"表"述词谱),给读者提供了多条可供选择的道路,进而为被加重的词律"松绑",以有利于创作。本书出现的五个词牌《浣溪沙》《意难忘》《琵琶仙》《西河》《望海潮》,各自的"表"述词谱见附录二所示(摘自《新修康熙词谱》)。

同样,律诗也可像词那样,将五绝、七绝、五律、七律看成是四个"诗牌",加上首句平起或仄起,一共有八种格式,进而制成"诗谱"(参见附录三),亦可像词那样不用记忆格律规则,只要依谱写诗就行了。

诗词的押韵

诗词格律除平仄规则外,另一条基本规则就是押韵(也称之为叶韵或协韵)。诗词创作需要依据韵部来押韵,否则就会犯出韵之忌。从现代汉语的语音来看,根据《汉语拼音方案》,韵部与韵母有关。其中,韵母包括韵头(如果有韵头的话),而韵部不包括韵头。语音学的标准是"不同韵头的字,只要主要元音和韵尾相同(如果有韵尾的话),就算是韵部相同",而音韵学的标准则是"不要求韵母的主要元音完全一致,音色近似的元音也可以认为是属于同一个韵部。"①正因为如何划分韵部,没有一个刚性标准,所以实践中使用的韵书,韵部的划分不尽一致。当今诗坛上流行的诗词韵书主要有:一是完全遵循古四声的《平水韵》及以该韵书为基础的《佩文诗韵》和《词林正韵》;二是兼顾古四声和新四声的18韵《中华新韵》(其简本为上海古籍出版社出版的《诗韵新编》);三是完全遵循新四声的《中华通韵》与传统韵书《十三辙》。

1.诗的押韵。律诗只能押平声韵。在律诗与绝句中,任意找两个例子,便可看出,它们的韵脚字都是平声。如五律的例子:

---

①王力:《汉语音韵》,中华书局2013年版,第21—23页。

赐施琅诗

（清）康熙帝

岛屿全军入（＋丨——丨），

沧溟一战收（——＋丨—）。

降帆来蜃市（＋——丨丨），

露布彻龙楼（＋丨丨——）。

上将能宣力（＋丨——丨），

奇功本伐谋（——＋丨—）。

伏波名共美（＋——丨丨），

南纪尽安流（＋丨丨——）。

这首诗的"收""楼""谋""流"四个韵脚字，在《佩文诗韵》里都属下平声十一尤韵；亦属《诗韵新编》十二侯韵。再如七绝的例子：

游古奇峰垂钓寒溪

（清）刘铭传

山泉脉脉透寒溪（＋—＋丨丨——），

溪上垂杨拂水低（＋丨——＋丨—）。

钓罢秋光闲觅句（＋丨＋——丨丨），

竹竿轻放断桥西（＋—＋丨丨——）。

这首诗的"溪""低""西"三个韵脚字，在《佩文诗韵》里都属上平声八齐韵；亦属《诗韵新编》七齐韵。

从上述例子可以看出律诗的押韵规则：一是押平声韵；二是首句既可押韵，也可不押韵；三是除首句可以入韵外，其他韵脚都在偶数句；四是必须一韵到底，不能换韵，且不能出现重复的韵脚字。也许是由于《佩文诗韵》将平声分得太细的缘故(即上平声、下平声各十五韵,共三十韵),所以,在创作实践中,允许律诗的首句可以用邻韵。所谓邻韵,是指根据《佩文诗韵》的分部,除"江"与"阳"、"佳"与"麻"、"蒸"与"侵"为特例外,一般都是依照诗韵的次序,将排列相近而又相似的韵认为是邻韵。具体而言,可以把相近的诗韵分为八类①:即上平声"一东""二冬"两韵为一类;上平声"四支""五微""八齐"三韵为一类;上平声"六鱼""七虞"两韵为一类;上平声"九佳""十灰"两韵为一类;上平声"十一真""十二文""十三元""十四寒""十五删"、下平声"一先"六韵为一类;下平声"二萧""三肴""四豪"三韵为一类;下平声"八庚""九青""十蒸"三韵为一类;下平声"十三覃""十四盐""十五咸"三韵为一类。

需要说明的是,与律诗不同,古体诗不但没有平仄格式要求,而且既可押平韵,又可押仄韵,还允许换韵。例如,唐人施肩吾的绝句《岛夷行》,押的就是仄声韵;又如,清人刘师培的七言古风《台湾行》就多次换韵。

2. 词的押韵。词的押韵由词谱规定,词牌不同其押韵格式亦不尽相同。就是同一词牌,也可能有不同的押韵格式。词的押韵特点:一是既可以押平声韵,也可以押仄声韵,有的词牌还专门要求押入声韵(如《满江红》的仄韵格)。二是词的押韵有密有稀,密的有一句一押韵的(如《长相思》)、两句一押韵的(如《卜算子》),稀的有

①师洪亮编著:《诗词写作必读》,中国石化出版社,2003年版,第11页。

三、四句以至五、六句一押韵的。三是词的押韵有的要求
一韵到底，有的可以换韵。四是词的押韵允许出现重复
的韵脚字，有时还特定要求用重复的韵脚字（即叠韵要
求，如《如梦令》）。五是填词多用的《词林正韵》，是将
《佩文诗韵》相关韵部合并而成的，也就是说它较《佩文诗
韵》相对宽松一些。当然，今人也有遵循《词林正韵》来写
诗的现象。

　　3. 与押韵相关的几个问题。一是关于宽韵、中韵、窄
韵和险韵的概念，它是根据韵书中各韵部所包括的字数多
少来说的。包含的字数多，叫做宽韵；包含的字数不是很
多，又不是很少，叫做中韵；包含的字数少，叫做窄韵；包含
的字数极少，叫做险韵。二是关于和（读 hè）韵、限韵和叠
韵的概念。所谓和韵，就是别人写了一首诗词，自己也按
照同一格式跟着写一首，常称之为一唱一和。和韵分依
韵、用韵、次韵三种：所谓依韵，也叫同韵，即和诗所用的韵
与原作所用的韵同在一个韵部，但不一定是原来的韵脚用
字；所谓用韵，即用的是原作的韵字，但是可不依原作韵脚
字的次序；所谓次韵，也叫步韵，即和诗的韵脚不仅要用原
作的韵字，而且还要求与原作各韵字的先后次序也完全相
同。此外，还有所谓追和之说，指的是与先人的某首诗词
进行唱和。

诗词的对仗

　　诗词中字数相同的句子，若出句和对句的句式与词性
成为对偶，在诗词上叫对仗。其基本要求为：一是出句和

对句的句式要相同;二是相对的字或词,其词性还要相同或相近,如"天"对"地","风"对"雨","来"对"去"等。用今天的语法来讲,就是名词对名词,代词对代词,形容词对形容词,动词对动词,副词对副词。对仗是诗词重要的规则之一。

从理论上讲,只要是上下两句的字数相同,都可以对仗。但这并不是说,字数相同的句子都要求对仗,而只是律诗与部分词牌有对仗要求。

1. 对仗要求。通常,律诗要求中间两联,即颔联和颈联对仗。同时,也有所谓偷春体(或偷春格,指的是首联与颈联对仗,而颔联不对仗)、藏春体(或藏春格,或是首联与颔联对仗,颈联不对仗;或是颈联与尾联对仗,颔联不对仗)与蜂腰体(或蜂腰格,即颔联不对仗,只有颈联对仗)之说。对绝句而言,它只有四句两联,尽管有的诗作用对仗,但不是格律要求。与诗相比,词的对仗较为宽松。对有些词牌的相关词句,尽管词人多用对仗,但这是"好"的表现,而不是作为判别"对"与"错"的依据。另外,词中有的不是两句对仗,而是三句排比。还需说明的是,律诗的对仗,上下联关键字的平仄是对立的,但词的对仗则可对可粘。

2. 对仗方法。为便于学习与掌握对仗方法,古今诗词著作从不同角度归纳过很多种对仗方法或形式。下面,将在综合相关文献的基础上,立足于诗词创作,就主要方法或形式予以介绍。

——同类对与异类对。所谓同类对,是指用同一类的字或词来对应。例如,清人洪斌《战澎湖》中的颔联:"雷发火车连帜赤,雨飘战血入江红。"显然,在上述例句中,"雷与雨""发与飘""火车与战血""连与入""帜与江""赤与红"都是同类词。在同类对中,有一些很典型的对仗值得借鉴与参考。其中,"数目对""颜色对"与"方位对",就是三种很有特色的对仗。关于名词的同类对,还不能简单地说是名词对名词,其原因是由于名词的种类较多,还可以细分"天文类""地理类""时令类""动物类""植物类"等,进而再进行分类对仗。阅读古人的格律诗词可以发现,一是用异类对的要比用同类对的多得多。二是虽然纯粹用同类对的很少,但对偶用字,兼同类和异类的却极为普遍。

　　——正对与反对。在同类对中,按照对仗中相应字或词的意义,还可分为正对与反对。正对的同类词不具有正反两种意义,而具有正反两种意义的同类词,如"寒"与"暖""多"与"少""肥"与"瘦""高"与"低""黑"与"白""难"与"易"等,则是与正对相对应的反对。正对的优点是可以写得很工整,缺点是容易流于形式,甚至稍有不慎,还可能出现合掌或同义相对的毛病。所以反对则更是被人称道的一种对仗格式。古人有"反对为优,正对为劣"的说法,可见反对是一种比较好的对仗方法。例如,清人谢道隆《割台书感》中的颈联:"傍釜游鱼愁火热,惊弓归鸟怯巢寒。""热"对"寒"便是反义相对。

　　——言对与事对。所谓言对与事对,是分别指不用典故与使用典故的对仗。使用典故的事对如:清人林鹤年《东望台澎泣而有赋》中的颈联:"祖逖临江空击楫,鲁阳挥日竟沈戈。"其中,"祖逖临江"与"鲁阳挥日"就是用典。

——工对、邻对与宽对。所谓工对,是指在同类相对的基础上,还要求对得工整。同类相对也就是名词对名词,代词对代词,形容词对形容词,动词对动词,副词对副词,数词对数词,虚词对虚词,颜色词对颜色词,方位词对方位词。然而,诗人们对于动词、副词、代词、代名词等,都没有过细地分类。颜色词、数目词、方位词等也各自独成一类。而真正细分的是名词,可以说工对的讲究也主要体现在名词上。名词常细分为天文、时令、地理、宫室、器物、服饰、饮食、文具、文学、草木花果、鸟兽虫鱼、形体、人事、人伦等类型。严格地说,按细分后的名词种类(即小类)对仗,才叫做工对。特别是名词中的专名只能跟专名对,最好是人名对人名,地名对地名。反义词相对也是工对,而诗词界更崇尚反义相对。例如,玄烨《赐施琅诗》中的颔联"降帆来鹿市,露布彻龙楼"就是工对。

所谓邻对,是指邻近的一类词相对。王力教授《汉语诗律学》将汉语词语大体分为二十类[1]:即天文与时令、天文与地理、地理与宫室、宫室与器物、器物与服饰、器物与文具、服饰与饮食、文具与文学、草木花果与鸟兽虫鱼、形体与人事、人伦与代名、疑问代词与"自、相"等字和副词、方位与数目、数目与颜色、人名与地名、同义与反义、同义与连绵、反义与连绵、副词与连词或介词、连词或介词与助词。清人徐德钦《牛溪晚岚》中的颈联"两三茅屋炊烟直,屈曲村桥石径平","两三"对"屈曲"就属于邻对。

---

[1] 王力著:《汉语诗律学》,上海世纪出版集团,2005 年版,第 177 页。

所谓宽对，是一种较为宽松的对仗方法，它不像工对那样严整。按照现代汉语的说法，大体上是名词对名词、动词对动词、形容词对形容词等，而不再细分若干小类。宽对比工对要宽泛得多。例如，吴质卿《感事》中的颈联"漫说兴亡归气数，休凭强弱论中倭"，"气数"对"中倭"就属于宽对。

——并肩对与流水对。所谓并肩对，又称平对。这种对仗法，两句各有一种意思，并不相隶属。此种对仗方法最容易作，又最常见。例如，杨廷理《重定噶兰全图》中的颈联："金面翠开云吐纳，玉山白映雪迷漫。"出句与对句各写一景，不相隶属。所谓流水对，又称顺接对，实质上是将一句话分成两句说，好像是状如流水的一个整体，而不可分割。就流水对而言，由两句话组成的出句与对句是一个整体，出句独立起来没有意义，至少是意义不全，只有加上对句意思才完整。一般而言，流水对的出句是因，对句是果，或是把出句的意思充实，或是补充说明出句的意思。例如，林大业《崃顶山》中的颈联："几些花果几多竹，半倚人家半著仙。"对句就是出句意思的补充。

——隔句对与当句对。对仗一般是在同一联的两句中，即出句与对句之间的相应字或词相对。但有些情况下，也有隔句或当句相对的情况，即隔句对与当句对。所谓隔句对，是指诗词中的四句话，第一句与第三句对，第二句与第四句对。如果将这四句诗词写在扇面的两边，而左右两面就两两相对，所以又称之为扇面对。例如，《满江红》下阕中前四句，每句三字，有的词作用的就是隔句对。

所谓当句对,又称句中对,是指对仗的两句,都是当句之中的一词与当句之中的另一词相对。例如,连横《酬南强》中的颔联"射虎屠龙原易事,拔天辟地有奇才。"其中,"射虎"对"屠龙","拔天"对"辟地"就是当句对。

——假借对。最常见的假借对包括"借义"与"借音"两种。所谓借义对,是指对那些有两个意义的词,在诗词中用的是甲义,但同时借用的乙义来与另一词成为对仗。所谓借音对,即不是借"义"来对仗,而是借"音"来对仗。通常,借"音"对多见于颜色对。像借"清"为"青",借"皇"为"黄",借"篮"为"蓝",借"沧"为苍",借"珠"为"朱"等。如陈贯《过火焰山即景》中的颈联:"水清石瘦忘机地,草碧禽啼得意天。""清"对"碧"就是借音对,因为"清"与"青"同音。

——叠字对与双拟对。所谓叠字对,是指在句中用了两个字组成的叠词。叠词不但用在句头,也可用在中间或结尾。例如,俞明震《甲午除夕登台北城楼》中的颈联:"役役谈兵清议在,冥冥入世几人深。"所谓双拟对,是指对仗的两句,每句都有相同的一个字在相对应的位置同时出现。例如,许南英《台感》中的颔联:"某山某水还无恙,谁毁谁誉任自然。"出句的第一字与第三字都用了"某"字,同样,对句的第一字与第三字也都用了"谁"字。

3. 对仗的避忌。对于格律诗来说,对仗时应注意避免合掌或同义相对、相邻两联对仗雷同以及同字相对等问题。所谓合掌,是指对仗的出句和对句的对应位置,使用在意义上完全相同或基本相同的词来相对,如两掌相合,彼此雷同,这是诗家的大忌,应该竭力避免。同时,为了避免相邻两联对仗的雷同,首先应尽可能注意句式的变化。若是由于内容表达的需要,难于避免句式变化时,则必须注意用词的变化。例如,林启东《北湖荷香》的中间两联:"水环近郭通南岸,花拥孤村向北溪。凉雨注秋低覆鹭,淡烟吹午远闻鸡。"尽管两联的句式都是"上四下三",但后三字的词性却不同。

诗词格律运用中的"好、对、错"问题

诗词格律主要包括平仄、粘对、押韵、对仗等规则。格律诗词创作,当然不能不讲格律。但在运用诗词格律时,还需要正确把握格律运用中的"好、对、错"问题。也就是说,在坚持形式服从内容的基础上,遵循诗词格律的总原则应是"确保对而不错,力争既对又好",但不能用"好"的标准来衡量"对"与"错"。

1.关于定格与变格问题。七言与五言诗句的平仄格式可概括为四种定格与三种变格。从"好"的角度看,在如何选择"四种定格与三种变格"的问题上,则应遵循"定格优先"的原则,也就是说,可以使用定格的诗句,应优先使用定格。只是为了某一方面的需要(如对仗要求或诗意表述等)才使用变格。如果不与立意冲突,全部采用正格或定格,从格律的角度讲当然更好。

2.关于"三仄尾"问题。在格律诗的创作中,三平尾的诗句是病句,已是古今诗坛的共识。但是,三仄尾是否也是病句呢?这倒是需要研究的问题。有的诗词格律著作

认为"三仄尾"与"三平尾"一样都是病句,笔者认为这正是混淆了"好、对、错"三者之间的界限。实际上,很多研究表明"唐诗无忌三仄调"①。也就是说,三仄尾的诗句对而不错(注意,"对"或"不错"不等于"好")。这样说的原因:一是从读音的角度看,仄声较为短促,三个仄声在一起并不影响读音和谐。王力在其著作《汉语诗律学》中指出②,出句"——丨丨丨",对句"丨丨丨——"("丨"表示仄声;"—"表示平声),律诗常用;二是从统计分析来看,三仄尾的诗句较为普遍,就是被公认最为工整的杜(甫)诗,也有很多三仄尾诗句,如"江流石不转"(《八阵图》)、"秋水才深四五尺"(《南邻》);三是如果硬要说三仄尾是病句,那么又怎么解释有一种联句变格(这也是拗救理论所允许的)还可能导致五仄尾的现象呢?例如"草木岁月晚,关河霜雪清"(杜甫《送远》)等。这就是说遵循"好"的标准,应尽可能避免三仄尾,甚至是四仄尾或五仄尾。

3. 关于沈约"八病"问题。沈约有所谓"八病说",即平头、上尾、蜂腰、鹤膝、大韵、小韵、傍纽(又称大纽)、正纽(又称小纽)。沈约"八病说"对促进五言或七言格律诗的发展发挥了积极作用。但正如沈约本人在《答陆厥书》中所说:"宫商之声有五,文字之别累万,以累万之繁,配五声之约,高下低昂,非思力所学,又非止若斯而已。十字之

---

① 郭芹纳:《诗律》,商务印书馆,2005年版,第58页。
② 王力著:《汉语诗律学》,上海世纪出版集团,2005年版,第92页。

文,颠倒相配,字不过十,巧历已不能尽,何况复过于此者乎?""八病说"的倡导者尚畏难而不能全部遵守,何况他人呢?清康熙帝曾说"沈约之声韵,后人不无訾议",此评论是比较公允的。笔者认为,沈约"八病说"也只能作为"好"的目标参考,而不能作为辨别对与错的依据。

4.关于"四声递用"问题。对于格律诗来说,从"对"与"错"的角度看,"上去入"三声都是仄声,可以不予分别考虑。但是,为了追求声韵的完美,从"好"的角度看,一句之中需要"四声递用"(或称为"四声备"),也就是尽可能在一句的五个字或七个字中,具备平上去入四声,还要相间使用,这是声律艺术的体现。当然,这种极端的和谐,"却给予诗人一种不可忍受的束缚"(王力语)。显然,"四声递用"是声调和谐的"最好"。然而,如果能够"避免两个同调的仄声放在一起"也就是"好"的标准了,却不必将"两个同调的仄声放在一起"视为声调错误,并据此作为准则判别声调的对与错。同样,在词律中,亦有所谓"四声备"或"五声备"问题,有的词书甚至还将其作为词律之一①。他们认为,"音律之美,则要求字音之美相配合,"四声备"的位置在词中并无一定,一般在结尾处居多。实证分析表明,尽管有"四声备"或"五声备"的实例,但不应以此作为加重格律"镣铐"的理由。实质上,唐宋及其以后的词中,不符合"四声备"或"五声备"要求的词句,所占的比重不在少数,所以,不能以"好"的标准来判断对与错。

_____

① 康学伟编著:《唐宋词小辞典》,华岳文艺出版社,1989年版,第146页。

5.关于韵脚字必须"阴平"与"阳平"兼备的问题。这也是一个涉及声律的"好、对、错"问题。用"好"的标准来衡量,由于平声有阴平与阳平之分,格律诗押平声韵,若能阴平与阳平兼备当然很好,对唐代名家诗篇的统计分析也证明了这一点。但是,这不能作为判断用韵是对还是错的标准。《佩文诗韵》同一韵部中的字,就既有"阴平"又有"阳平",而遵循传统诗律,按《佩文诗韵》选韵,只有韵部的要求,而无所谓阴平与阳平的区别。

6.关于三、四、六字句"可平可仄"的选择问题。笔者主张"表"述词谱,其中,比较常见的平仄标注格式有"＋＋＋(读)＋—＋｜""＋｜＋—＋｜"等。对于三字读而言,尽管三字都是可平可仄,实证分析也表明不乏三连仄,甚至还有三连平现象,但从好的角度看,三字应该是有平有仄。对于"＋—＋｜"与"＋｜＋—＋｜"四字或六字,相邻两个可平可仄处,应该以不同时用仄为好。

诗词的章法

所谓章法,是指诗词作品所体现的谋篇布局方法。古人云:"文无定法,文成法立。定礼则无,大礼则有。"所以了解一些"大礼"——即一般性的方法,对诗词的鉴赏与创作是有利的。

1.诗的"起、承、转、合"。所谓"起、承、转、合",是格律诗创作的一般章法。"起",即开头;"承",即承上;"转",即转折;"合",即收合。对大多数律诗而言,"起"为诗的第一联(首联);"承"为诗的第二联(即颔联),要注意承接上联与带出下联；"转"为诗的第三联（即颈联），既要注意承接上联，又要注意呼出尾联；"合"为尾联，既要注意结束全诗，又要言尽而意不尽，有余韵回味。绝句的"起、承、转、合"，一般是以一句为单位，第一句为"起"，第二句为"承"，第三句为"转"，第四句为"合"。当然，与律诗一样，这一规则是相对而言的，而不是固定不变的，千万要注意从实际出发，灵活掌握。

2. 词的"起、结、过"。对于词来说，它的"起、承、转、合"也就是"起（开头）、结（结尾）、过（过片）"三个环节。关于"起"与"结"的技法，将在后面专门介绍。这里，先介绍一下"过"的问题。关于"过"的技法，主要是针对分片（即分段）的词牌而言的。除单调小令外，大多数词为双调，即分为上下两片，"过"法的关键在于做好上下片之间的衔接，既承上、又启下，尽可能让上片的结句要似合而又似起，让下片的起句似承又似转。过片的常见形式有以下几种：一是笔似断而意相连，即不是通过语言而是通过意境来承上接下。如上片写景，下片抒情，看似无关，却是景中有情，情中有景，这也是最常见的过片方法。二是上结引下起，即通过上片的结句，引出下片的起句。三是上下文义并列，即通过时间、空间、事物等，让上片与下片在文义上并列，或一今一昔，或一正一反，或一高一低，或一动一静等。四是上问下答，即上片提问，下片作答。当然，词的"起、结、过"与诗的"起、承、转、合"一样，只是一般规律，也不是一成不变的，需要在创作时灵活掌握与运用。特别是"过"的问题，这是双调词不同于诗的一大特征，大多数词人都会注意上下片之间的过渡与衔接。

3.诗词的起法与结法。宋人严羽《沧浪诗话》认为："结句好难得，发句好尤难得。"也有人说，好的开头不如好的结尾，即结句好比发句好更为重要。这两种说法的共同之处，都说明开头与结尾在诗词中的作用尤其特殊，需要唤起习作者的自觉意识。

关于"起"法。从修辞的角度看，有起兴式，即以某一事物为发端，再引出作者所要表达的情感。例如，高拱乾《安平晚渡》的开头："日脚红彝垒，烟中唤渡声。"对比式，即通过对比，把两种对立的事物或同一事物的两个不同的方面放在一起，相互对照比较。例如，徐孚远《东宁咏》的开头："自从漂泊臻兹岛，历数飞蓬十八年。"直言式，即通过直言情状、直抒胸怀、直写人物、直写景物、直叙事件等方式，以开门见山的方式开头。例如，张琮《澎湖岛》的开头："孤悬一岛水连空，开幕登坛节钺崇。"此外，还有发问式、设辨式等形式。从内容的角度看，有言事式，即直言其事，点出诗题。例如，姚启圣《视师》的开头："提师渡海极沧溟，万里波涛枕上听。"写景式，即以写景开头。例如，李灿煌《阿里山神木》的开头："一柱擎天茁太初，东南半壁望扶疏。"抒怀式，即为抒情性开头，例如，苏镜潭《台南谒延平王祠》的开头："英雄立马拥专征，故垒萧萧赤嵌城。"用典式，即用事典或语典开头。例如，罗福星《狱中》的开头："勇士飞扬唱大风，黔首皆悲我独雄。"

关于"结"法。与开头一样，结尾也没有固定的形式，较为常见的有以下几种：一是以写景作结。以写景结尾的诗词很多,其中,以描写景物为主的诗词,结尾自然多是写景;以抒情、叙事为主的诗词,结尾也有写景的,作者将欲说还休之意都蕴含在景中,耐人寻味。例如,王松《咏五指山》的结尾:"夜来遥见峰头月,一颗明珠弄掌中。"二是以描状作结。同写景作结类似,但写的不是自然的景物,而是人的情状,且寓意蕴含于其中。例如,洪繻《闻日军搜山感赋》的结尾:"世界今如此,苍生且奈何!"三是以抒怀作结。这是一种常见的结尾形式。在格律诗词中,无论是以抒情为主的,还是以写景、叙事为主的,都有以抒怀作结的。以抒怀作结的,往往是将全篇思想感情融汇为一两句精辟的诗句表现出来。例如,王松《感兴》的结尾:"故乡归未得,泪眼阅沧桑。"四是以判断作结。这种结尾往往用判断语或类似判断语的诗句作结,起着总结全篇思想感情的作用。例如,吴质卿《感事》的结尾:"兵穷食尽孤城在,空使将军唤奈何!"五是以发问作结。这是指在结尾时,忽然又提出问题,这不仅能增加层次的起伏,而且还能留下联想的空间。以发问作结,有的不作回答,让人产生联想。例如,郁永河《台湾竹枝词》第十二首中的结尾:"一片平沙皆沃土,谁为长虑教耕桑?"此外,还有以反诘作结、以对比作结等其他作结方式。

诗词艺术修养

格律诗词创作要求有形、有则、有魂,前两者只要知晓格律、掌握基本技法便可做到,但"有魂"则需要通过持续加强诗词艺术修养,不断提升经营意象与创造意境的水平来实现。诗词艺术修养不但是诗词创作铸造诗魂的需要，也是诗词欣赏追寻诗魂的需要。"诗者，志之所之也。"（《〈诗经〉序》）"在心为志，发口为言。言之美者为文，文之美者为诗。"（宋司马光《赵朝议文稿序》）自古以来的"诗言志"传统，充分说明诗词创作与诗词鉴赏是一种源于诗学的审美艺术活动，是在积极心理的统领下，激发积极形象思维（即以"悟"为特色的形象思维），运用积极修辞手法（即赋比兴手法），选择与组合诗词意象，创造与升华诗词意境的艺术过程。其中，尤其需要领会诗与文的联系与区别。从联系的角度看，正如元好问（《杨叔能小亨集引》）所云："诗与文，特言语之别称耳。有所记述之谓文，吟咏情性之谓诗，其为言语则一也。"从区别的角度看，诗主达性情，文主发议论；诗用形象思维让意象凝成图画，生成意境，文用抽象思维让言辞提炼概念，彰显道理。

1. 经营意象。诗词创作从字面上看是词语的联缀，从艺术构思的角度看则是意象的组合。意象是构成诗词的基本元素，折射出主体之心在客体之物上的映象，是诗人的内在情思与外在物象相融合的产物。这种融合过程是心智和情感与物象相熔化及其转化过程，是诗人运用想象及修辞，将意与象融合以后所创造出来的可感的艺术复合体。它既包括主观的情与志，又包括客观的物与景，彰显出诗作的风格与诗人的品格。例如，刘铭传《游古奇峰垂钓寒溪》："山泉脉脉透寒溪，溪上垂杨拂水低。钓罢秋光闲觅句，竹竿轻放断桥西。"诗人是首任台湾巡抚，勤政爱民，功绩卓著，死后追赠太子太保，谥壮肃。作者写这首诗

320

的时间正值秋天,但却没有任何的悲秋情绪。他在繁忙的政务之余,难得一腔闲情,将内心的情思赋予诸多意象,如"山泉""寒溪""垂杨""拂水""钓罢""秋光""觅句""竹竿""断桥"等,充分体现了一名官吏悠然自得的闲情逸趣。起首两句看似写垂钓之地,是山泉流入清寒溪流、杨柳低垂拂水的地方。但诗人却通过诸多意象,让客观上的山泉流韵,注入主观上的脉脉神韵,还用一个"低"字来描绘"垂杨拂水",是否还有更深一层的垂询之意呢?末尾两句表明,诗人的主要目的不是在钓鱼,而是借钓鱼来欣赏秋光,即钓秋光。秋天是收获的季节,从作者轻放"竹竿"于"断桥"之西的诸多意象,也许还饱含着诗人劈波斩浪后的轻松与喜悦。

刘勰在《文心雕龙·诠赋》中写道:"原夫登高之旨,盖睹物兴情。情以物兴,故义必明雅;物以情观,故词必巧丽。""诗人感物,联类不穷;流连万象之际,沉吟视听之区。写气图貌,既随物以宛转;属采附声,亦与心而徘徊。"从中可以体会到意象生成的两种途径:一是"情以物兴"或"随物宛转";二是"物以情观"或"与心徘徊"。前者突出的是客体的外物在先、是主动的,而主体的内心在后,是被动的。按照这种途径,作为创作主体,一开始并没有什么不吐不快的显性情感,只是在偶然之中见到客体之物后,而迸发出诗人的情感。而后者突出的是主体的内心在先,是主动的,而客体的外物在后,是被动的。诗人用心去拥抱世界,使外在之物服从于内在之心,创作主体本具有某种特定的思想情感,并会主动寻找客观之物寄托这种情感,收到"登山则情满于

321

山,观海则意溢于海"(刘勰《文心雕龙·神思》),"物皆著我色"(王国维《人间词话》)的移情效果。当然,上述关于意象生成的两种途径,尽管理论上有"先"与"后"之分,但在实际情况下,又是相互糅合,难以分开的。正如王夫之《姜斋诗话》所言:"情景名为二,而实不可分,神于诗者,妙合无垠。""夫景以情合,情以景生,初不相离,唯意所从。"

显然,语词与意象的关系密切,分别为一首诗中最小的语言单位与艺术单位,据此可结合修辞手法,探寻意象的不同类型。汪裕雄先生认为:"《大序》将赋、比、兴三者作为诗之三法,作整体拈出,仍触及了中国诗学的精要处——意象论。'赋'为直叙其事,按中国自《春秋》以来的史家传统,叙事重意象,掺有情感价值判断因素;而不同于西方之重事实(fact,有真相义);'比兴'二法,'比'为托物引类,'兴'为托物起情,都直接关乎意象。尤其是'兴',以意象为情感象征,为全诗提供某种情绪氛围,'先言他物以引起所咏之辞'(南宋·朱熹《诗经集传》),从直接模拟事象('赋')和具体比附的喻象('比')脱开一步,取得了抒情用象的更大灵活性,更为后世学者所重视。"①我们可以根据"赋比兴"将意象分为三大类:一类是以"赋"为主要特色的"描述性意象";另一类是以"比"为主要特色的"引类性意象";再一类是以"兴"为主要特色的"感发性意象"。当然,在诗词创作中,"赋、比、兴"手法有时是难以分开的。特别是比兴两法更是经常结合运用,或兴中有比,或比中

①汪裕雄著,《意象探源》,第243页,人民出版社,2013年。

兼兴,或比兴连用。赋也是如此,或赋中有比,或赋中兼兴,或赋比连用,或赋兴连用,甚至有时还是赋兼比兴,即三法合于一笔。与此相对应,上面所述的三类意象,有时单独运用,但更多却是体现为意象组合的综合运用。特别是以"兴"为特色的感发性意象,更能彰显"感物动情""情动于中而形于外"的诗学特点,必然会或显或隐体现在描述性意象或引类性意象之中。例如,曾从大陆赴台湾任巡台御史的六十七,其诗《登澄台观海》:"层台爽气豁双眸,远望沧溟万顷收。赤雾衔将红日暮,银涛拍破碧云秋。鲲鹏飞击三千水,岛屿平堆十二楼。极目神州渺无际,东南形胜此间浮。"就是兼用赋比兴写成的。首联用赋笔开头,用描述性意象为全诗作出铺垫,打下了秋高气爽、赏心悦目的画图底色;中间两联用比喻手法写景,彰显了引类性意象,将首联的概括性描述具体化;尾联则是在前述三联的基础上用兴笔作结,将全诗气象引向深入,充分表达了作者热爱台湾、报效祖国的仁爱之心与志士情怀。

2. 创造意境。古往今来,对以唐诗宋词元曲为代表的中华诗词,其艺术追求都崇尚"气""神""韵""境""味""真""清""灵""逸""兴""趣"等审美理念。尽管各自的涵义不尽相同,但它们却都有着相同的内核,那就是中华诗学一直都推崇从"意象"到"意境"的理论精髓。所谓意境,或称境界,是指作者的主观情意与客观物境互相交融而形成的艺术境界。① 至于说如何实现意与境的交融而创

---

① 袁行霈著:《中国诗歌艺术研究》,北京大学出版社 2009 年版,第 23 页。

造意境,似可从郑板桥的"三竹说"与王昌龄的"三思说"得到启示。清代郑板桥说过:"江馆清秋,晨起看竹。烟光、日影、露气,皆浮动于疏枝密叶之间。胸中勃勃,遂有画意。其实胸中之竹,并不是眼中之竹也。因而磨墨展纸,落笔倏作变相,手中之竹又不是胸中之竹也。"(《郑板桥集·题画》)这里,郑板桥高屋建瓴地提出了"三竹说":即"眼中之竹""胸中之竹"与"手中之竹"。尽管郑板桥是就画竹而言的,但其内核却有助于我们认识与理解传统诗词从经营"意象"到创造"意境"的积极心理过程。唐代王昌龄在《诗格》中提出"诗有三格"说:"一曰生思。久用精思,未契意象,力疲智竭,放安神思,心偶照镜,率然而生。二曰感思。寻味前言,吟讽古制,感而生思。三曰取思。搜求于象,心入于境,神会于物,因心而得。"这里,王昌龄以"思"为中心,描述了从"生"到"感"、再到"取"这一连贯过程。综合考虑郑板桥的"三竹说"与王昌龄的"三思说",可看出两者之间的对应关系:即"生思"源于"眼中之竹",促进情随境生;"感思"系于"胸中之竹",促进移情入境;"取思"成于"手中之竹",促进物我情融。

创造诗词意境是诗人言志抒情的需要,是诗词审美价值之所在。无论是郑板桥的"三竹说",还是王昌龄的"三思说",言志抒情始终是从经营意象到创造意境的出发点与落脚点。从言志抒情出发,运用赋比兴手法,大体上可以通过写景、叙议、放言等方式实现从意象到意境的飞跃。所谓写景,即为了言志抒情而描绘景物,呈现画面,这也是意境创造的常用方式。例如,林豪《台湾尚书亭梅花》:"一树梅花几度开,尚书亭下此徘徊。种花人去春光老,无数寒潮卷地来。"阅读本作品,似可看到在尚书亭的梅花树下,徘徊着一位老态龙钟者,他仰天长叹,感慨岁月匆匆,虽说梅开几度,但最终还是花落人去,春光不再,剩下的只有不尽的寒潮又卷地袭来。此情此境,真可谓"缘境不尽曰情。"(唐释皎然《诗式》)所谓叙议,是指将言志抒情与议论、叙述、描写熔于一炉,共同开拓审美空间的意境创造方式。例如,林逢源《戍台夕阳》:"高台耸立水云边,有客登临夕照天。书字一行斜去雁,布帆六尺认归船。战争遗迹留孤垒,错落新村下晚烟。山海于今烽火靖,白头重话荷戈年。"首联交待戍台的位置,说明作者是站在戍台上观景;颔联描写天上与海上的景物,其意象用的是飞雁与归帆;颈联又是描写周边的景物,并用新村与遗迹对比;尾联发出议论,高台与夕阳、去雁与归帆、孤垒与晚烟、遗迹与新村等意象叠加,最后发出白头凭吊古时战乱的幽情深感。所谓放言,即直抒胸臆的意境创造方式,也就是不用写景状物,而是直接把情感倾泄出来,给人以酣畅淋漓的快感。例如,姜绍祖的《绝笔诗》就是用这种方式"冲口而出"的。该诗之所以感人、动人,是因为作者直抒之胸臆,"情真,景真,事真,意真。澄至清,发至情。"(元陈绎曾《诗谱》)

需要指出的是,传统诗学理论与实践表明,意境是诗词创作与鉴赏理论中的核心问题。自古以来,有眼光的诗家,从来就不认为意境就是"情"与"景"的简单结合,而是情与景、物与我相互交融所产生的审美体验。中国传统的审美意识,从其发端可以分为形而下和形而上两种。所谓形而下,就是孟子所说的"目之于色也,有同美焉",是指人的感觉器官可以感觉到的、具体感性的、有限的事物之美。所谓形而上,就是庄子所说的"天地有大美而不言",指的是不以感觉器官可以感觉到的、具体感性的、有限的事物为美,而是以人的灵性所体验到的那种终极的、本原的、悠远无限的生命感为美。在传统诗词的意境审美中,尽管"形而下"的审美情趣一直贯穿于意象经营的创作过程,但"形而上"的审美意识却始终是意境创造所追求的至高艺术境界。这也就是宋人梅尧臣关于"状难写之景,如在目前;含不尽之意,见于言外",严羽关于"言有尽而意无穷"所主张的审美标准。尽管诗词语言是由若干外在的、可感的、形而下的意象组合来体现的,但其艺术追求却不在实,而在似实而虚的审美体验,诗词审美追求美在言外、意外、象外,美在形而上的大象无形。

诗词鉴赏

所谓鉴赏,包括辨别、评定与欣赏之义。诗词鉴赏就是对诗词"形"的辨别,"则"的评定与"魂"的欣赏。其中,最为核心的是审美,是对诗词意境进行寻取与参悟的一种审美体验。显然,诗词鉴赏的前提是理解,但又不等同于理解,它必须从作品的形象出发,以形象给人的感受为依据,进而结合鉴赏者的文化素养去体会诗词的"弦上之音"与"弦外之音"。

有诗词创作与鉴赏经验的诗人自然明白,对于一首诗词来说,有诗人之意境、诗作之意境与读者之意境,三者之间不尽相同。诗人之意境是诗人经过"生思""感思""取思"而完成作品之后,当拿着"手中之竹",脑海中浮现的"胸中之竹"。显然,这时的"胸中之竹"与诗人诉诸语言之前的"胸中之竹"亦有差异,其具体风姿当然只有诗人自己心知肚明,别人是无法知晓的。诗作之意境是诗人诉诸语言,以作品形式凝固下来的客观存在,是独立于诗人的那个"手中之竹",与诗人的"胸中之竹"不完全相同,因为诗人头脑中的意境未必能完美地诉诸语言符号。这也说明,为了准确地理解某一首诗作之意境,应当全面地知晓诗人创作时的背景,包括时间、地点及当时社会与诗人自身的状况。读者之意境则是读者视作品为"眼中之竹",接受作品中的语言符号之后,在其脑海中浮现的意境,必然带有读者的主观成分。因为读者借助自己的想象、联想与类比,才能把凝固的语言符号还原为生动感人的画面,所以读者之意境也不一定与诗人之意境完全吻合。"作者之用心未必然,而读者之用心何必不然。"(清谭献《复堂词录叙》)所说的就是这种差异。诗词鉴赏过程,其实也是一种基于鉴赏者的艺术素养而进行的艺术再造过程,同样是一种富于创造性的审美活动。

欧阳修《六一诗话》云:"圣俞曰:'作者得于心,览者会以意,殆难指陈以言也。'"[1]这里,欧阳修转述梅尧臣的诗

---

[1] 宋·欧阳修、司马光:《六一诗话·温公续诗话》,中华书局,2014年版,第42页。

论名言,既表明对梅氏高见的赞赏,也说明诗的意境不是一成不变的,而是伴随着鉴赏者的情绪"与心而徘徊"。鉴赏者这种以意会境,也是诗的意境所独具的特征。这个方面最有代表性的例子,莫过于王国维的"三种境界"说。王国维《人间词话》云:"古今之成大事业、大学问者,必经过三种之境界:'昨夜西风凋碧树,独上高楼,望尽天涯路。'此第一境也。'衣带渐宽终不悔,为伊消得人憔悴。'此第二境也。'众里寻他千百度。蓦然回首,那人却在,灯火阑珊处。'此第三境也。此等语非大词人不能道。然遽以此意解释诸词,恐晏、欧诸公所不许也。"其中,王国维的那句"以此意解释诸词,恐晏、欧诸公所不许"的话,就充分说明王国维作为"读者之意境",与这些词作的"诗人之意"和"诗作之意境"的不尽相同,是对诗作意境的新发掘与再创造。实际上,意境作为心物场的一种审美体验,充分说明诗之大美不在说尽,而在含蓄;不在弦上之音,而在弦外之音。在诗词创作与鉴赏的过程中,从作者到读者,由作者"眼中之竹"到作者的"胸中之竹",是作者审美体验的一次跨越;由作者的"胸中之竹"再到作者的"手中之竹",是作者审美体验的又一次跨越。诗词作品中的意境既凝固着"作者得于心"的审美体验,也隐含着"览者会以意"的审美体验。至于说,当鉴赏者把作者的"手中之竹"(显然,这是饱含了作者心意之竹,不同于自然之竹)作为自己的"眼中之竹"的时候,必然会重新构筑新的"心物场",进而塑造鉴赏者的"胸中之竹",让诗词的意境得到升华与再造。

例如,丘逢甲用血和泪写成的绝句《春愁》,其创作时间是 1896 年春,即《马关条约》签订一年之后,此时诗人被迫离开故乡,看见大陆的春山而引发的强烈悲愤。春山本是一年最美季节中的最好景致,但作者却为什么觉得春愁难以排遣,以致勉强地观看春山也无兴致呢? 这是因为诗人始终未能忘怀甲午战败、割让台湾的这令人痛心疾首的往事。诗中的最后两句,诗人用逆挽句式真实地记叙了当年台湾被割让时,四百万台湾人民同声痛哭、悲怆激愤的情景,亦是诗人春愁难遣、潸然泪下的原因。全诗浸透了血泪,风格凄凉苍郁,感情深沉悲壮,语言痛快淋漓、朴实真挚、平中见奇,具有撼人心魄的艺术力量。其中一个"割"字,更是点睛之笔,写出了刻骨铭心之痛,国仇家恨,此恨绵绵,但台湾是永远不会与祖国分离的! 此诗还可以与另外两首诗作共赏:其一为丘逢甲的《离台诗》六首之一:"宰相有权能割地,孤臣无力可回天。扁舟去作鸱夷子,回首河山意黯然。"另一首是 1896 年春谭嗣同写的《有感》一诗:"世间无物抵春愁,合向苍冥一哭休。四万万人齐下泪,天涯何处是神州?"同读这三首诗,更能体会到当时仁人志士那强烈的爱国情怀。他们的"春愁"既不是传统的"闺愁",也不是个人的"离愁",而是全体中华儿女的"国愁"。每当读起这些悲壮诗篇,诗中的意境不但让人悲恨交加,更催人痛定思痛,不忘国耻,进而激发出奋发图强,砥砺前行,为实现中华民族伟大复兴而努力奋斗的决心与力量。

附录二

词谱举例①

浣溪沙

唐教坊曲名。张泌词有"露浓香泛小庭花"句,名《小庭花》;贺铸名《减字浣溪沙》;韩淲词有"芍药酴醿满院春"句,名《满院春》;有"东风拂栏露犹寒"句,名《东风寒》;有"一曲西风醉木犀"句,名《醉木犀》;有"霜后黄花菊自开"句,名《霜菊黄》;有"广寒曾折最高枝"句,名《广寒枝》;有"春风初试薄罗衫"句,名《试香罗》;有"清和风里绿荫初"句,名《清和风》;有"一番春事怨啼鹃"句,名《怨啼鹃》。

《康熙词谱》共收集五体《浣溪沙》,双调,上下阕分别可分为两个乐段,其长短句结构如表所示。该调有四十二字、四十四字和四十六字等格式,以用平韵为主。《康熙词谱》以四十二字体唐韩偓词为正体或正格。《浣溪沙》的正格与变格如表所示,其中,各乐段中的格式(1)(不包括"或"字后面的格式)或只有一种格式者为正格,其余为变格。

---

① 节选自《新修康熙词谱》(罗辉著,湖北人民出版社,2016年版)。各词牌长短句结构表中的数字,一位数字者,如"5""7"等,表示正常句式的五字句或七字句;两位数字者,如"14""34"等,表示"上一下四"的五字句或"上三下四"的七字句。另外,"—""|""+"三个符号分别代表平声、仄声及可平可仄的情况。

《浣溪沙》的长短句结构

上阕，两个乐段		下阕，两个乐段	
乐段一	乐段二	乐段一	乐段二
7　　7	7 3　3　3	7　　7	7 3　3　3

《浣溪沙》的正格与变格（双调）

《浣溪沙》上阕，三平韵或两平韵	
乐段一（二句，十四字）	乐段二（一句七字或三句九字）
＋｜——＋｜—（韵）〔或"＋ ｜｜——｜—（韵）""＋｜ ＋——｜｜（句）"〕＋—＋｜ ｜——（韵）	＋—＋｜｜——（韵） （1） ＋｜—〔或"｜＋—"〕（句）＋ ＋｜（句）｜——（韵） （2）

《浣溪沙》下阕，三句或五句，两平韵	
乐段一（二句，十四字）	乐段二（一句七字或二句九字）
＋｜＋——｜｜（句）＋—＋ ｜｜——（韵）	＋—＋｜｜——（韵） （1） ｜＋—〔或"＋｜—"〕（句） ＋＋｜（句）｜——（韵） （2）

意难忘

元高拭词注"南吕调"。《康熙词谱》只收集一体《意难忘》，双调，上下阕分别可分为四个乐段，其长短句结构

如表所示。该调九十二字,上下阕各九句,六平韵,其正格
与变格如表所示。其中,各乐段中的格式(不包括"或"字
后面的格式)为正格,括号内的格式为变格。

《意难忘》的长短句结构

《意难忘》上阕,四个乐段			
乐段一	乐段二	乐段三	乐段四
4　14　4	5　　5	33　14 33　5	34　4

《意难忘》下阕,四个乐段			
乐段一	乐段二	乐段三	乐段四
6　14　4 6　5　4	5　　5	33　　14 33　　5	34　4

《意难忘》的正格与变格(双调)

《意难忘》上阕,八句,五平韵	
乐段一(三句,十三字)	乐段二(二句,十字)
＋｜——(韵)｜＋—＋｜ (句)＋｜——(韵)	＋——｜｜(句)＋｜ ｜——(韵)

《意难忘》上阕,八句,五平韵	
乐段三(二句,十一字)	乐段四(二句,十一字)
＋＋＋(读)｜——(韵)｜ ＋｜———〔或"＋｜｜ ——"〕(韵)	＋＋＋(读)＋—｜(句) ＋｜——(韵)

《意难忘》下阕,九句,六平韵	
乐段一(三句,十三字)	乐段二(二句,十字)
+ — + | — —（韵）| + — + |（句）〔或"+ — — ||"〕+ | — —（韵）	+ — — | |（句）+ | | — —（韵）

《意难忘》下阕,九句,六平韵	
乐段三(二句,十一字)	乐段四(二句,十一字)
+ + +（读）| — —（韵）| + | — —〔或"+ | | — —"〕（韵）	+ + +（读）+ — + |（句）+ | — —（韵）

琵琶仙

　　姜夔自度黄钟商曲。《康熙词谱》只收集一体《琵琶仙》,双调,上下阕可分别分为四个乐段,其长短句结构如表所示。该调一百字,上阕九句,四仄韵;下阕八句,四仄韵,其基本格式如表所示。

《琵琶仙》的长短句结构

《琵琶仙》上阕,四个乐段			
乐段一	乐段二	乐段三	乐段四
4　　36	6　　5	34　　34	4　4　4

《琵琶仙》下阕,四个乐段			
乐段一	乐段二	乐段三	乐段四
34　　35	6　　5	34　　34	6　　4

《琵琶仙》的基本格式(双调)

《琵琶仙》上阕,九句,四仄韵	
乐段一(二句,十三字)	乐段二(二句,十一字)
＋｜——(句)＋＋＋(读)＋｜＋—＋｜(韵)	＋｜—｜——(句)——｜—｜(韵)

《琵琶仙》上阕,九句,四仄韵	
乐段三(二句,十三字)	乐段四(三句,十二字)
＋＋＋(读)＋—＋｜(句)＋＋＋(读)＋—＋｜(韵)	＋｜——(句)＋—＋｜(句)＋＋＋—｜(韵)

《琵琶仙》下阕,八句,四仄韵	
乐段一(二句,十五字)	乐段二(二句,十一字)
＋＋＋(读)＋｜——(句)＋＋＋(读)——｜—｜(韵)	＋｜＋—＋｜(句)｜＋—＋｜(韵)

《琵琶仙》下阕,八句,四仄韵	
乐段三(二句,十三字)	乐段四(二句,十一字)
＋＋＋(读)＋—＋｜(句)＋＋＋(读)＋＋—｜(韵)	＋｜—｜——(句)＋—＋｜(韵)

西 河

《碧鸡漫志》:"大石调《西河慢》,声犯正平。"张炎词名《西湖》。《康熙词谱》共收集六体《西河》,三叠(即上中

334

下三阕),每阕可分为三个乐段,其长短句结构如表所示。该调有一百零五字或一百零四字、一百一十一字等格式,上阕六句,四仄韵或三仄韵;中阕六句或七句、九句,四仄韵或五仄韵;下阕六句或五句,四仄韵或五仄韵。《康熙词谱》以周邦彦一百零五字体《西河》为正体或正格。该调的正格与变格如表所示。其中,各乐段中的格式(1)(不包括"或"字后面的格式)或只有一种格式者为正格,其余为变格。

《西河》的长短句结构

《西河》上阕,三个乐段				
乐段一		乐段二		乐段三
3　6		7　　4		7　　6

《西河》中阕,三个乐段					
乐段一			乐段二		乐段三
3　　3　　6			7　　4		7　　6
6　6					
3　3　3　3　6					

《西河》下阕,三个乐段			
乐段一	乐段二	乐段三	
7	34　　6	34　　6　　3	
34		36　　7	
		34　　33　　3	
		35　　7	

335

《西河》的正格与变格(三叠)

《西河》上阕,六句,四仄韵或三仄韵		
乐段一 (二句,九字)	乐段二 (二句,十一字)	乐段三 (二句,十三字)
— + ∣(韵或句) + — + ∣ — ∣〔或 "+ ∣ + — + ∣"、 "+ — ∣ — + ∣"〕 (韵)	+ — + ∣ ∣ — — (句) + — + ∣ (韵)	+ — + ∣ ∣ — — (句)+ — + ∣ — ∣(韵)

《西河》中阕,七句或六句、九句,四仄韵或五仄韵
乐段一(三句或二句、五句,十二字或十八字)
+ + +(句)〔或"+ + ∣(韵)"〕+ + ∣(韵)+ — + ∣ — ∣ 〔或"+ ∣ + — + ∣"〕(韵) <div align="center">(1)</div>+ — — ∣ + ∣(韵)+ — + ∣ — ∣(韵) <div align="center">(2)</div>+ + +(句)+ + ∣(韵)+ + +(句)+ + ∣(韵)+ — + ∣ — ∣ (韵) <div align="center">(3)</div>
注:乐段一中的格式"+ + +(句)"与"+ + ∣(韵)"三字,应有 平有仄。

《西河》中阕,七句或六句、九句,四仄韵或五仄韵	
乐段二(二句,十一字)	乐段三(二句,十三字)
+ — + ∣ ∣ — —(句)+ — + ∣(韵)	+ — + ∣ ∣ — —(句)+ — + ∣ — ∣(韵)

《西河》下阕，六句或五句，四仄韵	
乐段一(一句，七字)	乐段二(二句，十三字)
+ — + | + + |〔或"+ + + (读) + — + |"、"+ + + (读) + + — |"〕(韵)	+ + + (读) + + — |〔或"+ + + (读) + — + |"〕(韵)+ | + — + | (韵)

《西河》下阕，六句或五句，四仄韵
乐段三(三句或二句，十五字或十六字)
+ + + (读) + | — — (句) + | — | — — (句) — + | (韵) (1)
+ + + (读) + | + — + | (韵) + | + — — + | (韵) (2)
+ + + (读) + | — — (韵) + + + (读) | + — (句) — + | (韵) (3)
+ + + (读) + | — — | (韵) + | + — — + | (韵) (4)

望海潮

柳永《乐章集》注"仙吕调"。《康熙词谱》共收集三体《望海潮》，双调，上下阕分别可分为四个乐段，其长短句结构如表所示。该调一百七字，上阕十一句，五平韵；下阕十一句，六平韵或七平韵。《康熙词谱》以柳永词为正体或正格。该调的正格与变格如表所示。其中，各乐段中的格式

337

(1)或只有一种格式者(不包括"或"字后面的格式)为正格,其余为变格。

《望海潮》的长短句结构

《望海潮》上阕,五个乐段			
乐段一	乐段二	乐段三	乐段四
4　4　6	4　4　6	5　5　4 5　14　4	4　7

《望海潮》下阕,六个乐段			
乐段一	乐段二	乐段三	乐段四
6　　14　　4 2　4　14　4	4　4　6	5　5　4 5　14　4	6　5 4　7

《望海潮》的正格与变格(双调)

《望海潮》上阕,十一句,五平韵	
乐段一(三句,十四字)	乐段二(三句,十四字)
+ — + ｜ (句) + — + ｜ (句) + — + ｜ — — (韵)	+ ｜ + — 〔或"+ — + ｜"〕 (句) + — + ｜ (句) + — + ｜ — — (韵)

《望海潮》上阕,十一句,五平韵	
乐段三(三句,十四字)	乐段四(二句,十一字)
+ ｜ ｜ — — (韵) + — ｜ ｜ 〔或"｜ + — + ｜"〕(句) + ｜ — — (韵)	+ ｜ — — (句) + — + ｜ ｜ — — 〔或 "+ ｜ ｜ ｜ — —"〕(韵)

《望海潮》下阕,十一句,六平韵或七平韵	
乐段一(三句或四句,十五字)	乐段二(三句,十四字)
＋ — ＋ ｜ — — (韵) ｜ ＋ — ＋ ｜ (句) ＋ ｜ — — (韵) (1) — — (韵) ＋ ｜ — — (韵) ｜ ＋ — ＋ ｜ (句) ＋ ｜ — — (韵) (2)	＋ ｜ ＋ — (句) ＋ — ＋ ｜ (句) ＋ — ＋ ｜ — — (韵)

《望海潮》下阕,十一句,六平韵或七平韵	
乐段三(三句,十四字)	乐段四(二句,十一字)
＋ ｜ ｜ — — (韵) ＋ ｜ — — ｜〔或"｜ ＋ — ＋ ｜"〕(句) ＋ ｜ — — (韵)	＋ ｜ ＋ — ＋ ｜ (句) ＋ ｜ ｜ — — (韵) (1) ＋ ｜ — — (句) ＋ — ＋ ｜ ｜ — — (韵) (2)

附录三

诗谱举例①

　　格律诗中的五言与七言诗句,其平仄格式有四种定格和三种变格(参见附录一中的表一和表二),根据粘对规则(即"相邻奇偶句相对,相邻偶奇句相粘"),熟知格律者就可以据此赋诗了。然而,对于习作者来说,往往还觉得不太方便,于是,可以将格律诗看成是等长句、不分段的词,每一联作为一个乐段,比照词谱方式制作此诗谱,供习作者使用。《五绝》《七绝》《五律》和《七律》可以看成是四个"词牌",再加上首句有平起与仄起之分,一共有八种格式。

五　绝

《五绝(首句平起)》的定格与变格

《五绝》(首句平起),四句,三平韵或两平韵	
乐段一(首联,十字)	乐段二(尾联,十字)
— — ＋ | —〔或"| — — | —"〕(韵) ＋ | | | —(韵) 　　　　　(1)	＋ | ＋ — |(句)— — ＋ | —〔或"| — — | —"〕(韵) 　　　　　(1)
＋ — — | |〔或"— — | ＋ |"〕(句)＋ | | — —(韵) 　　　　　(1)	＋ | ＋ | |(句)＋ — — | —(韵) 　　　　　(2)

---

①节选自《诗词格律与创作》(罗辉著,华中师范大学出版社,2014年版)。

《五绝(首句仄起)》的定格与变格

《五绝》(首句仄起),四句,三平韵或两平韵	
乐段一(首联,十字)	乐段二(尾联,十字)
+ | | — — (韵) — — + | — 〔或"| — — | —"〕(韵) (1) + | + — | 句)— — + | — 〔或"| — — | —"〕(韵) (2) + | + | | (句)+ — — | — (韵) (3)	+ — — | |〔或"— — | + |"〕(句)+ | | — — (韵)

七 绝

《七绝(首句平起)》的定格与变格

《七绝(首句平起)》,四句,三平韵或两平韵	
乐段一(首联,十四字)	乐段二(尾联,十四字)
+ — + | | — — (韵)+ | — — + | — 〔或"+ | | — — | —"〕(韵) (1) + — + | + — | (句)+ | — — + | —〔或"+ | | — — | —"〕(韵) (2) + — + | + | | (句)+ | + — — | — (韵) (3)	+ | + — — | |〔或"+ | — — | + |"〕(句)+ — + | | — — (韵)

《七绝(首句仄起)》的定格与变格

《七绝》(首句仄起),四句,三平韵或两平韵	
乐段一(首联,十四字)	乐段二(尾联,十四字)
＋｜——＋｜—〔或"＋｜｜——｜—"〕(韵)＋—＋｜｜——(韵) (1)	＋—＋｜＋—｜(句)｜——＋｜—〔或"＋｜｜——｜—"〕(韵) (1)
＋｜＋——｜｜〔或"＋｜——｜＋｜"〕(句)＋—＋｜｜——(韵) (2)	＋—＋｜＋｜｜(句)＋｜——｜——(韵) (2)

五　律

《五律(首句平起)》的定格与变格

《五律(首句平起)》,八句,五平韵或四平韵	
乐段一(首联,十四字)	乐段二(颔联,十四字)
——＋｜—〔或"｜——｜—"〕(韵)＋｜｜——(韵) (1)	＋｜＋—｜(句)——＋｜—〔或"｜——｜—"〕(韵) (1)
＋——｜｜〔或"——｜＋｜"〕(句)＋｜｜——(韵) (2)	＋｜＋｜｜(句)＋——｜—(韵) (2)

《五律(首句平起)》,八句,五平韵或四平韵	
乐段三(颈联,十四字)	乐段四(尾联,十四字)
+ — — ∣ ∣〔或"— — ∣ + ∣"〕(句) + ∣ ∣ — —(韵)	+ ∣ + — ∣(句) — — + ∣ —〔或"∣ — — ∣ —"〕(韵) (1) + ∣ + ∣ ∣(句) + — — ∣ —(韵) (3)

《五律(首句仄起)》的定格与变格

《五律(首句仄起)》,八句,五平韵或四平韵	
乐段一(首联,十字)	乐段二(颔联,十字)
+ ∣ ∣ — —(韵) — — + ∣ —〔或"∣ — — ∣ —"〕(韵) (1) + ∣ + — ∣(句) — — + ∣ —〔或"∣ — — ∣ —"〕(韵) (2) + ∣ + ∣ ∣(句) + — — ∣ —(韵) (3)	+ — — ∣ ∣〔或"— — ∣ + ∣"〕(句) + ∣ ∣ — —(韵)

《五律(首句仄起)》,八句,五平韵或四平韵	
乐段三(颈联,十字)	乐段四(尾联,十字)
+ ∣ + — ∣(句) — — + ∣ —〔或"∣ — — ∣ —"〕(韵) (1) + ∣ + ∣ ∣(句) + — — ∣ —(韵) (2)	+ — — ∣ ∣〔或"— — ∣ + ∣"〕(句) + ∣ ∣ — —(韵)

七　律

《七律(首句平起)》的定格与变格

《七律》(首句平起),八句,五平韵或四平韵	
乐段一(首联,十四字)	乐段二(颔联,十四字)
＋ — ＋ ｜ ｜ — —(韵)＋ ｜ — — ＋ ｜ —〔或"＋ ｜ ｜ — — ｜ —"〕(韵) (1) ＋ — ＋ ｜ ＋ — ｜(句)＋ ｜ — — ＋ ｜ —〔或"＋ ｜ ｜ — — ｜ —"〕 (韵) (2) ＋ — ＋ ｜ ＋ ｜ ｜(句)＋ ｜ ＋ — — ｜ —(韵) (3)	＋ ｜ ＋ — — ｜ ｜〔或"＋ ｜ — — ｜ ＋ ｜"〕(句) ＋ — ＋ ｜ ｜ — —(韵)

《七律(首句平起)》,八句,五平韵或四平韵	
乐段三(颈联,十四字)	乐段四(尾联,十四字)
＋ — ＋ ｜ ＋ — ｜(句)＋ ｜ — — ＋ ｜ —〔或"＋ ｜ ｜ — — ｜ —"〕(韵) (1) ＋ — ＋ ｜ ＋ ｜ ｜(句)＋ ｜ ＋ — — ｜ —(韵) (2)	＋ ｜ ＋ — — ｜ ｜〔或"＋ ｜ — — ｜ ＋ ｜"〕(句)＋ — ＋ ｜ ｜ — —(韵)

《七律(首句仄起)》的定格与变格

《七律》(首句仄起),八句,五平韵或四平韵	
乐段一(首联,十四字)	乐段二(颔联,十四字)
+ ｜ — — + ｜ — 〔或"+ ｜ ｜ — — ｜ —"〕(韵) + — + ｜ ｜ — — (韵) (1)	+ — + ｜ + — ｜ (句) + ｜ — — + ｜ — 〔或"+ ｜ ｜ — — ｜ —"〕(韵) (1)
+ ｜ + — — ｜ ｜〔或"+ ｜ — — ｜ + ｜"〕(句) + — + ｜ ｜ — — (韵) (2)	+ — + ｜ + ｜ ｜ (句) + ｜ + — — ｜ — (韵) (2)

《七律(首句仄起)》,八句,五平韵或四平韵	
乐段三(颈联,十四字)	乐段四(尾联,十四字)
+ ｜ + — — ｜ ｜〔或"+ ｜ — — ｜ + ｜"〕(句) + — + ｜ ｜ — — (韵)	+ — + ｜ + — ｜ (句) + ｜ — — + ｜ — 〔或"+ ｜ ｜ — — ｜ —"〕(韵) (1) + — + ｜ + ｜ ｜ (句) + ｜ + — — ｜ — (韵) (2)

排　律

　　五言或七言排律,无论是首句平起或首句仄起,都是在对应的五言或七言律诗四联八句的基础上,再依次顺着乐段一至乐段四增加若干联。排律为多联时,可以反复依次选择。由于律诗除首联外,奇数句(即出句)均不用韵,所以,重复选择时,只能选用乐段一中首句入韵格式以外的其他各种格式。

后　记

　　宝岛台湾是中国领土神圣不可分割的一部分。自古以来,海峡两岸人民就是骨肉同胞,同根同源,同种同文,血脉相承。这里的每一寸土地都是炎黄子孙繁衍生息的地方,都浸润着中华文化的日月光华,沐浴着华夏文明的雨露春风;古厝老城、碑碣陵墓,都记录了中华儿女开发建设台湾的艰辛历程;边关炮台、城堡要塞,一直在讲述着骨肉同胞反抗列强、保家卫国的悲壮故事;名刹宝寺、祠堂庙宇,展现着中华传统文化的历史风貌。

　　中国是一个诗的国度,历代诗人吟咏宝岛台湾的那些脍炙人口的诗词,真实地记录了历史,凝聚着两岸同胞的真情实感与离合悲欢。本书收录的咏台诗中,最早出现的是唐人施肩吾写的《岛夷行》,这也充分说明中华诗词早已植根于两岸同胞的心灵,是海峡两岸中华儿女共同的文化基因。

　　"潮平两岸阔,风正一帆悬。"实现中华民族的伟大复兴,是两岸炎黄子孙的共同心愿。加强两岸诗词文化交流,增进两岸同胞的心灵契合,是当代诗坛的责任与义务。由两岸有关专家学者携手编著的这本《咏台诗词一百首》,就是我们献给两岸同胞,特别是青年朋友的一份心意。我们希望两岸读者通过阅读此书能够随着诗情画意去了解台湾,畅游台湾;能够借助这百首诗词去认识格律诗词,了解并投入诗词创作之中。如果这个愿望能够基本实现的话,对于本书编者来说,就是最大的欣慰。

本书的策划与编写,自始至终凝结着海峡两岸诗家的心血。中华诗词学会会长、故宫博物院原院长郑欣淼先生拨冗为本书作序;中华诗词学会副会长罗辉研究员为了实现这一目标,近年来进行了多方面的沟通与协调;台北市诗词学会名誉理事长、武汉大学、西安交通大学、暨南大学客座教授李宏健先生、湖北省中华诗词学会原副会长兼秘书长、中华诗词学会常务理事李辉耀编审负责统稿与总纂。本书参编者还有中华诗词学会副会长、《中华诗词》杂志主编高昌先生,中华诗词学会副会长、《中华诗词》副主编林峰先生,中华诗词学会副会长、《江西诗词》主编胡迎建研究员,中华诗词学会原副会长、《中华诗词》副主编丁国成编审,中华诗词学会原副会长、中国韵文学会会长钟振振教授,台湾东吴大学中文系原主任、中华诗学研究会副理事长许清云教授,中华诗词学会副秘书长、《红叶》诗刊沈华维主编,中华诗词学会常务理事、湖北省荆门聂绀弩诗词研究基金会代理事长姚泉名先生,上海大学中华诗词创作与研究中心主任、中国词学研究会常务理事曹辛华教授,江西省诗词学会常务理事、南昌县诗词学会李真龙会长,湖北省黄石市原职教中心校长邓庆堂先生,武汉嘉松投资咨询有限公司董事长曹衍惠先生;还有台湾瀛社诗学会名誉理事长、德明财经科技大学林正三教授和台湾淡江大学中文系陈庆煌教授等为本书的选编提供了有关资料。

湖北省作家协会涂阳斌先生、湖北省中华诗词学会夏雄彪先生审阅了书稿。我们在此一并致以诚挚的谢意！

　　由于历代诗人咏台诗词数量巨大，选本繁多，选编时难免挂一漏万，加之水平所限，书中不当之处，敬祈广大读者不吝指正！

编　者

2020 年 4 月于武汉